PRÓLOGO

El siguiente artículo apareció en duendinternet, en la página www.cuadrupedon.gnom. Se cree que el responsable de la página es el centauro Potrillo, asesor técnico de la Policía de los Elementos del Subsuelo, aunque este hecho nunca ha sido confirmado. Casi todos los detalles de esta versión contradicen el comunicado oficial del gabinete de prensa de la PES.

Todos hemos oído la versión oficial de los trágicos sucesos que rodearon la investigación del caso de la sonda Zito. El comunicado de la PES contenía muy pocos detalles específicos y prefería eludir los hechos y cuestionar las decisiones de cierta agente femenina del cuerpo.

Me consta que la conducta de la agente en cuestión, la capitana Holly Canija, fue absolutamente ejemplar en todo momento, y que de no haber sido por su capacidad operativa y su experiencia sobre el terreno se habrían perdido muchas más vidas. En lugar de convertir a la capitana Canija en el chivo expiatorio, la Policía de los
bería concederle una medalla.

Los humanos desempeñan el papel protagonista de este caso en concreto. La mayoría de los humanos no son lo bastante listos ni para encontrar los agujeros de los pantalones para meter las piernas, pero hay ciertos Fangosos lo bastante inteligentes como para hacerme sudar la gota gorda. Si descubriesen la existencia de una ciudad mágica subterránea, sin duda harían todo cuanto pudiesen para explotar a sus residentes. La mayoría de ellos nunca lograría comprender el funcionamiento de la tecnología mágica, pero sí que existen algunos humanos casi lo bastante listos como para poder pasar por seres mágicos. Me estoy refiriendo a uno en concreto, y creo que todos sabemos de quién estoy hablando.

En toda la historia de las Criaturas Mágicas, solo un ser humano ha conseguido vencernos, y la espina que de veras tengo clavada en la pezuña es el hecho de que este humano en concreto sea poco más que un niñato: Artemis Fowl, el cerebro criminal irlandés. El pequeño Arty hizo danzar a la PES al son que él tocaba por los cinco continentes, hasta que al final fue necesaria la tecnología mágica para borrar nuestra existencia de su memoria. Sin embargo, mientras el portentoso centauro Potrillo estaba pulsando el botón de limpieza de memoria, se preguntaba si las Criaturas Mágicas estarían siendo burladas de nuevo. ¿Habría dejado aquel chico alguna pista que le ayudase a recordarlo todo? Pues claro que lo había hecho, como íbamos a descubrir todos más tarde.

Lo cierto es que Artemis Fowl cumple un papel muy significativo en los sucesos que ocurrieron después, pero por una vez no estaba tratando de robar a las Criaturas, pues había olvidado por completo su existencia. No, esta vez, el cerebro que hay detrás de este episodio es, en realidad, una Criatura Mágica.

Entonces, ¿quién aparece en esta trágica historia de dos mundos? ¿Quiénes son los protagonistas mágicos? Obvia-

Artemis
Fowl

ARTEMIS FOWL

LA VENGANZA DE OPAL

EOIN COLFER

Traducción de Ana Alcaina

Montena

Título original: *Artemis Fowl/4 – The Opal Deception*
Traducido de la edición original de Penguin Group

Primera edición: septiembre 2005

Printed in Spain – Impreso en España

ISBN: 84-8441-247-4
Depósito legal: B. 37.342-2005

Compuesto en Fotocomposición 2000, S. A.

Impreso en Novagrafik
Vivaldi, 5. Montcada i Reixac (Barcelona)

BD 4 4 6 7 3

A Sarah

ÍNDICE

mente, Potrillo es el verdadero héroe de la epopeya; sin sus innovaciones, la PES tendría que estar echando a patadas a los Fangosos de nuestras mismísimas puertas mañana mismo. Él es el héroe olvidado que resuelve los enigmas de la historia, mientras los escuadrones de reconocimiento y de recuperación se pavonean por la superficie, llevándose todos los laureles.

Luego está la capitana Holly Canija, la agente cuya reputación está en tela de juicio. Holly es una de las mejores y más brillantes agentes de la PES; además de haber nacido para pilotar, posee una capacidad de improvisación sobre el terreno que la distingue de todos nuestros demás agentes policiales. No se le da muy bien acatar las órdenes, eso es cierto, una peculiaridad que la ha metido en apuros en más de una ocasión. Holly es el ser mágico que aparece en todos los incidentes relacionados con Artemis Fowl. Los dos se habían hecho casi amigos cuando el Consejo ordenó a la PES realizar la limpieza de memoria de Artemis, y justo también cuando el chico se estaba convirtiendo en un buen Fangosillo.

Como todos sabemos, el comandante Julius Remo también juega un papel destacado en los sucesos: el comandante en jefe más joven de la PES, Remo, es un elfo que ha sacado a las Criaturas de muchas crisis a lo largo de su historia; no es el ser mágico más tratable del submundo, pero a veces los mejores líderes no son los mejores amigos.

Supongo que Mantillo Mandíbulas merece ser mencionado. Hasta hace poco, Mantillo estaba encerrado en la cárcel, pero, como de costumbre, consiguió abrirse camino para salir de ella a bocados. Este enano cleptómano y flatulento ha participado de mala gana en muchas de las aventuras de Fowl, pero Holly se alegró de contar con su ayuda en esta misión. De no ser por Mantillo y sus prestaciones corporales, las cosas podrían haber salido muchísimo peor… Y eso que salieron bastante mal.

La protagonista absoluta de esta historia es Opal Koboi, la duendecilla que financió el intento de toma del poder de Ciudad Refugio por parte de una banda de goblins. Opal se enfrentaba a una pena de cadena perpetua tras los barrotes de láser, eso si algún día despertaba del coma en que había entrado cuando Holly Canija había desbaratado sus planes.

Opal Koboi había estado languideciendo durante casi un año en la celda de aislamiento de un pabellón de la clínica J. Argon, sin reaccionar a los cuidados de los magos médicos que trataban de reanimarla. En todo ese tiempo no había pronunciado una sola palabra, no había probado un solo bocado ni ofrecido ninguna respuesta ante los estímulos. Al principio, las autoridades se mostraron suspicaces. Es puro teatro, decían. Koboi está fingiendo una catatonia para evitar ser procesada. Sin embargo, a medida que transcurrían los meses, aun los más escépticos se convencieron: nadie podía fingir estar en coma durante casi un año. Eso era imposible. Un ser mágico tendría que estar completamente obsesionado…

CAPÍTULO I

COMPLETAMENTE OBSESIONADA

CLÍNICA J. ARGON, CIUDAD REFUGIO, LOS ELEMENTOS DEL SUBSUELO, TRES MESES ANTES

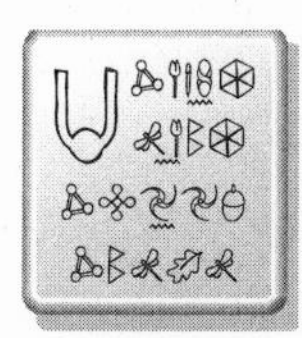

La clínica J. Argon no era un hospital público, nadie permanecía allí ingresado gratuitamente y Argon y su equipo de psicólogos solo trataban a los seres mágicos que podían permitírselo. De todos los pacientes adinerados de la clínica, Opal Koboi era un caso excepcional: había previsto un fondo de emergencia para sí misma más de un año antes, «por si acaso» alguna vez se volvía loca y necesitaba pagarse un tratamiento. Había sido una maniobra inteligente, pues si Opal no hubiese creado aquel fondo, su familia sin duda la habría trasladado a algún centro más económico. No es que el centro en sí pudiese hacer mucho por Koboi, quien se había pasado el año anterior babeando y sometiéndose a pruebas de sus reflejos. El doctor Argon dudaba que Opal fuese capaz de advertir la presencia de un trol-toro golpeándose el pecho como Tarzán aunque lo tuviese a un palmo de distancia.

El dinero no era la única razón por la que Opal Koboi era excepcional: Koboi era la paciente famosa de la clínica Argon. Tras el intento de la tríada goblin de la B'wa Kell por hacerse con el poder de Ciudad Refugio, el nombre de Opal Koboi se había convertido en las cuatro sílabas más tristemente célebres del mundo subterráneo: la multimillonaria duendecilla se había aliado con Brezo Cudgeon, agente corrupto de la PES, y financiado la guerra de los goblins con Refugio. Koboi había traicionado a su propia especie, y ahora su propio cerebro la estaba traicionando a ella.

Durante los primeros seis meses de encarcelamiento de Koboi, la clínica había sufrido el asedio de los medios de comunicación, que filmaban hasta el último temblor de la duendecilla. La PES se turnaba para hacer guardias en la puerta de su celda, y todos los miembros del personal de la clínica se veían sometidos a concienzudos cacheos y eran blanco de las férreas miradas de los agentes. Nadie se salvaba. Hasta el mismísimo doctor Argon debía someterse a comprobaciones aleatorias de su ADN para asegurarse de que era quien decía ser. La PES no estaba dispuesta a correr ningún riesgo con Koboi, porque si esta conseguía escapar de la clínica Argon la PES no solo iba a ser el hazmerreír del mundo mágico, sino que una peligrosa criminal andaría suelta por las calles de Ciudad Refugio.

Sin embargo, a medida que transcurría el tiempo, cada vez aparecían menos cámaras de televisión a las puertas del hospital, ya que, en definitiva, ¿cuántas horas de babeo continuo se supone que puede soportar una audiencia televisiva? Poco a poco, el número de efectivos de la PES destinados a las labores de vigilancia se redujo de doce a seis y, al final, a un solo agente por turno. ¿Adónde podía ir Opal Koboi?, razonaban las autoridades. Una docena de cámaras la vigilaban veinticuatro horas al día, llevaba un localizador-noqueador subcutáneo implantado en el antebrazo y le realizaban comprobaciones de ADN cuatro veces al día. Además, si alguien llegaba a sacar a Opal de la clínica, ¿qué podían hacer con ella? La duendecilla ni siquiera podía sostenerse en pie sin ayuda y los sensores indicaban que sus ondas cerebrales eran poco más que encefalogramas planos.

Dicho esto, el doctor Argon estaba muy orgulloso de su paciente estrella y solía mencionar su nombre en casi todas las cenas. Desde que Opal Koboi había ingresado en la clínica, se había puesto de moda tener un pariente sometiéndose a terapia. Casi todas las familias ricas tenían a algún tío loco encerrado en el desván; ahora, ese mismo tío loco podía recibir los mejores cuidados médicos en un entorno de auténtico lujo.

Ojalá todos los seres mágicos de la clínica fuesen tan dóciles como Opal Koboi, pensaba el doctor Argon. Lo único que necesitaba era unos cuantos tubos intravenosos y un monitor, que habían quedado más que cubiertos con las cuotas de sus seis primeros meses de tratamiento médico. El doctor Argon esperaba con toda su alma que la pequeña Opal no se despertase jamás, porque cuando lo hiciese la PES se la llevaría a rastras al tribunal, y una vez la hubiesen condenado por traición congelarían todas sus cuentas y sus activos, incluyendo el fondo de la clínica. No, cuanto más durase el sueñecito de Opal, mejor para todos, especialmente para ella. A causa de su cráneo estrecho y el enorme volumen de su cerebro, los duendecillos eran propensos a padecer diversas enfermedades como la catatonia, la amnesia y la narcolepsia, de modo que era bastante probable que su coma se prolongase durante varios años. Además, aunque Opal se despertase, había muchas posibilidades de que su memoria permaneciese cerrada a cal y canto en algún rincón de su inmenso cerebro de duendecilla.

El doctor J. Argon hacía la ronda de sus pacientes todas las noches. Ya no realizaba demasiadas exploraciones prácticas, pero pensaba que era bueno para el personal que este notase su presencia. Si los demás médicos sabían que Jergal Argon estaba al tanto de lo que pasaba, era más probable que ellos también lo estuviesen.

Argon siempre se reservaba a Opal para el final. Por algún motivo, le tranquilizaba ver a la pequeña duendecilla dormida con su arnés de seguridad. Muchas veces, al final de una jornada especialmente estresante, incluso envidiaba a Opal por su plácida existencia. Cuando todo se había vuelto demasiado complicado para la duendecilla, el cerebro de esta se había limitado a apagarse por completo, todo salvo las funciones vitales. Todavía respiraba, y algunas veces los monitores registraban un pico de sueño en sus ondas cerebrales, pero por lo demás, pese a todos los esfuerzos y las buenas intenciones, Opal Koboi ya no existía.

Aquella noche fatídica, Jergal Argon estaba más estresado que de costumbre. Su mujer había presentado una demanda de divorcio basándose en que no le había dicho más de seis palabras consecutivas en dos años, el Consejo lo estaba amenazando con retirar sus subvenciones estatales por todo el dinero que estaba ganando con sus nuevos pacientes famosos y tenía un dolor en la cadera que, por lo visto, la magia era incapaz de curar. Los magos médicos le decían que seguramente el problema estaba solo en su cabeza y aquello parecía hacerles mucha gracia.

Argon recorrió renqueando el ala este de la clínica, comprobando la gráfica de la pantalla de plasma de cada uno de los pacientes al pasar por sus habitaciones y estremeciéndose de dolor cada vez que su pie izquierdo tocaba el suelo.

Los dos duendecillos conserjes de la clínica, Contra y Punto Brilli, estaban en la puerta de la habitación de Opal, barriendo el polvo con escobas estáticas. Los duendecillos eran unos trabajadores estupendos, pues eran metódicos, pacientes y decididos. Cuando se enseñaba a un duendecillo a hacer algo, podías estar seguro de que lo haría con creces. Además, eran muy monos, con esas caras de niños y aquellos cabezones desproporcionadamente grandes. Te alegraban el día con solo mirarlos: eran una terapia psicológica andante.

–Buenas noches, chicos –los saludó Argon–. ¿Cómo está nuestra paciente favorita?

Contra, el mayor de los gemelos, levantó la vista de su escoba.

–Como siempre, Jerry, como siempre –contestó–. Antes me pareció ver que movía un dedo de los pies, pero fue solo una ilusión óptica.

Argon se rió, pero era una risa forzada. No le hacía ninguna gracia que le llamasen Jerry. A fin de cuentas, la clínica era suya, ni más ni menos, y merecía que lo tratasen con algo más de respeto. Sin embargo, los buenos conserjes eran tan escasos como el oro en polvo, y los hermanos Brilli llevaban casi dos años manteniendo el edificio ordenado y limpio como una patena. También los Brilli eran prácticamente famosos porque entre las Criaturas rara vez nacían gemelos. Contra y Punto eran el único par de duendecillos gemelos que residían en Refugio en aquellos momentos y habían aparecido en varios programas de televisión, incluyendo *Canto*, el programa de debate de mayor audiencia de la CTV.

El cabo de la PES Grub Kelp estaba de guardia. Cuando Argon llegó a la habitación de Opal, el cabo estaba absorto viendo una película en sus gafas de vídeo. Argon no lo culpaba: vigilar a Opal Koboi era casi tan emocionante como ver cómo crecen las uñas de los pies.

–¿Es buena la película? –preguntó cortésmente el doctor.

Grub se levantó las gafas.

–No está mal. Es una película del Oeste humana, con un montón de tiros y miradas asesinas a diestro y siniestro.

–¿Me la dejará cuando haya terminado de verla?

–Claro, doctor. Pero tenga cuidado con ella. Los discos humanos son muy caros, le daré un trapo especial para limpiarla.

Argon asintió con la cabeza. Acababa de recordar con exactitud quién era Grub Kelp. El agente de la PES era muy tiquismiquis con sus pertenencias y ya había escrito dos cartas a la junta directiva de la clínica quejándose de una protuberancia en el suelo que le había rayado las botas.

Argon consultó la gráfica de Koboi. La pantalla de plasma de la pared mostraba los datos, actualizados constantemente, que recogían los sensores adheridos a sus sienes. No había ningún cambio, ni él esperaba que los hubiese. Sus constantes vitales eran normales y su actividad cerebral, mínima. Había tenido un sueño antes, durante la tarde, pero ahora su mente se había sosegado, y por último, por si fuera poco, el localizador-noqueador que llevaba implantado en el antebrazo le informaba de que Opal Koboi estaba donde se suponía que debía estar. Por lo general, aquella clase de localizadores se implantaban en la cabeza, pero los cráneos de las duendecillas eran demasiado frágiles para cualquier clase de cirugía local.

Jergal introdujo su código personal en el teclado numérico de la puerta reforzada. La pesada puerta se deslizó y permitió el acceso a una espaciosa habitación con unas luces ambientales en el suelo que parpadeaban con suavidad. Las paredes eran de plástico blando y unos altavoces empotrados emitían relajantes sonidos de la naturaleza. En aquel momento, un arroyo estaba golpeteando sobre la superficie lisa de unas rocas.

En el centro de la habitación, Opal Koboi yacía suspendida en un arnés de seguridad que le sujetaba la totalidad del cuerpo. Las correas estaban hechas de una sustancia gelatinosa que se adaptaba de forma automática a cualquier movimiento corporal. Si Opal llegaba a despertarse, el arnés podía accionarse por control remoto para que se cerrase como una red, impidiendo de este modo que la duendecilla pudiera autolesionarse.

Argon comprobó las placas de monitorización para asegurarse de que seguían en contacto con la frente de Koboi. Levantó uno de los párpados de la duendecilla y le enfocó la pupila con una minilinterna de tipo lápiz. La pupila se contrajo levemente, pero Opal no movió los ojos.

–Y bien, Opal, ¿tienes hoy algo que decirme? –preguntó el doctor con dulzura–. ¿El primer capítulo para mi libro?

A Argon le gustaba hablar con Koboi, por si podía oírle. Así, cuando se despertara, o eso pensaba él, ya habría establecido con ella una relación de comunicación.

–¿Nada? ¿Ni un solo comentario?

Opal no reaccionó. Igual que en casi todo el año anterior.

–En fin, qué se le va a hacer... –dijo Argon, limpiando el interior de la boca de Koboi con el último bastoncillo que llevaba en el bolsillo–. Tal vez mañana, ¿eh?

Extendió la muestra de saliva de la duendecilla sobre la superficie de esponja de su tablilla sujetapapeles. Al cabo de unos segundos, el nombre de Opal parpadeó en una pantalla diminuta.

–El ADN nunca miente –murmuró Argon para sí, al tiempo que arrojaba el bastoncillo a una papelera de reciclaje.

Echando un último vistazo a su paciente, Jerban Argon se encaminó a la puerta.

–Que duermas bien, Opal –dijo casi cariñosamente.

Volvió a sentirse relajado, el dolor de su pierna casi había desaparecido. Koboi estaba igual de catatónica que de costumbre, no iba a despertarse en ningún futuro próximo. El fondo Koboi estaba a salvo.

Es asombroso lo equivocado que puede llegar a estar un gnomo.

Opal Koboi no estaba catatónica, pero tampoco estaba despierta; se hallaba en algún estado intermedio, flotando en un mundo líquido de meditación donde cada recuerdo era una burbuja de luz multicolor que estallaba con suavidad en su conciencia.

Desde que era una adolescente, Opal había sido discípula de Gola Schweem, el gurú del coma purificador. La teoría de Schweem sostenía que había un estado más profundo del sueño del que experimentaban la mayoría de los seres mágicos. El estado del coma purificador solo podía alcanzarse después de décadas de disciplina y práctica. Opal había alcanzado su primer coma purificador a la edad de catorce años.

Los beneficios del coma purificador consistían en que el ser mágico se despertaba completamente regenerada pero también pasaba el tiempo de hibernación pensando o, en este caso, maquinando un complot. El coma de Opal era tan absoluto que su mente se había disociado casi por completo de su cuerpo: podía engañar a los sensores y no sentía ningún tipo de vergüenza ante las humillaciones de la alimentación y la evacuación intravenosa. El coma conscientemente autoinducido más largo registrado en la historia de los seres mágicos era de cuarenta y siete días; Opal llevaba sumida en el suyo once meses y pico, aunque no planeaba que ese pico se prolongase mucho más.

Cuando Opal Koboi había aunado fuerzas con Brezo Cudgeon y sus goblins, se había dado cuenta de que necesitaba un plan B. Su conspiración para acabar con la PES era muy ingeniosa, pero siempre cabía la posibilidad de que algo saliera mal. En el caso de que así fuera, Opal no tenía ninguna intención de pasar el resto de su vida en la cárcel; la única forma de que pudiese escapar impunemente sería que todo el mundo creyera que seguía encerrada, de manera que Opal había empezado a hacer todos los preparativos.

El primero consistió en crear el fondo de emergencia para la clínica Argon, con el que quedaba garantizado que la enviarían al lugar adecuado si debía autoinducirse un coma purificador. El segundo paso fue asegurarse de que dos de sus empleados de máxima confianza se infiltraban en la clínica, para ayudarla en su huida final. Luego había empezado a desviar enormes cantidades de oro de sus empresas, pues Opal no tenía ningún deseo de convertirse en una exiliada pobre.

El último paso consistió en donar parte de su ADN y dar luz verde a la creación de un clon que ocuparía su lugar en la celda de aislamiento. La clonación era del todo ilegal y llevaba prohibida por las leyes de los seres mágicos más de quinientos años, desde los primeros experimentos en Atlantis. No era, ni mucho menos, una ciencia perfecta, pues los médicos no habían logrado nunca crear una réplica exacta de un ser mágico. Los clones tenían buen aspecto, pero básicamente eran caparazones con energía cerebral solo suficiente para ejecutar las funciones básicas del cuerpo: les faltaba la chispa de la verdadera vida. Un clon completamente desarrollado era, en la práctica, como si la persona original estuviera en coma. Perfecto.

Opal había ordenado construir un laboratorio invernadero, lejos de los Laboratorios Koboi, y había desviado fondos suficientes para mantener el proyecto activo durante dos años, el tiempo exacto en que se tardaría en desarrollar un clon de sí misma hasta la edad adulta. Después, cuando quisiese escapar de la clínica Argon, una réplica perfecta de sí misma ocuparía su lugar: la PES nunca descubriría que se había ido.

Tal y como salieron las cosas, había dado en el clavo al preparar un plan alternativo. Brezo había resultado ser un traidor y un grupito de seres mágicos y humanos se habían encargado de que la traición de Brezo hubiese dado al traste con todos sus planes. Ahora, Opal tenía una meta para reafirmar su fuerza de voluntad: mantendría aquel coma el tiempo que fuese necesario, porque tenía unas cuantas cuentas que saldar.

Potrillo, Remo, Holly Canija y el humano, Artemis Fowl, todos ellos eran responsables de su derrota. No tardaría en salir en libertad de aquella clínica, y entonces visitaría a los causantes de su desgracia y les daría a probar su propia medicina. Una vez que hubiese derrotado a sus enemigos, podría seguir adelante con la segunda fase de su plan: dar a conocer la existencia de las Criaturas a los Fangosos de tal forma que no bastase con unas cuantas limpiezas de memoria para evitar sus consecuencias. La vida secreta de los seres mágicos estaba a punto de llegar a su fin.

El cerebro de Opal Koboi segregó unas endorfinas de felicidad. La idea de la venganza siempre le proporcionaba una sensación cálida y muy, muy agradable.

Los hermanos Brilli vieron cómo el doctor Argon se alejaba renqueando pasillo abajo.

–Imbécil –masculló Contra, utilizando la extensión telescópica de su aspirador para recoger el polvo de un rincón.

–Tú lo has dicho –convino Punto–. Ese inútil de Jerry no sabría psicoanalizar ni un plato de curry de ratón. No me extraña que su mujer lo haya dejado. Si fuese un buen psicólogo, se habría olido algo.

Contra soltó el aspirador.

–¿Cómo vamos de tiempo?

Punto consultó su lunómetro.

–Las ocho y diez.

–Bien. ¿Qué hace el cabo Kelp?

–Sigue viendo la película. Ese tío es perfecto. Tenemos que irnos esta noche. La PES podría enviar a algún agente inteligente para el siguiente turno, y si esperamos más el clon crecerá otros dos centímetros.

–Tienes razón. Comprueba las cámaras espía.

Punto levantó la tapa de lo que parecía un carrito de la limpieza, con sus mopas, sus trapos, sus aeorosoles y demás. Escondido debajo de una bandeja con accesorios para el aspirador había un monitor en color dividido en varias pantallas.

–¿Y bien? –susurró Contra.

Punto no respondió enseguida, sino que esperó primero a comprobar todas las pantallas. El material de vídeo procedía de distintas microcámaras que Opal había instalado por toda la clínica antes de su captura. Las cámaras espía eran, en realidad, material orgánico de ingeniería genética, de modo que las imágenes que enviaban eran, literalmente, material en vivo. Eran las primeras máquinas vivientes del mundo, imposibles de detectar por los dispositivos de búsqueda al uso.

–Solo el personal del turno de noche –dijo al fin–. Nadie en este sector salvo el cabo Idiota ahí sentado.

–¿Y el aparcamiento?

–Despejado.

Contra extendió la mano.

–Vale, hermano, ya está. No hay marcha atrás. ¿Estamos seguros? ¿Queremos que vuelva Opal Koboi?

Punto dio un soplo para apartarse un mechón de pelo negro de su ojo redondo de duendecillo.

–Sí, porque si tiene que volver ella solita, Opal encontrará la manera de hacernos pagar por ello –explicó, estrechando la mano de su hermano–. Sí, estamos seguros.

Contra extrajo un mando a distancia de su bolsillo. El dispositivo estaba sintonizado con un receptor sónico situado en la pared de ladrillo de la clínica y este, a su vez, estaba conectado a un globo de ácido colocado con suavidad encima del generador principal de la clínica, en la caja de empalme del aparcamiento. Un segundo globo estaba en lo alto del generador de refuerzo, en el sótano de mantenimiento. Como conserjes de la clínica, a Contra y a Punto les había resultado muy sencillo colocar los globos de ácido la noche anterior. Por supuesto, la clínica Argon también estaba conectada a la red eléctrica principal, pero si los generadores dejaban de funcionar, había un intervalo de dos minutos antes de que interviniese la red de suministro principal. No había necesidad de realizar preparativos más elaborados; a fin de cuentas, aquello era un hospital, no una prisión.

Contra inspiró hondo, abrió la tapa de seguridad y pulsó el botón rojo. El mando a distancia emitió una orden por infrarrojos que activaba dos descargas sónicas. Las descargas enviaron unas ondas de sonido que hicieron estallar los globos, y estos vertieron su contenido sobre los generadores eléctricos de la clínica. Veinte segundos después, el ácido destruyó por completo los generadores y el edificio entero quedó sumido en la más absoluta oscuridad. Contra y Punto rápidamente se colocaron las gafas de visión nocturna.

En cuanto se cortó el suministro, unas franjas de luz verde empezaron a parpadear con suavidad en el suelo, indicando el camino a las salidas. Contra y Punto echaron a andar con paso rápido y decidido. Punto empujó el carrito de la limpieza y Contra se dirigió directamente a donde estaba el cabo Kelp.

Grub se estaba quitando las gafas de vídeo de los ojos.

–Eh –dijo, desconcertado por la repentina oscuridad–, ¿qué pasa aquí?

–Un fallo en el suministro eléctrico –le explicó Contra, chocándose con él con calculada torpeza–. Esos cables son una verdadera pesadilla. Se lo he dicho miles de veces al doctor Argon, pero nadie quiere gastar dinero en mantenimiento cuando hay que comprar coches último modelo para la empresa.

Contra no estaba de cháchara porque le apeteciese, sino que estaba esperando a que hiciese efecto el parche soluble de somnífero que acababa de incrustarle a Grub en la muñeca.

–Dímelo a mí –exclamó Grub, pestañeando de repente mucho más que de costumbre–, que llevo siglos reclamando taquillas nuevas en la Jefatura Central de Policía... Tengo mucha sed. ¿Nadie más tiene sed?

Grub se puso rígido, paralizado por el suero que se extendía por su cuerpo. El agente de la PES permanecería fuera de combate dos minutos y luego recuperaría el conocimiento de inmediato. No tendría ningún recuerdo de su estado de inconsciencia y, con un poco de suerte, no se percataría del lapso de tiempo.

–Vete –dijo Punto lacónicamente.

Contra ya se había ido. Con la facilidad que le daba la práctica, tecleó el código del doctor Argon en la puerta de Opal. Completó la acción muchísimo más rápido que Argon, gracias a las horas que había pasado en su piso practicando con un teclado numérico robado. El código de Argon cambiaba cada semana, pero los hermanos Brilli se aseguraban de estar limpiando las inmediaciones de la puerta cada vez que el médico hacía su ronda. Por lo general, los duendecillos solían tener el código completo hacia mediados de semana.

El dispositivo emitió una luz verde y la puerta se abrió. Opal Koboi se columpiaba levemente ante él, suspendida en su arnés como un bicho en un exótico caparazón.

Contra la desplazó hasta el carrito. Con movimientos rápidos y practicada precisión, le arremangó la manga a Opal y encontró la cicatriz de su antebrazo, donde le habían insertado el localizador. Agarró el bulto duro con el dedo índice y el pulgar.

–Escalpelo –pidió, extendiendo la mano libre.

Punto le pasó el instrumento. Contra inspiró hondo, lo sostuvo en el aire y realizó una incisión de dos centímetros de profundidad en la carne de Opal. Introdujo el dedo índice en el agujero y extrajo la cápsula electrónica. Estaba envuelta en silicona y apenas era del tamaño de un analgésico.

–Ciérrala –ordenó.

Punto se agachó para acercarse a la herida y colocó un dedo pulgar a cada extremo.

–Cúrate –susurró, y unas chispas azules de magia dibujaron unos círculos alrededor de sus dedos para hundirse en la herida.

Al cabo de unos segundos, los pliegues de piel ya se habían unido y solo una cicatriz de color rosa pálido revelaba que se había practicado un corte, una cicatriz prácticamente idéntica a la ya existente. La magia de la propia Opal se había secado hacía meses, y no estaba en condiciones de llevar a cabo un ritual para renovar sus poderes.

–Señorita Koboi –dijo Contra con urgencia–, es hora de levantarse. ¡Venga, arriba!

Desató las correas del arnés y la liberó por completo de sus ataduras. La duendecilla inconsciente se desplomó sobre la tapa del carrito de la limpieza. Contra le dio unas bofetadas en las mejillas para que la sangre afluyera a ellas. La respiración de Opal se hizo un poco más agitada, pero seguía con los ojos cerrados.

–Dale una sacudida –sugirió Punto.

Contra extrajo la porra eléctrica reglamentaria de la PES del interior de su chaqueta. La activó y tocó a Opal con ella en el codo. El cuerpo de la duendecilla se contrajo con una serie de espasmos y Opal Koboi recobró la conciencia de repente, como una bella durmiente despertándose de una pesadilla.

–¡Cudgeon! –gritó–. ¡Me has traicionado!

Contra la agarró de los hombros.

–Señorita Koboi, somos nosotros, Contra y Punto. Es hora de irse.

Opal lo miró con los ojos abiertos como platos.

–¿Brilli? –exclamó, después de tomar aliento repetidas veces.

–Eso es. Contra y Punto. Tenemos que irnos.

–¿Irnos? ¿Qué quieres decir?

–Marcharnos –le explicó en tono apremiante–. Tenemos un minuto.

Opal meneó la cabeza para sacudirse el aturdimiento postrance.

–Contra y Punto. Tenemos que irnos.

Contra la ayudó a bajar de la tapa del carrito.

–Eso es. El clon ya está listo.

Punto retiró la lámina de aluminio que cubría el fondo falso del carrito. En su interior había una réplica clónica de Opal Koboi, vestida con un traje de coma de la clínica Argon.

Su clon era idéntico a ella, hasta en el último folículo. Punto le quitó la máscara de oxígeno de la cara, la sacó del interior del carrito y empezó a colocarla en el arnés.

–Es extraordinario –señaló Opal, al tiempo que acariciaba la piel de su clon con el nudillo–. ¿Yo soy así de guapa?

–Oh, sí, ya lo creo –dijo Contra–. Y más.

De repente, soltó un grito.

–¡Idiotas! Tiene los ojos abiertos. ¡Puede verme!

Punto cerró las pestañas de su clon a toda prisa.

–No tiene por qué preocuparse, señorita Koboi, no podría decírselo a nadie, aunque su cerebro fuese capaz de procesar lo que ve.

Opal se encaramó al carrito con gesto aturdido.

–Pero sus ojos pueden registrar imágenes. A Potrillo podría ocurrírsele comprobarlo. Ese centauro infernal...

–Tranquilícese, señorita Koboi –dijo Punto mientras colocaba de nuevo la lámina que cubría el falso fondo sobre su jefa–. Dentro de muy poco esa será la menor de las preocupaciones de Potrillo.

Opal se puso la máscara de oxígeno en la cara.

–Luego –dijo con la voz amortiguada por el plástico–. Hablaremos luego.

Koboi se durmió, exhausta tras aquel mínimo esfuerzo. Podían pasar horas antes de que la duendecilla recuperase la conciencia de forma prolongada. Después de un coma tan largo, existía incluso el riesgo de que Opal nunca volviese a ser tan lista como antes.

–¿Tiempo? –quiso saber Contra.

Punto consultó su lunómetro.

–Nos quedan treinta segundos.

Contra terminó de colocar las correas para dejarlas exactamente en la misma posición que antes. Solo se paró a limpiarse el sudor de la frente, realizó una segunda incisión con su escalpelo, esta vez en el brazo del clon, e implantó el localizador-noqueador. Mientras Punto cerraba el corte con una ráfaga de chispas mágicas, Contra volvía a disponer los utensilios de limpieza sobre el falso fondo del carrito.

Punto meneó la cabeza con impaciencia.

–Ocho segundos, siete... ¡Por todos los dioses, esta es la última vez que saco a la jefa de una clínica y la sustituyo por su clon!

Contra empujó el carrito y lo hizo pasar por la puerta abierta.

–Cinco... Cuatro...

Punto echó un último vistazo a la habitación y recorrió con la mirada todos los objetos que habían tocado.

–Tres... Dos...

Ya habían salido y cerrado la puerta a sus espaldas.

–Uno...

El cabo Grub se tambaleó un poco y luego volvió en sí.

–Eh... ¿qué es...? ¡Tengo mucha sed! ¿Nadie más tiene sed?

Contra escondió las gafas de visión nocturna en el carrito y se limpió una perla de sudor de la pestaña.

–Es el aire que circula aquí dentro. Yo me paso el día deshidratado. Tengo unos dolores de cabeza terribles.

Grub se apretó el puente de la nariz.

–Yo también. Pienso escribir una carta, en cuanto vuelva la luz.

Justo en ese momento, se hizo la luz y las lámparas parpadearon, una tras otra, por todo el pasillo.

–Ya está –sonrió Punto–. Que no cunda el pánico. A lo mejor ahora nos comprarán circuitos eléctricos nuevos, ¿eh, hermano?

El doctor Argon apareció avanzando a toda prisa por el pasillo, casi a la misma velocidad que las lámparas parpadeantes.

–Entonces, ¿tienes ya mejor la pierna, Jerry? –dijo Contra.

Argon no hizo caso a los duendecillos y, con los ojos desorbitados y la respiración acelerada, se dirigió al agente de la PES.

–Cabo Kelp –jadeó–. Koboi... ¿está...? ¿Se ha...?

Grub puso los ojos en blanco.

–Tranquilícese, doctor. La señorita Koboi sigue suspendida ahí, donde la dejó. Eche un vistazo.

Argon apoyó las palmas contra la pared y comprobó, antes que nada, las constantes vitales.

–De acuerdo, ningún cambio. Ningún cambio. Un lapso de dos minutos, pero no pasa nada.

–Ya se lo he dicho –insistió Grub–. Y ya que está usted aquí, necesito hablarle de los dolores de cabeza que he estado sufriendo.

Argon lo apartó a un lado.

–Necesito un bastoncillo de algodón. Punto, ¿tienes alguno?

Punto se palpó los bolsillos.

–Lo siento, Jerry. No, no tengo ninguno.

–¡No me llames Jerry! –gritó Jergal Argon, al tiempo que levantaba la tapa del carrito de limpieza–. Tiene que haber bastoncillos de algodón aquí, en alguna parte –dijo, mientras el sudor le adhería el pelo fino a su frente ancha de gnomo–. Es un carrito de limpieza, ¿no? –Rebuscó con un dedo decidido entre el contenido del carrito, rascando el falso fondo.

Contra le propinó un codazo para apartarlo antes de que descubriera el compartimento secreto o las pantallas espía.

–Tenga, doctor –le ofreció, tendiéndole un paquete de bastoncillos de algodón–. Aquí tiene para un mes entero. Sírvase usted mismo.

Argon extrajo un solo bastoncillo del paquete y desechó el resto.

–El ADN nunca miente –murmuró, al tiempo que introducía su código en el teclado–. El ADN nunca miente.

Se precipitó al interior de la habitación y tomó a toda prisa una muestra de la saliva del clon. Los hermanos Brilli contuvieron el aliento; esperaban haber salido ya de la clínica antes de que eso ocurriese. Argon extendió la muestra de la punta del bastoncillo por la superficie de esponja de su tablilla sujetapapeles. Al cabo de unos segundos, el nombre de Opal Koboi parpadeó en la minipantalla de plasma.

Argon lanzó un inmenso suspiro de alivio y apoyó las manos en las rodillas. Dedicó a sus compañeros una sonrisa avergonzada.

–Lo siento. Me ha entrado el pánico. Si perdiésemos a Koboi, la clínica no sobreviviría. Estoy un poco paranoico, supongo. Las caras pueden alterarse pero...

–El ADN nunca miente –dijeron Contra y Punto al mismo tiempo.

Grub volvió a colocarse las gafas de vídeo.

–Creo que el doctor Argon necesita unas vacaciones.

–A mí me lo dices... –se burló Contra, mientras empujaba el carrito en dirección al ascensor de mantenimiento–. Bueno, será mejor que nos pongamos en marcha, hermano. Tenemos que encontrar la causa del fallo en el suministro.

Punto lo siguió por el pasillo.

–¿Alguna idea de dónde puede estar el problema?

–Tengo una corazonada. Vamos a mirar en el aparcamiento, o tal vez en el sótano.

–Lo que tú digas. Después de todo, tú eres el hermano mayor.

–Y también el más listo –añadió Contra–, no lo olvides.

Los duendecillos siguieron avanzando por el pasillo, disimulando con su cháchara apresurada el hecho de que les tembleque aban las rodillas y el corazón les iba a mil por hora. No fue hasta que hubieron eliminado las pruebas de sus bombas de ácido y hubieron enfilado el camino a casa subidos a la furgoneta cuando empezaron a respirar con normalidad.

Contra sacó a Koboi de su escondite secreto en cuanto llegaron al apartamento que compartía con Punto. Todas las posibles dudas de que el coeficiente intelectual de Opal pudiese haberse visto afectado se disiparon de inmediato: los ojos de su jefa eran brillantes y estaban alerta.

–Ponedme al día, rápido –les ordenó mientras salía temblorosamente del carrito.

A pesar de que su cerebro funcionaba a pleno rendimiento, iba a necesitar un par de días en el electromasajista para que sus músculos volvieran a la normalidad.

Contra la ayudó a sentarse en un sofá bajo.

–Todo está en su sitio: los fondos, el cirujano… todo.

Opal se puso a beber con avidez, directamente de una jarra de agua esencial que había encima de la mesita.

–Muy bien, muy bien. ¿Y qué hay de mis enemigos?

Punto se sentó junto a su hermano. Eran casi idénticos, salvo por la frente de Contra, que siempre había sido mucho más ancha. No en vano era el hermano más listo.

–Los hemos estado vigilando, tal como nos pidió.

Opal dejó de beber de golpe.

–¿Como os pedí?

–Nos ordenó –rectificó Punto, tartamudeando–. Como nos ordenó, por supuesto. Eso es lo que he querido decir.

Koboi frunció el ceño.

–Espero que a los hermanos Brilli no les hayan entrado delirios de independencia mientras he permanecido durmiendo.

Punto se encogió levemente, casi agachando la cabeza.

–No, no, señorita Koboi. Vivimos para servir, solo para servir.

–Sí –convino Opal–. Y viviréis siempre y cuando me sigáis sirviendo. Y ahora, mis enemigos. Están todos bien, espero, felices y comiendo perdices.

–Oh, sí. Julius Remo ha seguido teniendo un éxito tras otro como comandante de la PES. Ha sido propuesto para formar parte del Consejo.

Opal compuso una sonrisa malévola y golosa.

–El Consejo... Un lugar muy alto desde el que caer... ¿Y Holly Canija?

–De nuevo en activo y a toda mecha. Seis misiones de reconocimiento con éxito desde que usted se autoindujo el coma. Han incluido su nombre en la lista para un ascenso a teniente coronel.

–Conque teniente coronel, ¿eh? Bueno, pues lo menos que podemos hacer es impedir que consiga ese ascenso. Pienso destruir la carrera de Holly Canija para que muera en la deshonra más absoluta.

–El centauro Potrillo sigue igual de repelente que de costumbre –continuó Punto Brilli–. Sugiero que sea especialmente horrible...

Opal levantó un delicado dedo para interrumpirlo.

–No. Todavía no debe pasarle nada a Potrillo. Será derrotado únicamente por el intelecto. En toda mi vida solo me han superado en inteligencia dos veces, y las dos veces ha sido Potrillo. Matarlo sin más no requiere ingenio: lo quiero maltratado, humillado y solo. –Se frotó las manos con avidez ante la perspectiva–. Y entonces lo mataré.

–Hemos estado controlando las comunicaciones de Artemis Fowl. Por lo visto, el jovencito humano se ha pasado casi todo el año pasado tratando de localizar un cuadro. Hemos seguido el rastro del cuadro hasta Munich.

–¿Un cuadro? ¿De veras? –Las piezas del engranaje del cerebro de Opal empezaron a moverse–. Bien, asegurémonos de llegar hasta el cuadro antes que él. Tal vez podamos aportar nuestro granito de arena a su obra de arte.

Punto asintió con la cabeza.

–Sí, no es ningún problema. Iré esta noche mismo.

Opal se desperezó en el sofá como si fuera una gata tendida al sol.

–Muy bien. Está resultando ser un día espléndido. Ahora, que venga el cirujano.

Los hermanos Brilli se intercambiaron una elocuente mirada.

–¿Señorita Koboi? –dijo Contra con nerviosismo.

–Sí, dime.

–El cirujano. Esta clase de operación es irreversible, ni siquiera la magia puede hacer nada al respecto. ¿Está segura de que no quiere pensar...?

Opal se levantó del sofá de un salto, con las mejillas encendidas de indignación.

–¡Pensar! ¡Quieres que lo piense! ¿Y qué crees que he estado haciendo todo este último año? ¡Pensar! ¡Veinticuatro horas al día! La magia me importa un comino. La magia no me ha ayudado a escapar, y en cambio la ciencia sí. La ciencia será mi magia. Y ahora, no más consejos, Contra, o tu hermano pasará a ser hijo único, ¿me has entendido?

Contra se quedó de una pieza. Nunca había visto a Opal tan furiosa. El coma la había cambiado.

–Sí, señorita Koboi.

–Y ahora, llamad al cirujano.

–Enseguida, señorita Koboi.

Opal volvió a tumbarse en el sofá. Muy pronto todo volvería a funcionar bien en el mundo. Sus enemigos no tardarían en estar muertos o en caer en el descrédito. Una vez que hubiese atado todos los cabos sueltos, podría seguir adelante con su nueva vida. Koboi se restregó las puntas de sus orejillas puntiagudas. «¿Qué aspecto tendré como humana...?», se preguntó.

CAPÍTULO II

EL LADRÓN MÁGICO

MUNICH, ALEMANIA, EN LA ACTUALIDAD

Los ladrones cuentan con su propio folclore, historias de golpes y atracos fabulosos que desafían a la mismísima muerte. Una de dichas leyendas habla del ladrón escalador egipcio Faisil Mahmud, que escaló la cúpula de la basílica de San Pedro para poder caerle encima a un obispo que estaba de visita y robarle así su báculo.

Otra historia cuenta las andanzas de la estafadora Red Mary Keneally, que se disfrazó de duquesa y de ese modo logró colarse en la coronación del rey de Inglaterra. El palacio niega que el suceso tuviese lugar, pero de vez en cuando aparece una corona en alguna subasta con un asombroso parecido a la que se conserva en la Torre de Londres.

Puede que la leyenda más fascinante de todas sea la historia de la misteriosa desaparición de la obra maestra de Hervé. Como todo niño de primaria sabe, Pascal Hervé fue el impresionista francés que pintó unos cuadros extraordinariamente hermosos sobre el folclore de los duendes, y como todo marchante de arte sabe, los cuadros de Hervé son los segundos más valiosos después de los del mismísimo Van Gogh, pues su precio alcanza las cifras astronómicas de más de cincuenta millones de euros.

La serie de cuadros sobre seres mágicos de Hervé consta de quince obras, diez se encuentran en los museos franceses y cinco en colecciones privadas. Sin embargo, corren rumores en las altas esferas del mundo criminal sobre la existencia de otro cuadro, el que haría el número dieciséis, y que se llama *El ladrón mágico*, en el que aparece un ser mágico secuestrando a un niño humano. Cuenta la leyenda que Hervé regaló el cuadro a una preciosa chica turca que conoció en los Campos Elíseos.

Al cabo de muy poco tiempo, la chica le rompió el corazón al pintor y vendió el cuadro a un turista británico por veinte francos. Semanas más tarde, el cuadro fue robado del hogar del inglés, y desde entonces ha sido robado de distintas colecciones privadas de todo el mundo. Desde que Hervé pintó su obra maestra, se calcula que *El ladrón mágico* ha sido robado quince veces, pero lo que diferencia este robo de los demás millones de robos similares que se han cometido durante ese mismo tiempo es que el primer ladrón decidió quedarse con el cuadro... igual que todos los demás ladrones que lo robaron después.

El ladrón mágico se ha convertido en una especie de trofeo entre la flor y nata de los ladrones de todo el mundo. Apenas una docena están al corriente de su existencia y solo un puñado de ellos conocen su paradero. El cuadro es para los criminales lo que el premio Turner para los artistas. Quien consiga robar el cuadro desaparecido es considerado automáticamente el mejor ladrón de su generación. No hay muchos ladrones al tanto de este desafío, pero los que lo conocen son muy, pero que muy importantes.

Como es natural, Artemis Fowl sabía de la existencia de *El ladrón mágico* y recientemente había descubierto su paradero. Era un reto irresistible para su capacidad: si lograba robar la obra maestra se convertiría en el ladrón más joven de la historia en haberlo conseguido.

Su guardaespaldas, el gigante euroasiático Mayordomo, no estaba del todo satisfecho con el último proyecto de su joven jefe.

–Esto no me gusta, Artemis –dijo Mayordomo en su tono de voz grave–. Mi instinto me dice que es una trampa.

Artemis Fowl recargó las pilas de su videojuego de mano.

–Pues claro que es una trampa –repuso el irlandés de catorce años–. *El ladrón mágico* lleva años atrapando ladrones, eso es lo que lo hace tan interesante.

Estaban recorriendo la Marienplatz de Munich en un Hummer H2 de alquiler. El vehículo militar no era del estilo de Artemis, pero encajaba con el estilo de la gente que querían aparentar ser. Artemis iba sentado en la parte trasera, sintiéndose ridículo, pues no iba vestido con su traje habitual oscuro de dos piezas, sino con ropas normales de adolescente.

–Este atuendo es absurdo –comentó mientras se subía la cremallera de la chaqueta del chándal–. ¿Para qué sirve una capucha que no es impermeable? ¿Y todos estos logos? Parezco un anuncio con patas. Y estos vaqueros no me sientan nada bien... Se me caen hasta las rodillas.

Mayordomo sonrió y miró por el espejo retrovisor.

–Pues yo creo que te quedan bien. Juliet diría que estás «de muerte».

Juliet, la hermana menor de Mayordomo, estaba haciendo una gira por Estados Unidos con un equipo de lucha libre mexicano y tratando de alcanzar el estrellato. Su apodo como luchadora era la Princesa de Jade.

–Pues desde luego, estos pantalones son para morirse, pero de asco –admitió Artemis–. En cuanto a las zapatillas de deporte... ¿Cómo se puede correr deprisa con unas suelas de diez centímetros de grosor? Es como si llevara puestos unos zancos. La verdad, Mayordomo, en cuanto volvamos al hotel voy a quitarme este disfraz. Echo de menos mis trajes.

Mayordomo paró el vehículo en la calle Im Tal, donde estaba el Banco Internacional.

–Artemis, si no te sientes cómodo tal vez deberíamos posponer toda la operación.

Artemis metió el videojuego en una mochila que ya contenía un buen número de artículos propios de un adolescente.

–Ni hablar. Hemos tardado un mes entero en preparar esta oportunidad.

Tres semanas antes, Artemis había realizado un donativo anónimo a la escuela Saint Bartleby para chicos con la condición de que los alumnos de tercer curso fueran de viaje a Munich para asistir a la Feria de Escuelas Europeas. El director había estado encantado de complacer los deseos del donante y ahora, mientras los demás chicos estaban viendo distintas maravillas tecnológicas en una exposición en el estadio Olympia de Munich, Artemis iba de camino al Banco Internacional. La excusa para Guiney, el director del colegio, era que Mayordomo estaba llevando de vuelta a su habitación de hotel a un alumno que se encontraba mal.

–Seguramente Crane & Sparrow mueven el cuadro varias veces al año. Yo lo haría, desde luego. ¿Quién sabe dónde estará dentro de seis meses?

Crane & Sparrow era un bufete de abogados británico que utilizaba sus negocios como tapadera para una boyante empresa de robos y tráfico de objetos robados cuyo funcionamiento iba viento en popa. Hacía ya tiempo que Artemis sospechaba que tenían *El ladrón mágico* en su poder, pero la confirmación de sus sospechas se había producido un mes antes, cuando un detective privado que había contratado para vigilar los movimientos de Crane & Sparrow informó de que los había visto trasladando un tubo de cartón rígido para el transporte de cuadros al Banco Internacional, seguramente *El ladrón mágico*.

–Puede que no vuelva a tener otra oportunidad como esta hasta que me convierta en un adulto –siguió diciendo el joven irlandés– y no pienso esperar tanto. Franz Herman robó *El ladrón mágico* cuando tenía dieciocho años, necesito batir ese récord.

Mayordomo lanzó un suspiro.

–Según cuenta la leyenda, Herman robó el cuadro en 1927. Solo tuvo que hacerse con un maletín. Hoy en día las cosas son un poquitín más complicadas: tenemos que reventar una caja de seguridad en uno de los bancos más seguros del mundo a plena luz del día.

Artemis Fowl sonrió.

–Sí. Muchos dirían que eso es imposible.

–Sí, eso dirían –convino Mayordomo, al tiempo que aparcaba el Hummer en una plaza libre–. Muchas personas cuerdas dirían que es imposible, sobre todo para alguien que está en una excursión del colegio.

Entraron en el banco por las puertas giratorias del vestíbulo, y el circuito cerrado de televisión captó todos sus movimientos. Mayordomo guió el camino con paso firme y decidido y atravesó el suelo de mármol veteado en dirección a un mostrador de información. Artemis lo siguió, meneando la cabeza al ritmo de la música que sonaba en su reproductor de cedés portátil. En realidad, el reproductor de cedés estaba vacío. Artemis llevaba puestas unas gafas de sol de espejo que ocultaban sus ojos pero que le permitían escanear el interior del banco sin que nadie se percatase de ello.

El Banco Internacional era famoso en determinados círculos por poseer las cajas de seguridad mejor blindadas del mundo, incluida Suiza. Se rumoreaba que si alguien abría las cajas de seguridad del Banco Internacional y desparramaba su contenido por el suelo, un diez por ciento de la riqueza del mundo entero quedaría amontonada en el mármol: joyas, títulos al portador, dinero en efectivo, escrituras, objetos de arte... la mitad al menos robada a sus legítimos dueños. Sin embargo, a Artemis no le interesaba ninguno de estos objetos. A lo mejor la próxima vez.

Mayordomo se detuvo en el mostrador de información y sus descomunales dimensiones proyectaron una inmensa sombra sobre la pantalla plana que había encima de este. El hombre de apariencia delgada que estaba trabajando delante de la pantalla levantó la vista para protestar, pero luego se lo pensó mejor. La voluminosa figura de Mayordomo solía producir ese efecto en la gente.

–¿En qué puedo ayudarle, herr…?

–Lee –le contestó Mayordomo en perfecto alemán–. Coronel Xavier Lee. Quiero abrir mi caja de seguridad.

–Por supuesto, coronel. Me llamo Bertholt y le ayudaré con el proceso. –Bertholt abrió con una mano el archivo del coronel Xavier Lee que tenía en su ordenador, mientras con la otra hacía girar un lápiz como si fuese un minibastón de majorette–. Solo tenemos que realizar las comprobaciones de seguridad rutinarias. ¿Me permite su pasaporte?

–Por supuesto –dijo Mayordomo, al tiempo que le tendía un pasaporte de la República Popular de China por encima del mostrador–. No esperaba otra cosa que las más estrictas medidas de seguridad.

Bertholt cogió el pasaporte con dedos hábiles y comprobó la fotografía antes de colocarlo en un escáner.

–Alfonse –le soltó Mayordomo a Artemis–, estate quieto ya de una vez y ponte derecho, hijo. A veces te encorvas tanto que parece que no tengas columna vertebral.

Bertholt esbozó una sonrisa tan falsa que hasta la habría detectado un crío de dos años.

–Alfonse, me alegro de conocerte.

–¿Qué pasa, tronco? –lo saludó Artemis, con la misma hipocresía.

Mayordomo meneó la cabeza con gesto resignado.

–Mi hijo no se comunica demasiado bien con el resto del mundo. Estoy deseoso de que llegue el día de alistarlo en el ejército: entonces veremos si hay un hombre debajo de todos esos cambios de humor.

Bertholt asintió con aire comprensivo.

–Tengo una hija. Dieciséis años. Se gasta más dinero en llamadas telefónicas a la semana que el presupuesto de toda la familia en comida.

–Adolescentes... todos son iguales.

El ordenador emitió un pitido.

–Y que lo diga. Bueno, su pasaporte ha recibido el visto bueno. Ahora lo único que necesito es una firma. –Bertholt deslizó una tablilla para la firma manuscrita. Un cable enrollado sujetaba un bolígrafo digital a la tablilla. Mayordomo lo cogió y garabateó su firma encima de la línea. La firma sería la correcta. Por supuesto que lo sería: la original era la propia letra de Mayordomo, pues el coronel Xavier Lee era uno más de la docena de alias que el guardaespaldas había creado a lo largo de los años. El pasaporte también era auténtico, aunque la información que constaba en él no lo fuese. Mayordomo se lo había comprado varios años antes al secretario de un diplomático chino de Río de Janeiro.

El ordenador emitió otro pitido.

–Bien –dijo Bertholt–. No hay duda de que es usted quien dice ser. Lo acompañaré a la cámara acorazada de la caja de seguridad. ¿Viene Alfonse con nosotros?

Mayordomo irguió el cuerpo.

–Pues claro. Si lo dejo aquí, seguro que lo detienen.

Bertholt quiso hacer una broma.

–Bueno, si me lo permite, coronel, está en el lugar adecuado.

–Me parto de la risa, tío –masculló Artemis–. Me extraña mucho que no tengas tu propio programa de humor en la tele, tronco.

Sin embargo, el comentario de Bertholt era de lo más acertado: había guardias de seguridad armados repartidos por todo el edificio. Al primer indicio de anomalía de alguna clase, todos se desplazarían a puntos estratégicos y bloquearían todas las salidas.

Bertholt los condujo a un ascensor de acero galvanizado y acercó su tarjeta de identificación a una cámara que había junto a la puerta.

El empleado del banco guiñó un ojo a Artemis.

–Aquí tenemos un sistema de seguridad especial, jovencito. Es un sistema impresionante.

–Ya. Creo que me voy a desmayar de la emoción –comentó Artemis.

–Basta ya de esa actitud, hijo mío –le regañó Mayordomo–. Bertholt solo trata de darnos un poco de conversación.

Bertholt conservó las buenas maneras ante el sarcasmo de Artemis.

–Tal vez te gustaría trabajar aquí cuando seas mayor, ¿eh, Alfonse? ¿Qué te parece?

Por primera vez, Artemis le dedicó una sonrisa sincera, y por alguna razón un escalofrío recorrió el cuerpo de Bertholt al ver aquella sonrisa.

–¿Sabes una cosa, Bertholt? Creo que algunos de mis mejores trabajos serán en los bancos.

El incómodo silencio que siguió a aquellas palabras fue interrumpido por una voz procedente de un altavoz diminuto debajo de la cámara.

–Sí, Bertholt, te estamos viendo. ¿Cuántos?

–Dos –respondió Bertholt–. Un usuario con clave y un menor. Bajan a abrir una caja.

La puerta se deslizó y reveló un cubo de acero sin botones ni paneles, solo una cámara elevada en una de las esquinas. Cuando entraron, el ascensor se activó por control remoto. Artemis se fijó en que Bertholt había empezado a retorcerse las manos con nerviosismo en cuanto hubieron comenzado a descender.

–Oye, Bertholt. ¿Qué te pasa? Solo es un ascensor.

Bertholt esbozó una sonrisa forzada y solo se le vio el destello de un diente bajo el bigote.

–Estás en todo, ¿eh, Alfonse? No me gustan los espacios reducidos. Y aquí no hay controles, por motivos de seguridad. El ascensor lo controlan desde arriba, y si se averiase dependeríamos de los guardias para que nos rescatasen. Este trasto es prácticamente hermético. ¿Y si al guardia le da un ataque al corazón o se va a tomar un café un momento? Podríamos...

El silbido de la puerta del ascensor al deslizarse interrumpió la atropellada perorata del empleado. Habían llegado a la planta donde estaba la cámara acorazada.

–Ya estamos aquí –informó Bertholt, secándose la frente con un pañuelo de papel. Un fragmento del pañuelo se le quedó pegado en las arrugas de la frente y empezó a agitarse como las mangas de viento de las autopistas por culpa del aire acondicionado–. Sanos y salvos, je, je. No había necesidad de preocuparse. No ha pasado nada. –Se puso a reír con nerviosismo–. ¿Vamos?

Un corpulento guardia de seguridad los esperaba en la puerta del ascensor. Artemis advirtió el arma que llevaba en la sobaquera y el cordón del auricular que le rodeaba el cuello.

–*Willkommen*, Bertholt, has bajado enterito. Otra vez.

Bertholt se quitó el trozo de pañuelo de la frente.

–Sí, Kurt, lo he hecho, y no me hace ninguna gracia ese retintín en tus palabras, que lo sepas.

Kurt lanzó un fuerte resoplido que hizo que le temblasen los labios.

–Por favor, perdone a mi compatriota –dijo, dirigiéndose a Mayordomo–. Le tiene fobia a todo, desde las arañas hasta los ascensores. Es un milagro que se levante de la cama, la verdad. Y ahora, tenga la bondad de colocarse en el cuadrado amarillo y levantar ambos brazos hasta la altura de los hombros.

En el suelo de acero habían pegado un cuadrado amarillo. Mayordomo lo pisó y levantó los brazos. Kurt le realizó un cacheo que habría puesto en ridículo al más profesional de los guardias de aduanas y luego le hizo pasar por un arco detector de metales.

–Está limpio –anunció en voz alta. El micrófono que llevaba en la solapa recogió las palabras y las envió al puesto de seguridad–. Y ahora tú, chico –dijo Kurt–. Lo mismo.

Artemis hizo lo que le decía y avanzó con paso cansino y los hombros caídos hasta el cuadrado. Apenas separó los brazos del cuerpo.

Mayordomo lo fulminó con la mirada.

–¡Alfonse! ¿Es que no puedes hacer lo que te dice este señor? ¡Si estuviéramos en el ejército te pondría a limpiar letrinas ahora mismo!

Artemis le devolvió la mirada asesina.

–Sí, «coronel», pero no estamos en el ejército, ¿verdad?

Kurt le quitó la mochila de la espalda a Artemis y se puso a hurgar en el interior.

–¿Qué es esto? –preguntó, sacando una estructura de plástico rígido.

Artemis tomó la estructura en sus manos y la desplegó con tres movimientos ágiles.

–Es un escúter, tío. Habrás oído hablar de ellos. Es un medio de transporte que no contamina el aire que respiramos.

Kurt volvió a coger el escúter, hizo girar las ruedas y comprobó las juntas.

Artemis le dedicó una sonrisita de suficiencia.

–Claro que también es un cúter láser para poder abrir vuestras cajas de seguridad.

–Eres un listillo, ¿sabes, chico? –contestó Kurt con un gruñido mientras devolvía el escúter a la mochila–. ¿Y esto de aquí qué es?

Artemis encendió el videojuego.

–Es un juego de ordenador. Los inventaron para que los adolescentes no tengan que hablar con los mayores.

Kurt miró a Mayordomo.

–Su hijo es una joya, señor. Ojalá tuviese uno igualito que él. –Pasó la mano por un manojo de llaves que Artemis llevaba colgando del cinturón–. ¿Y esto?

Artemis se rascó la cabeza.

–Mmm... ¿Llaves?

Kurt hizo rechinar los dientes de manera harto sonora.

–Ya sé que son llaves, chaval. Quiero saber qué abren.

Artemis se encogió de hombros.

–Pues... cosas. Mi taquilla. El candado del escúter. Un par de diarios. Cosas.

El guardia de seguridad examinó las llaves. Eran llaves corrientes y molientes, y no podían abrir una cerradura complicada. Sin embargo, la política del banco prohibía todo tipo de llaves; solo se permitía el paso a través del detector de metales de las llaves de las cajas de seguridad.

–Lo siento, pero las llaves se quedan aquí. –Kurt confiscó el llavero y puso las llaves en una bandeja–. Podrás recogerlas cuando salgas.

–¿Puedo pasar ahora?

–Sí –dijo Kurt–, hazlo, pero pásale la bolsa primero a tu padre.

Artemis le pasó la bolsa a Mayordomo alrededor del arco y, acto seguido, pasó él mismo a través e hizo sonar la alarma del detector.

Kurt lo siguió con aire impaciente.

–A ver, ¿llevas algo metálico encima? ¿La hebilla del cinturón? ¿Monedas?

–¿Dinero? –se mofó Artemis–. Ojalá.

–Entonces, ¿qué es lo que está activando la alarma del detector? –preguntó Kurt, desconcertado.

–Creo que sé lo que es –dijo Artemis. Se metió un dedo en forma de gancho en la parte interna de su labio superior y lo levantó. Dos franjas metálicas le recorrían los dientes.

–Aparatos de ortodoncia. Eso es –dictaminó Kurt–. El detector es extremadamente sensible.

Artemis retiró el dedo.

–¿Quiere que me los quite? ¿Que me los arranque de los dientes?

Kurt se tomó en serio la sugerencia.

–No, no será necesario. Adelante, pasa. Pero pórtate bien ahí dentro; es una cámara acorazada, no un patio de colegio. –Kurt hizo una pausa y luego señaló una cámara que estaba instalada encima de sus cabezas–. Y no lo olvides, te estaré vigilando.

–Vigila todo lo que te dé la gana –contestó Artemis con desfachatez.

–Ya lo creo que lo haré, chaval. Como se te ocurra escupir siquiera en una de esas puertas, te echaré de las instalaciones. A patadas.

–Vaya, por lo que más quieras, Kurt... –exclamó Bertholt–. No hagas tanto teatro. Eso no son cámaras de televisión, ¿sabes?

Bertholt los animó a pasar por la puerta de la cámara.

–Les pido disculpas por los modales de Kurt. Suspendió el examen de acceso a las fuerzas especiales y acabó aquí. A veces creo que le encantaría que alguien intentase robar en la cámara, solo para ver un poco de acción.

La puerta era un bloque circular de acero de al menos cinco metros de diámetro. A pesar de su tamaño, cedió fácilmente cuando Bertholt la tocó.

–Un funcionamiento perfecto –señaló el empleado–. Hasta un niño podría abrirla, hasta las cinco y media, cuando se cierra hasta el día siguiente. Naturalmente, el mecanismo de apertura funciona con temporizador. Nadie puede abrir la puerta hasta las ocho y media de la mañana. Ni siquiera el presidente del banco.

Al otro lado de la puerta de la cámara se veían montones de hileras de cajas de seguridad de acero de todas las formas y tamaños. Cada caja contaba con un único ojo de cerradura rectangular en su cara frontal, rodeada de una serie de indicadores luminosos de fibra óptica. En aquel momento todos los pilotos estaban en rojo.

Bertholt extrajo del bolsillo una llave, que iba atada a su cinturón por un cable de acero trenzado.

–Por supuesto, la forma de la llave no es lo único importante –explicó, al tiempo que introducía la llave en el ojo de un terminal maestro–. Las cerraduras también funcionan mediante microchip.

Mayordomo extrajo una llave similar de su cartera.

–¿Estamos listos?

–Cuando usted quiera, señor.

Mayordomo recorrió con los dedos varias cajas de seguridad hasta llegar a la número setecientos. Insertó su llave en el ojo de la cerradura.

–Listo.

–Muy bien, señor. En sus puestos. Tres, dos, uno. Girar.

Ambos hombres hicieron girar sus llaves de forma simultánea. La medida preventiva de la llave del terminal maestro impedía que un ladrón pudiese abrir una caja con una sola llave. Si las dos llaves no giraban en un segundo como máximo de intervalo entre una y otra, la caja no se abría.

El piloto que había junto a ambas llaves pasó del rojo al verde, y la puerta de la caja de seguridad de Mayordomo se abrió de golpe.

–Gracias, Bertholt –le dijo Mayordomo mientras introducía la mano en la caja.

–No hay de qué –contestó Bertholt, casi haciendo una reverencia–. Estaré fuera. Pese a la cámara, existe una regla por la cual debemos realizar una inspección cada tres minutos, de modo que los veré dentro de ciento ochenta segundos.

Una vez que el empleado del banco se hubo ido, Artemis lanzó a su guardaespaldas una mirada burlona.

–¿Alfonse? –exclamó por la comisura de los labios–. No recuerdo haber decidido ningún nombre para mi personaje.

Mayordomo ajustó el cronómetro de su reloj.

–Estaba improvisando, Artemis. Pensé que la situación lo requería. Y si me lo permites, creo que tu representación del adolescente insoportable ha sido muy convincente.

–Gracias, amigo mío. Eso intento.

Mayordomo extrajo un plano de arquitecto de su caja de seguridad y desplegó el documento hasta que adquirió unas dimensiones de casi dos metros cuadrados. Lo sostuvo a un metro de su cuerpo, examinando aparentemente el plano dibujado sobre el papel. Artemis miró hacia arriba, a la cámara del techo.

–Levanta los brazos cinco centímetros más y da un paso a la izquierda.

Mayordomo hizo lo que le decía con toda naturalidad, disimulando sus movimientos con un acceso de tos y agitando un poco el pergamino.

–Muy bien, perfecto. Quédate justo ahí.

Cuando Mayordomo había alquilado la caja en su última visita, había tomado numerosas fotografías de la cámara acorazada con la cámara microscópica que llevaba oculta en un botón. Artemis había utilizado las fotos para realizar una reconstrucción digital de la habitación. Según sus cálculos, la posición de Mayordomo en ese preciso instante le daba un margen de maniobra de diez metros cuadrados. En esa área, sus movimientos permanecerían ocultos por el plano desplegado. En aquel momento, los guardias de seguridad solo podían verle las zapatillas de deporte.

Artemis apoyó la espalda en una pared de cajas de seguridad que había entre dos bancos de acero. Se agarró con ambos brazos a los bancos y elevó el cuerpo para salir de las zapatillas, varios números más grandes que el suyo. Con sumo cuidado, el chico se deslizó por uno de los bancos.

–Mantén la cabeza agachada –le aconsejó Mayordomo.

Artemis registró en su mochila para buscar el videocubo. A pesar de que el cubo contenía, de hecho, un juego de ordenador, su función primordial era la de obtener imágenes por rayos X en tiempo real. La herramienta para obtener imágenes por rayos X se utilizaba con frecuencia en las altas esferas de los ambientes criminales y a Artemis le había resultado relativamente sencillo camuflar una de ellas en un juguetito de adolescente. Artemis activó los rayos X y los deslizó por la caja de seguridad contigua a la de Mayordomo. El guardaespaldas había alquilado la suya dos días después que Crane & Sparrow, de modo que era razonable pensar que les hubiesen asignado unas cajas que estuviesen cerca la una de la otra, a no ser que Crane & Sparrow hubiese solicitado un número específico, en cuyo caso habría que volver a empezar de cero. Artemis había calculado que su primer intento de robar *El ladrón mágico* tenía un cuarenta por ciento de posibilidades de éxito. No era un porcentaje demasiado halagüeño, pero no le quedaba otra opción que seguir adelante. A las malas, aprendería muchas más cosas sobre el sistema de seguridad del banco.

La pequeña pantalla del cubo reveló que la primera caja estaba llena de dinero.

–Negativo –dijo Artemis–. Solo dinero en metálico.

Mayordomo arqueó una ceja.

–Ya sabes lo que suele decirse, que nunca se tiene demasiado dinero en metálico.

Artemis ya se había desplazado a la siguiente caja.

–Hoy no, amigo mío, pero tenemos que conservar el alquiler de nuestra caja por si necesitamos volver.

La siguiente caja contenía unos documentos legales atados con una cinta y la caja contigua estaba llena de diamantes sueltos en una bandeja. Artemis dio con una mina de oro en la cuarta caja, en lenguaje figurado: en el interior de la caja había un tubo alargado que contenía un lienzo enrollado.

–Creo que lo tenemos, Mayordomo. Me parece que hemos dado en el clavo.

–Ya tendrás tiempo de entusiasmarte cuando el cuadro cuelgue de la pared de la mansión Fowl, pero mientras tanto date prisa, Artemis, me empiezan a doler los brazos.

Artemis se serenó. Por supuesto, Mayordomo tenía razón. Todavía estaban muy lejos de tener en su poder *El ladrón mágico*, si es que aquel cuadro era realmente la obra maestra de Hervé. Bien podía ser el dibujo con lápices de cera de un helicóptero de algún abuelo orgulloso.

Artemis desplazó la máquina de rayos X al fondo de la caja. No había marcas del fabricante en la portezuela, pero a menudo los artesanos eran muy orgullosos y no podían resistir la tentación de colocar su firma en alguna parte, aunque nadie más que ellos supiese que estaba ahí. Artemis estuvo examinándola durante unos veinte segundos antes de encontrar lo que estaba buscando. Dentro de la propia portezuela, en la placa posterior, estaba grabada la palabra «Blokken».

–Blokken –exclamó el chico con voz triunfal–. Teníamos razón.

Solo había seis empresas en todo el mundo capaces de construir cajas de seguridad de aquella calidad. Artemis había entrado en sus ordenadores y había encontrado el Banco Internacional en su lista de clientes. Blokken era una pequeña empresa familiar con sede en Viena que también fabricaba cajas para distintos bancos de Ginebra y las islas Caimán. Mayordomo había realizado una breve visita a su taller y robado dos llaves maestras. Por supuesto, las llaves eran de metal y no conseguirían escapar al detector de metales del arco, a no ser que, por algún motivo, les permitiesen el paso de metales.

Artemis se metió dos dedos en la boca y se desencajó el aparato de ortodoncia de los dientes superiores. Detrás del propio aparato había un soporte de plástico que lo sujetaba y, adheridas a este, las dos llaves: las llaves maestras.

Artemis se masajeó la mandíbula unos segundos.

–Eso está mejor –comentó–. Creí que me iba a atragantar.

El siguiente escollo era la distancia, pues dos metros separaban la caja de seguridad de la cerradura maestra que había junto a la puerta. No solo era imposible que una sola persona abriese la puerta sin ayuda de nadie, sino que quienquiera que estuviese junto a la cerradura maestra sería visible para los guardias de seguridad.

Artemis sacó su escúter de la mochila. Arrancó una clavija de su sitio y separó la columna de dirección de la base para apoyar los pies. Aquel no era un escúter normal y corriente; un ingeniero amigo de Mayordomo lo había construido a partir de unos planos muy específicos. La base para los pies era del todo normal, pero la columna de dirección se desplegaba como un telescopio al tocar un botón que accionaba un muelle. Artemis desenroscó uno de los puños y lo recolocó en el otro extremo de la columna. Había una ranura en el extremo de cada empuñadura, en la que Artemis enroscó una llave maestra. Ahora lo único que tenía que hacer era insertar ambas llaves en sus cerraduras correspondientes y hacerlas girar de forma simultánea.

Artemis hizo encajar una de las llaves en la caja de seguridad de Crane & Sparrow.

–¿Listo? –le preguntó a Mayordomo.

–Sí –respondió su guardaespaldas–. No te muevas más allá de lo necesario.

–Tres, dos, uno… ¡Ahora!

Artemis pulsó el botón del muelle de la columna de dirección y se desplazó por el banco, tirando del palo telescópico. A medida que el chico se iba moviendo, Mayordomo giraba el tronco para que el plano siguiese ocultando a Artemis de la cámara. Movió el plano justo lo suficiente para tapar la cerradura maestra sin dejar al descubierto las zapatillas sin piernas de Artemis. Sin embargo, la caja objetivo, con el apéndice del palo telescópico, quedó visible durante el tiempo que Artemis tardó en introducir la segunda llave.

La cerradura maestra estaba casi a un metro del final del banco de acero. Artemis inclinó el cuerpo el máximo posible sin perder el equilibrio e insertó la llave en su cerradura. Encajó a la perfección y Artemis retrocedió rápidamente. Ahora Mayordomo ya podía volver a ocultar la caja de Crane & Sparrow. La totalidad del plan dependía de la suposición de que los guardias estarían concentrados en Mayordomo y no se fijarían en un misterioso palo que se extendía hacia el ojo de la cerradura maestra. Resultaba útil que el plano fuese precisamente del mismo color que las cajas de seguridad.

Artemis regresó junto a la caja original e hizo girar la empuñadura. Un sistema de cables y polea en el interior del palo hizo girar la otra empuñadura de manera simultánea. El piloto junto a las dos cerraduras pasó al color verde y la caja de Crane & Sparrow se abrió de golpe. Artemis experimentó una sensación de satisfacción absoluta: su artilugio había funcionado. Aunque, pensándolo bien, no había ninguna razón por la que no debiera haberlo hecho, pues había obedecido todas las leyes de la física. Era asombroso cómo el más inexpugnable de los sistemas de seguridad electrónicos podía ser derrotado por un palo, una polea y unos aparatos para los dientes.

–Artemis –masculló Mayordomo–, se me hace muy incómodo mantener los brazos arriba tanto tiempo, así que, si no te importa...

Artemis interrumpió su celebración mental. Todavía no habían salido de la cámara acorazada. Devolvió las empuñaduras a su posición original y luego tiró de la barra hacia sí. Ambas llaves salieron de sus cerraduras. Al pulsar un botón, el palo recuperó su longitud original. Artemis decidió esperar para reensamblar el escúter, ya que el palo podía ser necesario para registrar otras cajas.

Artemis examinó la caja con la máquina de rayos X antes de abrir más la puerta, en busca de cables o circuitos que pudiesen hacer saltar alguna alarma secundaria. Había uno, un cortacircuitos conectado a una sirena portátil. Para cualquier ladrón sería un ridículo espantoso que las autoridades fuesen alertadas por el escandaloso aullido de una sirena. Artemis sonrió. Por lo visto, Crane & Sparrow tenían sentido del humor. Tal vez los contratase como abogados...

Artemis se quitó los cascos que llevaba alrededor del cuello y desenroscó los auriculares. Una vez que el cable del interior quedó al descubierto, el chico enrolló un trozo del mismo a cada lado del cortacircuitos. Ahora podría tirar del cortacircuitos sin temor a abrir el circuito. Artemis dio un tirón al cable y la sirena no sonó.

Por fin tenía la caja abierta ante sí. En su interior solo había un tubo apoyado en la pared posterior. El tubo estaba hecho de plexiglás y contenía un lienzo enrollado. Artemis extrajo el tubo y lo sostuvo a contraluz. Examinó el cuadro durante varios segundos a través del plástico transparente. No podía arriesgarse a abrir el tubo hasta que estuviesen de vuelta, sanos y salvos, en el hotel. La precipitación podía ocasionar daños accidentales al cuadro; había esperado años para hacerse con *El ladrón mágico*, podía esperar unas cuantas horas más.

–El manejo del pincel es inconfundible –comentó, cerrando la caja–. Trazos enérgicos y gruesos bloques de luz. Es Hervé o bien una copia sensacional. Creo que lo hemos conseguido, Mayordomo, pero no puedo estar seguro sin rayos X y un análisis de la pintura.

–Bien –dijo el guardaespaldas, consultando su reloj–. Eso puede hacerse en el hotel. Empaqueta tus cosas y salgamos de aquí.

Artemis metió el cilindro en su mochila junto con el escúter, que acababa de volver a montar. Devolvió las llaves al soporte de plástico y se metió el aparato de ortodoncia en la boca.

La puerta de la cámara acorazada se abrió justo cuando el joven irlandés volvía a introducir los pies en sus zapatillas de deporte. La cabeza de Bertholt apareció por la rendija de la puerta.

–¿Va todo bien ahí dentro? –preguntó el empleado del banco.

Mayordomo dobló el plano y se lo metió en el bolsillo.

–Sí, Bertholt. De hecho, ya he terminado. Puede acompañarnos a la planta de arriba.

Bertholt hizo una leve inclinación de cabeza.

–Por supuesto, señor. Síganme.

Artemis volvió a interpretar el papel del adolescente contestón.

–Muchísimas gracias, Berty. Ha sido una auténtica pasada. Me encanta pasarme las vacaciones en los bancos, mirando papeles.

Había que reconocer el mérito de Bertholt: su sonrisa no se alteró ni un solo instante.

Kurt los esperaba junto al arco de rayos X, con los brazos cruzados delante de unos pectorales del tamaño de un hipopótamo. Esperó a que Mayordomo hubiese pasado y luego le dio unos golpecitos a Artemis en el hombro.

–Te crees muy listo, ¿no, chavalín? –dijo, sonriendo.

Artemis le devolvió la sonrisa.

–¿Comparado contigo? Por supuesto.

Kurt se agachó un poco y apoyó las manos en las rodillas hasta que sus ojos estuvieron al mismo nivel que los de Artemis.

–Te he estado observando desde el puesto de seguridad. No has hecho nada. Los de tu calaña nunca hacen nada.

–¿Cómo lo sabes? –preguntó Artemis–. Podría haber estado abriendo esas cajas de seguridad.

–Lo sé muy bien. Lo sé porque te he estado viendo los pies todo el rato. No te has movido ni siquiera un centímetro.

Artemis recogió sus llaves de la bandeja y fue corriendo tras Mayordomo para alcanzar el ascensor.

–Vale, tú ganas esta vez. Pero volveré.

Kurt hizo bocina con las manos en la boca.

–¡Venga, a ver si te atreves! –gritó–. Te estaré esperando.

CAPÍTULO III

AL BORDE DE LA MUERTE

JEFATURA CENTRAL DE POLICÍA, CIUDAD REFUGIO, LOS ELEMENTOS DEL SUBSUELO

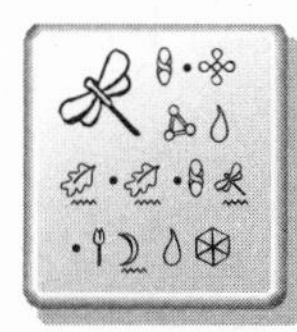

La capitana Holly Canija estaba a punto de lograr un ascenso. Era el giro más radical del siglo en la carrera profesional de una agente de la PES. Había pasado menos de un año desde que había sido objeto de dos investigaciones de Asuntos Internos, pero en esos momentos, tras seis misiones de gran éxito, Holly era la elfa de oro del Escuadrón de Reconocimiento de la Policía de los Elementos del Subsuelo. El Consejo no tardaría en reunirse para decidir si iba a ser o no la primera teniente coronel de la historia de Reconocimiento de la PES. Pero, a decir verdad, la idea no le hacía ni pizca de gracia a la capitana: los tenientes coronel rara vez llegaban a ponerse unas alas para volar entre la Tierra y las estrellas, sino que se pasaban el tiempo enviando a oficiales de rango inferior a misiones complicadas. Holly estaba decidida a rechazar el ascenso si se lo concedían. Podría vivir con una nómina más modesta si eso significaba poder ver la superficie de vez en cuando.

Holly decidió que sería conveniente decirle al comandante Julius Remo lo que pensaba hacer; al fin y al cabo, había sido este quien había estado a su lado apoyándola a lo largo de las investigaciones. Además, para empezar, había sido Remo quien la había recomendado para el ascenso. Al comandante no le iba a sentar demasiado bien la noticia; nunca se tomaba bien ninguna clase de noticia, y hasta las buenas las recibía con un brusco «Gracias» y un portazo.

Holly estaba de pie en la puerta del despacho de Remo esa mañana, armándose de valor para llamar, y a pesar de que con su metro exacto de estatura estaba justo por debajo de la media de los seres mágicos, Holly se alegraba de que su pelo color caoba, que llevaba peinado de punta, le diese un centímetro de más. Sin darle tiempo a llamar, la puerta se abrió y el rostro de mejillas sonrosadas del comandante Remo asomó por ella.

–¡Capitana Canija! –rugió, haciendo temblar el pelo gris de corte moderno–. ¡Ven aquí ahora mismo! –En ese momento se percató de la presencia de Holly junto a la puerta–. Ah, estás aquí. Entra, hay un rompecabezas que debemos resolver. Tiene que ver con uno de nuestros amigos goblins.

Holly siguió a Remo al despacho. Potrillo, el asesor técnico de la PES, ya estaba allí, tan pegado a la gigantesca pantalla de plasma de la pared que los pelillos de la nariz estaban a punto de chamuscársele.

–Es un vídeo del Peñón del Mono –explicó Remo–. El general Escaleno se ha fugado.

–¿Que se ha fugado? –repitió Holly–. ¿Sabemos cómo ha sido?

Potrillo chasqueó los dedos.

–*D'Arvit!* En eso es en lo que tendríamos que estar pensando en vez de estar aquí jugando al veo, veo.

–No tenemos tiempo para tus comentarios sarcásticos de siempre, Potrillo –soltó Remo mientras su rostro iba encendiéndose cada vez más–. Es una catástrofe de máxima prioridad. Escaleno es el enemigo público número dos, el segundo después de la mismísima Opal Koboi. Si la prensa se entera de esto, seremos el hazmerreír de Refugio, por no hablar de la posibilidad de que Escaleno podría estar agrupando a unos cuantos de sus compinches goblins y reactivar la tríada.

Holly se acercó hasta la pantalla y apartó la grupa de Potrillo para abrirse paso. Su pequeña charla con el comandante Remo podía esperar, había trabajo policial que hacer.

–¿Qué estamos viendo?

Potrillo señaló una parte de la pantalla con un puntero de láser.

–Peñón del Mono, centro penitenciario para goblins. Cámara ochenta y seis.

–¿Qué se ve?

–La sala de visitas. Escaleno entró en ella pero no volvió a salir.

Holly examinó la lista de las ubicaciones de las cámaras.

–¿No hay ninguna cámara instalada dentro de la sala?

Remo empezó a toser, o puede que fuese una serie de gruñidos.

–No. De acuerdo con el tercer Convenio de Atlantis de Derechos de los Seres Mágicos, los presos tienen derecho a intimidad en la sala de visitas.

–Así que ¿no sabemos qué pasó ahí dentro?

–No exactamente, no.

–¿Y se puede saber qué genio ha diseñado este sistema?

Pese a la gravedad de la situación, Remo se echó a reír. Nunca podía resistirse a meterse con el petulante centauro.

–Aquí el amigo equino diseñó el sistema de seguridad automático del Peñón del Mono él solito.

Potrillo hizo un mohín de enfado, y cuando un centauro hacía pucheros con el labio inferior, este casi le llegaba hasta la barbilla.

–No es el sistema, el sistema es infalible. Todos los presos llevan el localizador-noqueador subcutáneo en la cabeza. Incluso si por algún milagro un goblin logra escapar, podemos noquearlo por control remoto y luego recogerlo.

Holly levantó las manos.

–¿Y cuál es el problema?

–El problema es que el localizador-noqueador no transmite ninguna señal. O si lo está haciendo, no estamos recibiendo la señal.

–Eso sí que es un problema.

Remo se encendió un habano de hongos. Un reciclador de aire que tenía encima de la mesa aspiró todo el humo de inmediato.

–El teniente coronel Kelp está fuera con una unidad móvil, tratando de conseguir alguna señal.

Camorra Kelp había sido ascendido recientemente a segundo al mando en el equipo de Remo. No era la clase de oficial a quien le gustaba estar sentado detrás de un escritorio, a diferencia de su hermano, el cabo Grub Kelp, a quien nada le haría más feliz que quedarse quietecito detrás de una mesa segura durante el resto de su carrera. Si obligaban a Holly a aceptar el ascenso, esperaba poder hacer al menos lo mismo que Camorra.

Holly volvió a centrar su atención en la pantalla de plasma.

–Bueno, ¿y quién había ido a visitar al general Escaleno?

–Uno del millar de sobrinos que tiene. Un goblin que se hace llamar Buun. Por lo visto, significa «de noble frente» en lenguaje goblin.

–Lo recuerdo –dijo Holly–. Buun. Los del servicio de aduanas creen que es uno de los goblins que está detrás de la operación de contrabando de los B'wa Kell. Ese goblin no tiene un pelo de noble, y mucho menos en la frente.

Potrillo abrió un archivo en la pantalla de plasma con su puntero láser.

–Aquí está la lista de visitas. Buun entra a las siete cincuenta, hora de los Elementos del Subsuelo. Al menos puedo enseñarte esas imágenes en el vídeo.

Una pantalla granulosa mostraba la imagen de un corpulento goblin en el pasillo de acceso a la cárcel, chupándose los globos oculares mientras lo escaneaba el láser de seguridad. Una vez confirmado que el goblin no trataba de introducir nada clandestinamente en la prisión, la puerta de los visitantes se abrió.

Potrillo siguió examinando la lista.

–Y echa un vistazo a esto. Sale a las ocho quince.

Buun se marchaba con paso apresurado, a todas luces incómodo en las instalaciones penitenciarias. La cámara del aparcamiento lo mostraba poniéndose de cuatro patas para dirigirse a toda prisa a su coche.

Holly examinó la lista con mucha atención.

–Entonces, ¿dices que Buun salió a las ocho quince?

–Eso es lo que acabo de decir, ¿no, Holly? –repuso Potrillo con irritación–. Volveré a decirlo otra vez, despacio. A las ocho quince.

Holly le arrebató el puntero láser.

–Bien, y si eso es verdad, ¿por qué vuelve a salir a las ocho y veinte?

Era cierto. Ocho líneas más abajo en la misma lista, el nombre de Buun volvía a aparecer.

–Ya lo he visto. Es un fallo técnico –murmuró Potrillo–, eso es todo. No pudo marcharse dos veces, es imposible. A veces pasa, es un pequeño fallo, nada más.

–A menos que no fuese él la segunda vez.

El centauro se cruzó de brazos a la defensiva.

–¿Y crees que no he pensado en eso? Todo aquel que entra o sale del Peñón del Mono es escaneado montones de veces, tomamos al menos ochenta puntos faciales de referencia con cada escaneo. Si el ordenador dice Buun, entonces es que es Buun. Es imposible que un goblin pueda engañar a mi sistema. ¡Pero si casi no tienen cerebro suficiente para andar y hablar al mismo tiempo!

Holly empleó el puntero para volver a ver el vídeo de la entrada de Buun y le amplió la cabeza utilizando un programa de manipulación fotográfica para mejorar la imagen.

–¿Qué buscas? –le preguntó Remo.

–No lo sé, comandante. Algo, cualquier cosa.

Tardó varios minutos, pero al final Holly lo consiguió. Supo de inmediato que tenía razón. Su intuición estaba zumbando como un enjambre de abejas en la base de su cerebro.

–Mirad aquí –dijo, ampliando la frente de Buun–. Una ampolla de escamas. Este goblin está mudando la piel.

–¿Y? –preguntó Potrillo malhumorado.

Holly reabrió el archivo de salida de Buun.

–Ahora mirad. No hay ninguna ampolla.

–Así que se reventó la ampolla. ¡Huy, qué fuerte!

–No. Es más que eso. Al entrar, la piel de Buun era casi gris, mientras que al salir es de color verde brillante. Si hasta lleva un estampado de camuflaje en la espalda...

Potrillo soltó un bufido.

–Le va a servir de mucho, en la ciudad...

–¿Adónde quieres ir a parar, capitana? –preguntó Remo, apagando el habano.

–Buun mudó de piel en la sala de visitas, así que ¿dónde está la piel?

Se produjo un largo silencio mientras sus otros dos compañeros asimilaban las implicaciones de aquella pregunta.

–¿Funcionaría? –preguntó Remo con ansiedad.

Potrillo estaba prácticamente mudo de asombro.

–Por todos los dioses, creo que sí que funcionaría...

El centauro extrajo un teclado y sus dedos gruesos revolotearon a toda velocidad por los caracteres gnómicos. Una nueva imagen de vídeo apareció en la pantalla. En aquella imagen, otro goblin salía de la habitación. Se parecía mucho a Buun, mucho, pero no era idéntico a él: había algo que no acababa de encajar. Potrillo hizo un zoom sobre la cabeza del goblin y, con la ampliación de tamaño, era evidente que la piel del goblin no acababa de adaptarse a su cuerpo. Faltaban algunos pedazos en algunas partes y el goblin parecía estar sujetándose fragmentos de piel arrugada a la altura de la barriga.

–Lo ha hecho. No me lo puedo creer.

–Todo esto estaba premeditado –dijo Holly–. No ha sido una fuga espontánea, aprovechando la oportunidad: Buun espera al período de la muda, va a visitar a su tío y entonces entre los dos le despojan de la piel. El general Escaleno se pone la piel y sale como si tal cosa por la puerta principal, engañando a todos esos escáneres tuyos por el camino. Cuando el nombre de Buun vuelve a aparecer, crees que se trata de un fallo del sistema informático. Simple, pero muy ingenioso.

Potrillo se desplomó en una silla de oficina de diseño especial.

–Esto es increíble. ¿Pueden hacer eso los goblins?

–¿Estás de broma? –preguntó Remo–. Una buena costurera goblin puede arrancar una piel sin que al goblin se le salte una sola lágrima. De eso es de lo que se hacen la ropa, cuando se molestan en llevarla puesta.

–Eso ya lo sé. Lo que digo es si pueden los goblins urdir un plan de este calibre ellos solitos. A mí no me lo parece. Necesitamos atrapar a Escaleno y averiguar quién ha planeado todo esto. –Potrillo marcó una conexión con la cámara de Koboi instalada en la clínica Argon–. Voy a comprobar que Opal Koboi sigue aún en coma. Esta clase de cosas son exactamente de su estilo. –Un minuto después se volvió hacia Remo–. No. Sigue en el país de los sueños. No sé si eso es bueno o malo. Detesto la idea de que Opal vuelva a estar en circulación de nuevo, pero al menos sabríamos a qué nos enfrentamos.

Holly permanecía pensativa. De repente, el corazón le dio un vuelco y se puso pálida como el papel.

–No creéis que pueda haber sido él, ¿verdad que no? No puede ser Artemis Fowl...

–Desde luego que no –repuso Potrillo–. No es el Fangosillo. Imposible.

Remo no estaba tan convencido.

–Yo que tú no iría por ahí pronunciando ese nombre. Holly, en cuanto encontremos a Escaleno quiero que te pongas un equipo de vigilancia y que pases un par de días siguiendo al Fangoso, a ver en qué anda metido. Solo por si acaso.

–Sí, señor.

–Y tú, Potrillo, voy a autorizar una actualización de vigilancia. Todo lo que necesites. Quiero que escuches todas las llamadas que realice Artemis y que leas todas las cartas que mande.

–Pero, Julius, yo mismo supervisé su limpieza de memoria. Fue un trabajo impecable. Le borré todos los recuerdos de los seres mágicos con más eficacia que un goblin chupando un caracol y sacándolo de su concha. Aunque apareciésemos en la puerta de su casa bailando el cancán, seguiría sin acordarse de nosotros. Haría falta alguna clase de activador implantado para iniciar aunque fuese una simple rememoración parcial.

A Remo no le gustaba que le llevaran la contraria.

–Uno, no me llames Julius; dos, haz lo que te digo, potranco, o haré que te recorten el salario, y tres, por el amor de Frondo, ¿se puede saber qué es el cancán?

Potrillo puso los ojos en blanco.

–Olvídelo. Me encargaré de las actualizaciones.

–Eso es muy inteligente por tu parte –dijo Remo mientras extraía un teléfono vibrador de su cinturón. Escuchó durante unos segundos y masculló unos cuantos monosílabos afirmativos en el receptor–. Olvidaos de Fowl de momento –ordenó, al tiempo que colgaba el teléfono–. Camorra ha localizado al general Escaleno. Está en el E37. Holly, tú vendrás conmigo. Potrillo, tú nos seguirás con la lanzadera técnica. Al parecer, el general quiere negociar.

Ciudad Refugio se despertaba para el trasiego matutino, aunque lo de «matutino» era un tanto engañoso, porque en aquel lejano subsuelo solo había luz artificial. Según los cánones humanos, Refugio era poco más que un pueblo ya que tenía menos de diez mil habitantes. Sin embargo, para los seres mágicos Refugio era la metrópoli más extensa desde la fundación de la Atlantis original, la mayor parte de la cual yacía enterrada bajo una terminal de lanzaderas de tres plantas bajo la nueva Atlantis.

El coche patrulla de la PES del comandante Remo atravesó el tráfico de la hora punta, apartando automáticamente a los demás coches a su paso y desviándolos al carril lento gracias a su campo magnético. Holly iba sentada en el asiento trasero, enfrascada en sus pensamientos. Todo aquello era muy extraño: primero Escaleno se escapa, y luego su localizador aparece de repente y quiere hablar con el comandante Remo.

–¿Tú qué opinas? –le preguntó Remo al fin. Una de las razones por las que era tan buen comandante era porque respetaba las opiniones de sus subalternos.

–No lo sé. Podría ser una trampa. Pase lo que pase, no puede entrar ahí dentro usted solo.

Remo asintió con la cabeza.

–Lo sé. Ni siquiera yo soy tan cabezota. De todos modos, seguramente Camorra ya se habrá encargado de solventar la situación para cuando yo llegue. No le gusta quedarse de brazos cruzados mientras espera a que lleguen los mandamases, igual que a alguien que yo me sé, ¿eh, Holly?

Holly sonrió a medias e hizo una mueca. Se había llevado más de una reprimenda por hacer caso omiso de la orden de esperar a que llegasen refuerzos.

Remo activó la barrera que los aislaba acústicamente del conductor.

–Tenemos que hablar, Holly. De tu ascenso.

Holly miró a su superior a los ojos y vio en ellos un dejo de tristeza.

–¡No me lo han concedido! –exclamó de improviso, incapaz de disimular su alivio.

–No, no, sí que te lo han concedido. O, mejor dicho, te lo concederán. El anuncio oficial será mañana. La primera teniente coronel femenina en la historia de Reconocimiento de la PES. Es todo un logro.

–Pero comandante, no creo que…

Remo la hizo callar con un dedo amenazador.

–Quiero decirte algo, Holly, sobre mi carrera. De hecho, es una metáfora sobre tu carrera, así que escucha con atención a ver si lo comprendes. Hace muchos, muchos años, cuando aún llevabas peleles de bebé de una sola pieza con el trasero acolchado, yo era un as entre los pilotos de Reconocimiento, me encantaba el olor a aire fresco. Cada momento que pasaba bajo la luz de la luna era para mí un momento maravilloso.

A Holly no le costó nada ponerse en la piel del comandante, pues sentía exactamente lo mismo en sus propias expediciones a la superficie.

–Así que hacía mi trabajo lo mejor que podía, acaso demasiado bien, como se vio al final. El caso es que un día van y me conceden un ascenso. –Remo colocó un globo purificador de aire en el extremo de su habano para que el olor no se extendiese por el interior del vehículo. Era un gesto insólito–. El teniente coronel Julius Remo. Era lo último que quería en el mundo, así que fui al despacho de mi comandante y se lo dije. «Soy un elfo de acción», le dije, «necesito salir a la superficie en misiones especiales y no quedarme sentado detrás de un escritorio rellenando formularios.» Lo creas o no, me puse bastante nervioso.

Holly trató de poner cara de asombro, pero no lo logró. El comandante pasaba la mayor parte del tiempo en un estado de perpetuo nerviosismo y agitación, con el rostro siempre rojo; de ahí su apodo, Remolacha.

–Pero mi comandante dijo algo que me hizo cambiar de opinión. ¿Quieres saber qué fue lo que dijo? –Remo prosiguió con su historia sin esperar una respuesta–. Mi comandante dijo: «Julius, este ascenso no es para ti, sino para las Criaturas». –Remo arqueó una ceja–. ¿Ves adónde quiero ir a parar?

Holly sabía a qué se estaba refiriendo. Era la única pega de su propio argumento.

Remo le colocó una mano en el hombro.

–Las Criaturas necesitan buenos agentes, Holly. Necesitan seres mágicos como tú para que las protejan de los Fangosos. ¿Preferiría estar revoloteando bajo las estrellas con el aire haciéndome cosquillas en la nariz? Claro que sí. ¿Conseguiría tantas cosas para mi gente? No. –Remo hizo una pausa para dar una honda chupada a su habano, y el brillo iluminó el globo purificador–. Eres una buena agente de Reconocimiento, Holly, una de las mejores que he visto. Un poco impulsiva a veces, sin demasiado respeto por la autoridad, pero una agente intuitiva pese a todo. Ni se me ocurriría apartarte de la primera línea si no creyese que podrías prestar un mejor servicio a la PES bajo tierra. ¿Lo entiendes?

–Sí, comandante –contestó Holly a regañadientes.

Tenía razón, aunque la parte egoísta que había en ella no estuviese dispuesta a admitirlo todavía. Al menos aún le quedaba la misión de vigilancia de Fowl antes de que su nuevo trabajo la enterrase para siempre en los Elementos del Subsuelo.

–Ser teniente coronel tiene sus ventajas –afirmó Remo–. A veces, solo para salir del aburrimiento, puedes asignarte a ti misma una misión. Algo en la superficie, en Hawai tal vez, o Nueva Zelanda. Mira a Camorra Kelp. Es una nueva clase de teniente coronel, más práctico. Tal vez sea eso lo que la PES necesita.

Holly sabía que el comandante Remo estaba tratando de suavizarle el golpe. En cuanto llevase las bellotas de teniente coronel en la solapa, ya no saldría a la superficie tanto como ahora. Eso si tenía suerte.

–Me estoy jugando el pescuezo, Holly, recomendándote para tu ascenso a teniente coronel. Tu carrera hasta el momento ha tenido altibajos, por decirlo de forma suave. Si tienes intención de rechazar el ascenso, dímelo ahora y retiraré tu candidatura.

«La última oportunidad –pensó Holly–. Es ahora o nunca.»

–No –dijo–. No lo rechazaré. ¿Cómo iba a hacerlo? ¿Quién sabe cuándo aparecerá el próximo Artemis Fowl?

Para sus propios oídos, la voz de Holly sonó distante, como si estuviese hablando otra persona. Se imaginaba las campanas del aburrimiento eterno sonando detrás de cada palabra. Un trabajo de oficina. Tenía un trabajo de oficina.

Remo le dio unas palmaditas en la espalda y su enorme manaza le expulsó el aire de los pulmones.

–Alegra esa cara, capitana. Hay vida bajo el suelo, ¿sabes?

–Lo sé –contestó Holly sin demasiada convicción.

El coche patrulla se detuvo junto al E37. Remo abrió la portezuela del coche y empezó a bajar. En ese momento, se paró.

–Si te sirve de consuelo –le dijo en voz baja, casi sintiéndose incómodo–, estoy orgulloso de ti, Holly. –Y desapareció entre la multitud de agentes de la PES empuñando sus armas a la entrada del conducto de lanzamiento.

«Sí me sirve de consuelo», pensó Holly para sus adentros, viendo cómo Remo asumía de inmediato el control de la situación. Un gran consuelo.

Los conductos de lanzamiento eran conductos naturales de ventilación de magma que iban del núcleo de la Tierra a la superficie del planeta. La mayoría de ellos emergían debajo del agua y suministraban corrientes cálidas que permitían la supervivencia de los organismos del fondo marino, pero algunos filtraban sus gases a través del entramado de grietas y fisuras que recorrían la tierra seca de la superficie. La PES utilizaba la potencia de los estallidos de magma para impulsar a sus agentes a la superficie en naves de titanio. Podía realizarse un viaje en lanzadera más pausado a través de un conducto o terminal durmiente. El E37 iba a parar al centro de París y hasta hacía bien poco había sido el conducto utilizado por los goblins para sus operaciones de contrabando. Cerrada al público durante muchos años, la terminal de lanzaderas se había deteriorado debido al estado de abandono en que se encontraba. En esos momentos, los únicos ocupantes del E37 eran los miembros de una productora cinematográfica que estaban rodando un telefilme sobre la rebelión de los B'wa Kell. Encarnaba a Holly la actriz Skylar Peat, tres veces ganadora de los premios AMP, y Artemis Fowl iba a ser generado completamente por ordenador.

Cuando llegaron Holly y Remo, el teniente coronel Camorra Kelp tenía tres escuadrones de tácticas de la PES rodeando la entrada de la terminal.

–Infórmeme de la situación, teniente –le ordenó Remo.

Kelp señaló la entrada.

–Tenemos una entrada y ninguna salida. Todas las entradas secundarias se secaron hace muchos años, así que si Escaleno está ahí dentro tiene que pasar por aquí para irse a casa.

–¿Estamos seguros de que está ahí dentro?

–No –admitió Kelp–. Hemos localizado su señal, pero quienquiera que lo haya ayudado a escapar puede haberle abierto la cabeza y extraído el transmisor. Lo que sabemos seguro es que alguien está jugando con nosotros. He enviado ahí dentro a un par de mis mejores duendes de Reconocimiento y han regresado con esto.

Camorra les mostró una lámina de sonido; las láminas eran del tamaño de una uña y por lo general se empleaban para grabar mensajes breves de felicitación de cumpleaños. Aquella tenía la forma de una tarta de cumpleaños. Remo tomó la lámina en sus manos: el calor que irradiaba su mano activaría sus microcircuitos.

El diminuto altavoz emitió una voz sibilante que parecía aún más reptil por la mala calidad de la conexión.

–Remo –dijo la voz–, quiero hablar contigo. Te contaré un secreto muy grande. Trae a la agente femenina, a Holly Canija. Solo dos, no más. Si viene alguien más, muchos duendes morirán. Mis camaradas se encargarán de eso... –El mensaje terminaba con una cancioncilla tradicional de cumpleaños, y su alegría contrastaba con el contenido del mensaje.

Remo frunció el ceño.

–Goblins. Son las reinas del teatro, todos ellos.

–Es una trampa, comandante –dictaminó Holly sin dudarlo–. Fuimos nosotros los de los Laboratorios Koboi hace ahora un año. Los goblins nos responsabilizan del fracaso de su sublevación. Si entramos ahí, ¿quién sabe lo que nos tienen preparado?

Remo asintió con aire de aprobación.

–Ahora estás pensando como una teniente coronel. No somos prescindibles. Bueno, ¿y cuáles son nuestras opciones, Camorra?

–Si no entran ahí, es posible que mueran muchos duendes. Y si entran, es posible que quienes mueran sean usted y Holly.

–No parecen muy buenas opciones. ¿No tienes ninguna noticia buena que darme?

Camorra se bajó la visera del casco y consultó una minipantalla instalada en el plexiglás.

–Hemos conseguido volver a poner en funcionamiento los escáneres de seguridad de la terminal y hemos realizado escaneos de sustancia y térmicos. Hemos localizado una sola fuente de calor en el túnel de acceso, de modo que si es Escaleno está solo. Sea lo que sea lo que esté haciendo ahí, no lleva encima ninguna forma conocida de armamento o explosivos. Solo unas cuantas barritas energéticas de escarabajo y un poco de H_2O de la buena.

–¿Hay previsto algún estallido de magma? –quiso saber Holly.

Camorra recorrió con el dedo índice un bloc virtual que llevaba en el guante izquierdo a la vez que examinaba la pantalla de su visor.

–No hay nada previsto hasta dentro de dos meses. Ese conducto es intermitente, así que Escaleno no tiene planeado freíros.

Las mejillas de Remo llameaban como unas ascuas encendidas.

–*D'Arvit!* –soltó–. Creía que nuestros problemas con los goblins habían terminado para siempre. Estoy por enviar a los del equipo táctico y arriesgarnos a que las palabras de Escaleno sean un farol.

–Ese sería mi consejo –dijo Camorra–. No tiene nada ahí dentro que pueda hacernos daño. Deme cinco duendes y tendremos a Escaleno encerrado en un furgón antes de que se dé cuenta de que lo hemos detenido.

–Mmm... Entonces, debo entender que la parte noqueadora del localizador-noqueador no funciona, ¿es así? –preguntó Holly.

Camorra se encogió de hombros.

–Tenemos que suponer que no. El localizador-noqueador no ha funcionado hasta ahora, y cuando llegamos aquí la lámina de sonido nos estaba esperando. Escaleno sabía que íbamos a venir, hasta nos dejó un mensaje.

Remo se dio un puñetazo en la palma de su otra mano.

–Tengo que entrar. No hay peligro inmediato dentro y no podemos dar por sentado que Escaleno no haya venido hasta aquí sin algún medio para cumplir su amenaza. No tengo elección, la verdad es que no. No te ordenaré que me acompañes, capitana Canija.

Holly sintió cómo se le encogía el estómago, pero se tragó el miedo. El comandante tenía razón, no tenían otra opción. En eso consistía ser agente de la PES, en proteger a las Criaturas.

–No tiene que hacerlo, comandante. Me ofrezco voluntaria.

–Bien. Y ahora, Camorra, deja pasar a Potrillo y a su lanzadera por la barricada. Puede que tengamos que entrar, pero no tenemos por qué entrar desarmados.

Potrillo tenía más armas almacenadas en la parte de atrás de una sola lanzadera que la mayoría de las fuerzas policiales humanas en todos sus arsenales juntos. En cada centímetro de pared había algún cable eléctrico conectado o un rifle colgando de un soporte. El centauro estaba sentado en el centro, tuneando una pistola Neutrino. Se la arrojó a Holly cuando esta entró en la lanzadera.

La atrapó con agilidad.

–Eh, ten cuidado con eso.

Potrillo empezó a reírse por lo bajo.

–No te preocupes, todavía no he codificado el gatillo. Nadie puede disparar esta arma hasta que su procesador registre el nombre de su propietario. Aunque cayese en manos de los goblins, les resultaría inútil. Es uno de mis últimos avances tecnológicos. Después de la sublevación de los B'wa Kell, pensé que había llegado la hora de actualizar nuestra seguridad.

Holly cerró los dedos alrededor de la empuñadura de la pistola. La luz roja del escáner recorrió toda la longitud de la culata de plástico y luego se puso de color verde.

–Ya está. Tú eres la propietaria. A partir de ahora, esa Neutrino 3000 es arma de una sola fémina.

Holly sopesó el arma transparente.

–Es demasiado ligera. Prefiero la 2000.

Potrillo le mostró las características del arma en una pantalla mural.

–Es ligera, pero te acostumbrarás. La ventaja es que no tiene partes metálicas. Funciona mediante la cinética, el movimiento de tu propio cuerpo, con una pila mininuclear de refuerzo. Por supuesto, está ligada a un sistema de selección del objetivo que llevas incorporado en el casco. La cubierta es prácticamente irrompible y, aunque no esté bien que yo lo diga, es una pieza de hardware alucinante. –Potrillo le dio una versión más grande del arma a Remo–. Cada disparo queda registrado en el ordenador central de la PES, por lo que podemos saber quién disparó, cuándo disparó y a qué disparó. Eso debería ahorrarles mucho tiempo a los de Asuntos Internos. –Le guiñó un ojo a Holly–. Algo que debería alegrarte oír.

Holly le devolvió el guiño al centauro. Era muy conocida en Asuntos Internos: ya habían realizado dos investigaciones sobre su conducta profesional y les encantaría tener la oportunidad de realizar una tercera. La única ventaja de ser ascendida sería la cara que pondrían cuando el comandante le colgara las bellotas de teniente coronel en la solapa.

Remo enfundó el arma.

–Muy bien, ahora podemos disparar. Pero ¿y si nos disparan?

–No les dispararán –insistió Potrillo–. He entrado en los escáneres de la terminal y además he colocado un par de sensores propios. Ahí dentro no hay nada que pueda hacerles daño. En el peor de los casos, puede que tropiece y se tuerza el tobillo.

Remo se encendió como un semáforo.

–Potrillo, ¿tengo acaso que recordarte que ya han burlado tus sensores en otras ocasiones? En esta misma terminal, si la memoria no me falla.

–Vale, vale. Tranquilo, comandante –dijo Potrillo entre dientes–. No he olvidado lo que ocurrió el año pasado. ¿Cómo iba a hacerlo, si Holly me lo recuerda cada cinco minutos?

El centauro colocó dos maletines cerrados encima de una mesa de trabajo. Introdujo una secuencia numérica en sus teclados de seguridad y levantó las tapas.

–Esta es la siguiente generación de trajes de Reconocimiento. Tenía previsto presentarlos durante el congreso de la PES del mes que viene, pero teniendo a un comandante en carne y hueso que va a entrar en acción, será mejor que los estrenen hoy.

Holly extrajo un mono del maletín. El traje relució un instante y luego adquirió el color de las paredes.

–El tejido está hecho de tela de camuflaje, por lo que vuestro cuerpo permanecerá invisible prácticamente todo el tiempo. Así no será necesario utilizar el escudo mágico –explicó Potrillo–. Por supuesto, se puede desactivar la función. Las alas vienen incorporadas de serie, se trata de un modelo «susurro» completamente retráctil, un concepto del todo innovador en la construcción de alas. Obtienen la energía de una pila que lleva el traje en el cinturón y, por supuesto, cada ala está recubierta de unas miniplacas solares para los vuelos sobre la superficie. Los trajes también van equipados con sus propios ecualizadores de presión, para poder desplazarse directamente de un entorno a otro sin problemas.

Remo sujetó en la mano el segundo traje.

–Tienen que costar una fortuna.

Potrillo asintió con la cabeza.

–No se lo puede llegar a imaginar. La mitad de mi presupuesto para investigación del año pasado fue a parar al diseño de esos trajes. No sustituirán a los trajes viejos hasta dentro de cinco años al menos. Estos dos son los únicos modelos operativos de los que disponemos, así que si no os importa me gustaría recuperarlos intactos. Son a prueba de golpes, ignífugos, invisibles para los radares y transmiten un flujo continuo de información de diagnóstico a la Jefatura de Policía. El casco actual de la PES nos proporciona datos vitales básicos, pero el nuevo traje envía un segundo flujo de información que nos indica si las arterias están bloqueadas, diagnostica huesos fracturados e incluso detecta la sequedad en la piel. Es una clínica voladora. Lleva además una placa a prueba de balas en el pecho por si un humano dispara.

Holly colocó el traje frente a una pantalla de plasma, y la tela de camuflaje se puso de color esmeralda inmediatamente.

–Me gusta –dijo–. El verde es mi color.

Camorra Kelp había requisado unos cuantos focos que se habían dejado los del equipo de rodaje y enfocó con ellos el nivel inferior de la terminal de lanzaderas. La cruda luz iluminaba hasta la más diminuta mota flotante de polvo y daba a la totalidad de la zona de salidas un aire un tanto submarino. El comandante Remo y la capitana Canija se aproximaron a la sala, empuñando las armas y con las viseras de los cascos bajadas.

–¿Qué le parece el traje? –preguntó Holly, mientras se ajustaba a las propiedades del visor de su casco. Los reclutas de la PES muchas veces tenían problemas para desarrollar la capacidad de doble enfoque necesaria para mirar al mismo tiempo al terreno y a las pantallas de sus cascos. Esto a menudo terminaba con una acción conocida como «llenar el jarrón», que era como los agentes de la PES se referían a vomitar en el interior del propio casco.

–No está mal –contestó Remo–. Ligero como una pluma y ni siquiera te enteras de que llevas unas alas puestas. No le digas a Potrillo que yo he dicho eso, ya se le han subido bastante los humos.

–No hace falta que me lo diga, comandante –dijo la voz de Potrillo en su auricular. Los altavoces estaban hechos de una nueva variedad de gel vibrador y sonaba como si el centauro estuviese en el casco con él–. Le acompañaré en cada paso del camino, desde la seguridad de la lanzadera, por supuesto.

–Por supuesto –repuso Remo en tono adusto.

La pareja avanzó con sigilo y dejó atrás una hilera de mostradores de facturación. Potrillo les había asegurado que no había posibilidad de peligro en aquella zona, pero el centauro ya se había equivocado en otras ocasiones. Y las equivocaciones en el terreno de batalla costaban vidas.

La productora cinematográfica había decidido que la suciedad de la terminal no era lo bastante auténtica, así que habían rociado algunos rincones con espuma de color gris. Hasta habían colocado la cabeza de una muñeca en lo alto de una pila de basura. Un toque conmovedor, o eso pensaban ellos. Las paredes y las escaleras mecánicas estaban ensombrecidas con quemaduras falsas de láser.

–Menudo tiroteo de pacotilla –señaló Remo.

–Un poco exagerado. Dudo que disparasen media docena de tiros.

Siguieron avanzando por la zona de embarque hasta llegar a la zona de acoplamiento. El equipo de rodaje había recuperado la lanzadera original utilizada por los goblins en sus trapicheos, y esta yacía en la plataforma de acoplamiento. Habían pintado la lanzadera de un negro brillante para hacerla aún más amenazadora y habían añadido al morro una proa decorada al estilo goblinesco.

–¿Cuánto queda? –preguntó Remo al micrófono.

–Estoy transfiriendo la señal térmica a los cascos –contestó Potrillo.

Unos segundos más tarde apareció un esquema en sus visores. La imagen era un poco confusa porque, de hecho, se estaban viendo a sí mismos. Había tres fuentes de calor en el edificio. Dos estaban muy cerca la una de la otra, avanzando despacio hacia la propia lanzadera: Holly y el comandante. La tercera figura estaba inmóvil en el túnel de acceso. Unos metros más allá de la tercera figura, el escáner térmico quedaba anulado por el calor ambiental procedente del E37.

Llegaron a las puertas de ignición, dos metros de acero sólido que separaban el túnel de acceso del resto de la terminal. Las lanzaderas y las naves de titanio se deslizaban sobre un raíl imantado e iban a parar al propio conducto. Las puertas estaban cerradas.

–¿Puedes abrirlas por control remoto, Potrillo?

–Claro que sí, comandante. He conseguido, de forma harto ingeniosa, conectar mi sistema operativo con los viejos ordenadores de la terminal. No ha sido tan fácil como parece...

–No, seguro que no, Potrillo –dijo el comandante, interrumpiendo al centauro–, pero tú limítate a apretar el botón, antes de que me hagas salir y apretarlo con tu cara.

–Algunas cosas no cambian nunca –masculló Potrillo, al tiempo que pulsaba el botón.

El túnel de acceso olía a horno. Virutas antiquísimas de metales fundidos colgaban del techo y el suelo estaba lleno de grietas y parecía muy peligroso. Cada pisada resquebrajaba una corteza de hollín y dejaba un reguero de huellas muy profundas. Había otro rastro de huellas... que llegaban hasta la figura tendida en el suelo a escasa distancia de la lanzadera.

–Ahí –señaló Remo.

–Ya lo tengo –dijo Holly, mientras fijaba el punto de mira de su láser en el tronco de la figura.

–Cúbreme –ordenó el comandante–. Voy a bajar.

Remo avanzó por el túnel, manteniéndose alejado de la línea de fuego de Holly. Si Escaleno realizaba algún movimiento, Holly no tendría más remedio que disparar. Sin embargo, el general –si es que verdaderamente era él– yacía inmóvil, agachado y con la columna apoyada en la pared del túnel. Llevaba el cuerpo cubierto con una capa larga con capucha.

El comandante activó el sistema de altavoces de su casco para que le oyese pese al fragor del viento del núcleo terrestre.

–Eh, tú. Levántate y colócate de cara a la pared. Y pon las manos encima de la cabeza.

La figura no se movió un ápice. Holly no esperaba que lo hiciese. Remo se acercó un poco más, siempre con sumo cuidado, con las rodillas un poco flexionadas, listo para saltar a un lado. Le dio un golpecito en el hombro con su Neutrino 3000.

–De pie, Escaleno.

El golpecito bastó para que la figura cayese de lado. El goblin se desplomó y aterrizó boca arriba en el suelo del túnel. Unas pavesas de hollín revolotearon a su alrededor como murciélagos asustados. La capucha cedió y dejó al descubierto el rostro de la figura y, lo que era más importante, sus ojos.

–Es él –dijo Remo–. Está bajo los efectos de un *encanta*.

Los ojos rasgados del general estaban inyectados en sangre y con la mirada perdida. Aquello imprimía un nuevo giro a los acontecimientos, pues confirmaba que otra persona había planeado la fuga y que Holly y Remo habían caído en una trampa.

–Sugiero que nos vayamos –dijo Holly–, cuanto antes.

–No –repuso Remo, inclinándose encima del goblin–. Ya que estamos aquí, más vale que nos llevemos a Escaleno con nosotros.

Puso la mano que tenía libre en el cuello del goblin con la intención de levantarlo. Más tarde, Holly escribiría en su informe que había sido en ese preciso instante cuando las cosas habían empezado a ir muy, pero que muy mal. Lo que hasta entonces había sido una misión rutinaria –aunque extraña– de repente se convirtió en algo mucho más siniestro.

–No me toques, elfo –dijo una voz, una voz sibilante de goblin. La voz de Escaleno. Pero ¿cómo podía ser? Los labios del general no se habían movido.

Remo retrocedió unos pasos, y después recuperó la serenidad.

–¿Qué pasa aquí?

El sexto sentido de soldado de Holly le hacía cosquillas en la nuca.

–Sea lo que sea, no nos va a gustar. Deberíamos irnos, comandante. Ahora mismo.

Remo estaba muy pensativo.

–Esa voz le ha salido del pecho.

–A lo mejor lo han operado –apuntó Holly–. Larguémonos de aquí.

El comandante se agachó y retiró la capa de Escaleno. El general llevaba una caja metálica atada al pecho; la caja medía treinta centímetros cuadrados, y tenía una pantallita en el centro. Un rostro ensombrecido ocupaba la pantalla y estaba hablando.

–Ah, Julius –dijo con la voz de Escaleno–. Sabía que vendrías. El famoso ego del comandante Remo no iba a permitirle quedarse al margen de la acción. Una trampa muy evidente, y te has metido tú solito, sin pensártelo dos veces.

La voz era, decididamente, la de Escaleno, pero había algo en aquella entonación, en la cadencia... Era demasiado sofisticada para un goblin. Sofisticada y extrañamente familiar.

–¿Lo has descubierto ya, capitana Canija? –preguntó la voz, una voz que estaba transformándose, alcanzando un registro más agudo. Los tonos habían dejado de ser masculinos, ni siquiera eran de un goblin.

«Esa voz es femenina –se dijo Holly para sus adentros–. Y la conozco…»

De repente, una cara apareció en la pantalla, una cara hermosa y maliciosa, con la mirada encendida de odio: era la cara de Opal Koboi. El resto de la cabeza estaba envuelto en vendajes, pero las facciones eran perfectamente reconocibles.

Holly empezó a hablar precipitadamente por el micro del casco.

–Potrillo, tenemos un problema. Opal Koboi anda suelta. Repito, Opal Koboi anda suelta. Todo esto es una trampa. Acordonad la zona, estableced un perímetro de quinientos metros y traed a los magos médicos. Alguien va a resultar herido.

La cara de la pantalla se echó a reír, enseñando unos dientes minúsculos de duendecilla que brillaban como perlas.

–Habla todo lo que quieras, capitana Canija. Potrillo no puede oírte. Mi dispositivo ha bloqueado vuestras transmisiones con la misma facilidad con que bloqueé vuestro localizador-noqueador y el escaneo de sustancia que supongo que realizasteis. Aunque lo cierto es que vuestro amiguito el centauro sí que puede veros. Le he dejado sus preciosas lentes.

Acto seguido, Holly hizo un zoom de la cara pixelada de Opal. Si Potrillo conseguía ver a la duendecilla, se imaginaría el resto.

Koboi se echó a reír de nuevo. Opal se estaba divirtiendo de lo lindo.

–Muy buena esa jugada, capitana. Siempre has sido lista. Hablando en términos relativos, claro está. Le enseñas mi cara a Potrillo y él activará una alerta. Lamento desilusionarte, Holly, pero todo este dispositivo está hecho de mena sigilosa. Lo único que verá Potrillo es una interferencia y un leve resplandor.

Las Criaturas habían explotado la mena sigilosa para su uso en los vehículos espaciales. Este mineral absorbía cualquier forma de onda o señal conocida por los seres mágicos o los humanos y, de este modo, era prácticamente invisible salvo cuando se lo miraba de cerca y a simple vista. Además, su fabricación era carísima. Hasta la pequeña cantidad necesaria para recubrir el artilugio de Koboi debía de haber costado una fortuna en oro.

Remo se incorporó rápidamente.

–Lo tenemos casi todo en contra, capitana. Larguémonos.

Holly no se molestó en sentir alivio; Opal Koboi no les iba a poner las cosas tan fáciles. No iban a poder largarse de allí sin más. Si Potrillo podía hackear los ordenadores de la terminal, Koboi también podía hacerlo.

La risa de Opal se prolongó hasta convertirse en una especie de chillido histérico.

–¿Largaros? Una táctica admirable, comandante. Verdaderamente, necesitas ampliar tu vocabulario, Remo. ¿Qué será lo siguiente? ¿Esconderse y ponerse a cubierto?

Holly retiró una cinta de velcro que llevaba pegada en la manga y dejó al descubierto un teclado en gnómico. Accedió a la base de datos de delincuentes de la PES que llevaba incorporada en el casco y abrió el archivo de Opal Koboi en su visor.

–Opal Koboi –dijo la voz de la cabo Fronda. La PES siempre utilizaba a Lili Fronda para las voces en off y los vídeos de reclutamiento. Era glamurosa y elegante, con una melena ondeante y rubia y unas uñas largas de manicura perfecta que no servían absolutamente de nada en las misiones sobre el terreno–. La enemigo número uno de la PES. En la actualidad bajo custodia en la clínica J. Argon. Opal Koboi es un genio reconocido, con una puntuación superior a trescientos en el test estándar de coeficiente intelectual. También hay indicios de que es una megalómana de personalidad obsesiva. Los estudios indican que Koboi puede ser una mentirosa patológica y padecer una esquizofrenia de bajo grado. Para obtener más información, diríjase a la biblioteca central de la PES en la segunda planta de la Jefatura Central de Policía.

Holly cerró el archivo. Un genio obsesivo y una mentirosa patológica. Lo único que les faltaba. La información no le resultó demasiado útil, pues todo aquello ya lo sabía. Opal se había escapado, quería matarlos y era lo bastante lista como para idear el modo de hacerlo.

Opal seguía disfrutando de su victoria.

–No sabéis cuánto tiempo llevo esperando este momento –dijo la duendecilla y luego hizo una pausa–. Bueno, sí que lo sabéis, claro. Al fin y al cabo, fuisteis vosotros quienes desbaratasteis mi plan. ¡Y ahora os tengo a los dos!

Holly estaba perpleja. Opal podía tener serios problemas mentales, pero no había que confundir eso con la estupidez. ¿Por qué seguía parloteando de aquella manera? ¿Acaso intentaba distraerlos?

A Remo se le ocurrió exactamente lo mismo.

–¡Holly! ¡Las puertas!

Holly se volvió y vio cómo se deslizaban las puertas, el ruido de los motores enmascarado por el estruendo del viento del núcleo terrestre. Si aquellas puertas se cerraban, quedarían completamente aislados de la PES y a merced de Opal Koboi.

Holly apuntó a los rodillos magnéticos del borde superior de la puerta y descargó una ráfaga tras otra de disparos de su Neutrino en el mecanismo. Las puertas dieron una sacudida violenta, pero no se detuvieron. Dos de los rodillos quedaron destrozados, pero la inercia de los inmensos portales hizo que siguieran cerrándose. Entraron en contacto con un ominoso estruendo.

–Al fin solos –dijo Opal, con voz de colegiala inocente en su primera cita.

Remo apuntó con su arma al aparato atado a la cintura de Escaleno, como si pudiese herir así a Koboi.

–¿Qué quieres? –le exigió.

–Ya sabéis lo que quiero –contestó ella–. La pregunta es: ¿cómo voy a conseguirlo? ¿Qué forma de venganza sería la más satisfactoria? Naturalmente, los dos acabaréis muertos, pero con eso no basta. Quiero que sufráis como yo sufrí, con vuestro honor por los suelos y en el más absoluto descrédito. Uno de los dos al menos, el otro tendrá que ser sacrificado. No me importa cuál de los dos, la verdad.

Remo se batió en retirada hacia las puertas y le hizo señas a Holly para que lo siguiera.

–¿Opciones? –susurró, dándole la espalda al dispositivo de Koboi.

Holly se levantó la visera y se secó una perla de sudor de la frente. Los cascos disponían de aire acondicionado, pero a veces el sudor no tenía nada que ver con la temperatura.

–Tenemos que salir de aquí –dijo–. El conducto es la única forma.

Remo asintió con la cabeza.

–De acuerdo. Volaremos lo bastante arriba para burlar la señal de bloqueo de Koboi y luego alertaremos al teniente coronel Kelp.

–¿Y qué hay de Escaleno? Está completamente grogui por culpa del *encanta*, no puede cuidar de sí mismo. Si conseguimos escapar, Opal no va a dejarlo aquí como prueba.

Era un principio básico de la lógica criminal: los típicos villanos con ansias de dominar el mundo no le hacían ascos a cargarse a unos cuantos de lo suyos con tal de salir indemnes de cualquier situación.

Remo lanzó un gruñido auténtico.

–Me toca las barbas tener que ponernos en peligro para salvar a un goblin, pero ese es nuestro trabajo. Nos llevaremos a Escaleno. Quiero que descargues unos cuantos disparos sobre esa caja que lleva en la cintura y en cuanto acabe el tiroteo me lo echaré al hombro y subiremos por el E37.

–Entendido –convino Holly, ajustando la potencia de su disparador al mínimo. Parte de la descarga iría a parar a Escaleno, pero solo le secaría los globos oculares uno o dos minutos.

–No hagas caso a la duendecilla. Diga lo que diga, mantén la cabeza concentrada solo en la misión.

–Sí, señor.

Remo inspiró hondo varias veces. Por algún motivo, Holly se tranquilizó al ver que el comandante estaba tan nervioso como ella.

–De acuerdo. Vamos allá.

Los dos elfos se volvieron y se acercaron con paso enérgico al goblin inconsciente.

–¿Se nos ha ocurrido algún plan genial? –se mofó Koboi desde la pantallita–. Algo ingenioso, espero. ¿Algo en lo que yo no haya pensado?

Con expresión sombría, Holly trató de hacer oídos sordos a aquellas palabras, pero lograron penetrar en su pensamiento pese a todo. ¿Algo ingenioso? Pues no. Simplemente, era la única opción que tenían. ¿Algo en lo que Koboi no hubiese pensado? Poco probable. Opal bien podía haber estado planeando todo aquello durante casi un año. ¿Iban a hacer exactamente lo que ella quería que hiciesen?

–Señor... –empezó a decir Holly, pero Remo ya estaba en posición junto a Escaleno.

Holly descerrajó seis disparos sobre la pequeña pantalla y los seis hicieron impacto en la cara pixelada de Koboi. La imagen de Opal desapareció en una tormenta de interferencias, unas chispas saltaron entre las junturas metálicas y un humo acre se filtró por la rejilla del altavoz.

Remo vaciló un momento, esperando a que se apagara el eco de los disparos, y luego agarró a Escaleno con firmeza por los hombros.

No pasó nada.

«Me he equivocado –pensó Holly, soltando la respiración que no sabía que había estado conteniendo–. Me he equivocado, gracias a los dioses. Opal no tiene ningún plan...» Pero no era cierto, y Holly no se lo creía, no del todo.

La caja atada a la cintura de Escaleno iba sujeta con un conjunto de octocadenas, una serie de ocho cables telescópicos que la PES solía emplear para inmovilizar a los criminales peligrosos. Podían cerrarse y abrirse por control remoto y, una vez cerradas, no podían abrirse sin el mando a distancia o una motosierra. En cuanto Remo se agachó, las octocadenas soltaron a Escaleno y se cerraron dando latigazos en torno al torso del comandante, plantando con fuerza la caja metálica justo en el pecho de Remo.

La cara de Koboi apareció en el reverso de la caja. La pantalla de humo había sido solo eso: una pantalla de humo.

–Comandante Remo –dijo Opal, casi sin aliento por el alborozo que sentía–, parece ser que tú eres el que va a sacrificarse.

–*D'Arvit!* –soltó Remo, golpeando la caja con la culata de su arma.

Los cables se tensaron hasta que el comandante empezó a asfixiarse con jadeos agonizantes. Holly oyó cómo se partía más de una costilla. Remo luchó contra el impulso de caer redondo al suelo, y unas chispas azules de magia revolotearon alrededor de su cintura, curando automáticamente los huesos rotos.

Holly se apresuró a correr en su ayuda, pero antes de que pudiera llegar junto a su superior, el altavoz del aparato empezó a emitir un pitido urgente. Cuanto más se acercaba, más agudo era el pitido.

–Quédate ahí –ordenó Remo–. No te acerques. Es un detonador.

Holly se paró en seco y dio un puñetazo en el aire con sentimiento de frustración, pero el comandante seguramente tenía razón. Ya había oído hablar de los detonadores de proximidad. Los enanos los empleaban en las minas: colocaban una carga explosiva en los túneles, activaban un detonador de proximidad y lo accionaban desde una distancia prudente arrojando una piedra.

La cara de Opal reapareció en la pantalla.

–Escucha a tu Julius, capitana Canija –le aconsejó la duendecilla–. En este momento hay que ir con pies de plomo. Tu comandante tiene toda la razón: el pitido que has oído pertenece a un detonador de proximidad. Si te acercas demasiado, tu querido jefe se volatilizará por el gel explosivo que hay dentro de la caja metálica.

–Déjate de tantas explicaciones y dinos lo que quieres –le espetó Remo.

–Eh, comandante, un poco de paciencia. Tus preocupaciones se acabarán muy pronto, no temas. De hecho, ya se han terminado, así que ¿por qué no te relajas y esperas tranquilamente los últimos segundos de tu vida?

Holly rodeó al comandante, manteniendo el pitido constante, hasta colocarse de espaldas al conducto.

–Hay una forma de salir de esta, comandante –dijo Holly–. Solo necesito pensar. Necesito un minuto para organizar mis ideas.

–Deja que te ayude a «organizar tus ideas» –dijo Koboi en tono burlón, sus facciones aniñadas deformadas por la malicia–. Tus compañeros de la PES están tratando de abrirse paso con el láser para llegar hasta aquí, pero por supuesto no lo lograrán a tiempo. Y te apuesto lo que quieras a que mi viejo amiguito del colegio, Potrillo, está pegado a la pantalla de su vídeo. ¿Y qué es lo que ve? Ve a su buena amiga Holly Canija aparentemente apuntando con un arma a su comandante. ¿Y por qué iba a querer hacer eso?

–Potrillo se lo imaginará –intervino Remo–. Ye te ha vencido antes.

Opal apretó las octocadenas por control remoto y obligó al comandante a ponerse de rodillas.

–Podría llegar a imaginárselo, eso es cierto... si tuviese tiempo. Pero, por desgracia para ti, el tiempo se agota.

Una nueva pantalla digital cobró vida en el pecho de Remo, la pantalla contenía dos números, un seis y un cero: sesenta segundos.

–Un minuto de vida, comandante. ¿Qué se siente?

Se inició la cuenta atrás.

El tictac del reloj, los pitidos y la risa insidiosa de Opal taladraban el cerebro de Holly.

–Páralo, Koboi, páralo o te juro que...

Opal se puso a reír a carcajadas, con una risa que retumbó por el túnel de acceso como el grito de guerra de una arpía auténtica.

–¿Que harás qué exactamente? ¿Morir junto a tu comandante?

Más crujidos. Más costillas rotas. Las chispas azules de magia revoloteaban alrededor del torso del comandante como estrellas atrapadas en un torbellino.

–Vete –gruñó el comandante–. Holly, te ordeno que te vayas.

–Con todos los respetos, comandante, no. Esto no se ha acabado todavía.

–Cuarenta y ocho –dijo Opal con voz alegre y cantarina–. Cuarenta y siete.

–¡Holly! ¡Vete!

–Yo que tú le obedecería –le aconsejó Koboi–. Hay otras

vidas en juego. Remo ya está muerto... ¿por qué no salvar a alguien que todavía puede ser salvado?

Holly lanzó un gemido. Un nuevo elemento en una ecuación ya sobrecargada.

–¿A quién puedo salvar? ¿Quién está en peligro?

–Oh, nadie importante. Solo un par de Fangosos.

«Claro –pensó Holly–, Artemis y Mayordomo. Otros dos que dieron al traste con el plan de Koboi.»

–¿Qué has hecho, Opal? –exclamó Holly, gritando para que la oyese pese al detonador de proximidad y el viento.

Koboi hizo pucheros, imitando a una niña culpable.

–Me parece que he puesto a tus amigos humanos en peligro. En este preciso instante están robando un paquete del Banco Internacional de Munich, un paquetito que les he preparado yo misma. Si el joven Fowl es tan listo como se supone que es, no abrirá el paquete hasta que llegue al hotel Kronski y pueda comprobar si lleva incorporada alguna trampa. Entonces se activará una biobomba y... ¡adiós, odiosos humanos! Puedes quedarte aquí y explicar todo esto; estoy segura de que no tardarás más de unas pocas horas en entenderte con los de Asuntos Internos. O puedes tratar de rescatar a tus amigos.

El cerebro de Holly trabajaba a toda velocidad. El comandante, Artemis, Mayordomo... Todos a punto de morir. ¿Cómo podía salvarlos a todos? No tenía forma de ganar la partida.

–Te encontraré, Koboi. No tendrás un solo rincón seguro donde esconderte en todo el planeta.

–¡Menuda inquina! ¿Y si te ofreciera una solución? Una posibilidad de vencerme.

Remo estaba ya de rodillas, y un hilillo de sangre manaba de la comisura de sus labios. Las chispas azules habían desaparecido, pues se había quedado sin magia.

–Es una trampa –acertó a decir el comandante con la respiración entrecortada, estremeciéndose de dolor con cada sílaba–. No te dejes engañar de nuevo.

–Treinta –dijo Koboi–. Veintinueve.

Holly sintió cómo le latían las sienes dentro de las almohadillas que recubrían el interior del casco.

–Vale, vale, Koboi. Dímelo rápido. ¿Cómo salvo al comandante?

Opal inspiró hondo con aire teatral.

–En el dispositivo. Tiene un punto débil, de dos centímetros de diámetro. El punto rojo debajo de la pantalla. Si aciertas en ese punto desde fuera del área del detonador, sobrecargas el circuito. Si fallas, aunque sea por un solo pelo, activas el gel explosivo. Al menos tienes alguna posibilidad... que es más de lo que me disteis a mí, Holly Canija.

Holly apretó los dientes.

–Estás mintiendo. ¿Por qué ibas a darme alguna posibilidad?

–No lo hagas –dijo Remo, extrañamente tranquilo–. Sal de aquí. Vete y salva a Artemis. Es la última orden que te doy en mi vida, capitana, así que no te atrevas a desobedecerla.

Holly se sintió cómo si le estuvieran filtrando los sentidos por una capa espesa de agua: todo estaba borroso y ralentizado.

–No tengo otra opción, Julius.

Remo frunció el ceño.

–¡No me llames Julius! Siempre haces eso justo antes de desobedecerme. Salva a Artemis, Holly. Sálvalo.

Holly cerró un ojo y apuntó con su pistola. Las miras de los láseres no servían para obtener tanta precisión. Tendría que hacerlo manualmente.

–Luego salvaré a Artemis –dijo.

Tomó aliento, lo contuvo y apretó el gatillo.

Holly acertó en el punto rojo, estaba segura de ello. El disparo se clavó en el dispositivo y se desparramó por la cara metálica como un incendio diminuto.

–¡Le he dado! –le gritó a la imagen de Opal–. ¡Le he dado al punto rojo!

Koboi se encogió de hombros.

–No lo sé. A mí me ha parecido un milímetro demasiado bajo. Mala suerte. Lo digo de todo corazón.

–¡No! –gritó Holly.

La cuenta atrás en el pecho de Remo avanzaba con más rapidez que antes, y los números cambiaban a toda velocidad. Ya solo quedaban unos instantes.

El comandante se levantó con gran esfuerzo y se subió la visera del casco. Su mirada era serena, sin miedo. Lanzó una sonrisa a Holly, una sonrisa que no hablaba de culpabilidad. Por una vez, ni siquiera había un leve rubor de mal genio en sus mejillas.

–Cuídate –dijo, y entonces una llama anaranjada hizo explosión en mitad de su pecho.

La explosión absorbió todo el aire del túnel, alimentándose de su oxígeno. Unas llamas multicolores se desplegaron como el plumaje de unas aves peleándose. Un bloque de ondas expansivas catapultó hacia atrás a Holly, pues la fuerza hizo impacto en cada centímetro de superficie que había frente al comandante. Los microfilamentos de su traje se deshacían con la sobrecarga de calor y de fuerza. La cámara en forma de cilindro de su casco salió disparada de su sitio y desapareció en el E37 girando sin cesar.

La propia Holly salió propulsada hacia el conducto, dando vueltas como la rama de un árbol en un ciclón. Las esponjas sónicas de sus auriculares se sellaron automáticamente cuando el sonido de la explosión dio alcance a la onda expansiva. El comandante había sido engullido en el interior de una bola en llamas. Había desaparecido, de eso no había ninguna duda. Ni siquiera la magia podía ya ayudarlo. Para algunas cosas, no hay remedio posible.

El contenido del túnel de acceso, incluyendo a Remo y Escaleno, se desintegró en una nube de metralla y polvo, partículas que rebotaban en las paredes del túnel. La nube se precipitó por el camino de menor resistencia, que estaba, por supuesto, justo detrás de Holly. Esta apenas tuvo tiempo de activar las alas y subir unos cuantos metros antes de que la metralla en movimiento abriese un boquete en la pared del conducto que había justo debajo de ella.

Holly permaneció suspendida en el aire en el inmenso túnel, mientras el sonido de su propia respiración inundaba el casco. El comandante estaba muerto. Era increíble. Así, sin más, por el capricho de una duendecilla vengativa. ¿Tenía aquel dispositivo un punto débil? ¿O es que de veras había errado el tiro? Seguramente nunca lo sabría, pero para los agentes de la PES que hubiesen seguido las imágenes de la cámara parecería como si acabase de disparar a su propio comandante.

Holly dirigió la vista hacia abajo. A sus pies, los fragmentos de la explosión descendían en espiral hacia el núcleo terrestre. A medida que se acercaban a la esfera giratoria de magma, el calor prendía fuego a todos y cada uno de ellos, incinerando cualquier resto de Julius Remo. Durante un brevísimo instante, las partículas brillaron, de oro y bronce, como un millón de estrellas cayendo sobre la Tierra.

Holly permaneció allí inmóvil varios minutos, tratando de asimilar lo sucedido. No podía. Era demasiado terrible. En su lugar, decidió congelar el dolor y el sentimiento de culpa, reservándolos para más tarde. En ese momento tenía que obedecer una orden. Y la obedecería, aunque fuese lo último que hiciese en la vida, porque había sido la última orden que Julius Remo iba a dar jamás.

Holly aumentó la potencia de sus alas y remontó el vuelo a través del conducto devorado por las llamas. Había que salvar a un par de Fangosos.

CAPÍTULO IV

POR LOS PELOS

Munich

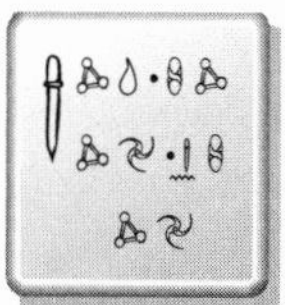

Munich durante las horas laborables era igual que cualquier otra gran ciudad del mundo: un gigantesco atasco de tráfico. A pesar del U-Bahn, un medio de transporte subterráneo cómodo y eficaz, la mayoría de la población prefería la intimidad y el confort de sus propios coches, con el resultado de que Artemis y Mayordomo se quedaron atrapados en la carretera del aeropuerto en la hora punta, en un atasco que se extendía desde el Banco Internacional hasta el hotel Kronski.

Al jovencito Artemis no le gustaban los retrasos, pero ese día estaba demasiado absorto en su última adquisición, *El ladrón mágico*, que seguía guardado a cal y canto en su tubo de plexiglás. Artemis se moría de ganas de abrirlo, pero los propietarios anteriores, Crane & Sparrow, podían haber colocado algún tipo de trampa en su interior. El hecho de que no hubiese nada raro a la vista no significaba que no pudiese haber una trampa invisible. Un truco ingenioso sería haber empaquetado el lienzo al vacío y luego inyectado un gas corrosivo que reaccionase al entrar en contacto con el oxígeno y destruyese el cuadro.

Tardaron casi dos horas en llegar al hotel para un trayecto de no más de veinte minutos en condiciones normales. Artemis se puso un traje de algodón oscuro y luego marcó el número de la mansión Fowl con el sistema de marcación rápida de su teléfono móvil, pero antes de establecer la comunicación, conectó el teléfono de forma inalámbrica a su Powerbook para poder grabar la conversación. Angeline Fowl respondió al tercer timbre.

–Arty –dijo su madre, con la respiración ligeramente entrecortada, como si hubiese corrido hasta el teléfono.

Angeline Fowl no creía en la noción de tomarse la vida con calma, y seguramente estaba en plena sesión de sus ejercicios de tai-bo.

–¿Cómo estás, Madre?

Angeline lanzó un suspiro al otro lado del hilo telefónico.

–Estoy bien, Arty, pero parece que estés haciendo una entrevista de trabajo por teléfono, como de costumbre. Siempre tan formal... ¿No podrías llamarme «mamá» o incluso «Angeline»? ¿Sería eso tan terrible?

–No lo sé, Madre. «Mamá» suena tan infantil... Ya tengo catorce años, ¿recuerdas?

Angeline se echó a reír.

–¿Cómo iba a olvidarlo? No hay muchos adolescentes que te pidan una entrada para un simposio sobre genética como regalo de cumpleaños.

Artemis vigilaba con un ojo el tubo de plexiglás.

–¿Y cómo está Padre?

–Está fantásticamente bien –exclamó Angeline con efusividad–. Me sorprende lo bien que está. Esa prótesis que lleva en la pierna es maravillosa, y también su actitud. Nunca se queja. La verdad, creo que tiene una mejor actitud ante la vida ahora que antes de perder la pierna, después de todo lo que ha sufrido. Está al cuidado de un eminente psicólogo. Asegura que la parte mental es mucho más importante que la física. De hecho, nos vamos al balneario privado de Westmeath esta misma tarde. Tiene unos tratamientos de algas fantásticos que deberían hacer auténticas maravillas con los músculos de tu padre.

Artemis Fowl padre había perdido una pierna durante su secuestro por parte de la *mafiya* rusa. Por fortuna, Artemis había podido rescatarlo con la ayuda de Mayordomo. Había sido un año lleno de acontecimientos. Desde el regreso de Artemis padre, este había mantenido su promesa de pasar página y llevar una vida honrada. Se esperaba de Artemis hijo que hiciese lo mismo, pero a este le estaba costando más el tener que abandonar sus andanzas delictivas, aunque a veces, cuando veía juntos a su padre y a su madre, la idea de ser el hijo normal de unos padres que se querían y que lo querían a él no le parecía tan extravagante.

–¿Practica los ejercicios de fisioterapia dos veces al día, tal como le dijo el médico?

Angeline se echó a reír de nuevo y a Artemis le entraron ganas de estar ya de vuelta en casa.

–Sí, «Abuelo». Yo misma me encargo de que así sea. Tu padre dice que correrá la maratón dentro de doce meses.

–Bien, me alegro de oír eso. A veces creo que os pasaríais todo el tiempo paseando por el jardín cogiditos de la mano, si yo no os controlara.

Su madre lanzó un suspiro y se oyeron unas interferencias por el auricular.

–Estoy preocupada por ti, Arty. A tu edad no deberías ser tan... responsable. No te preocupes por nosotros, preocúpate por el colegio y por tus amigos. Piensa en lo que de verdad quieres hacer. Usa esa cabeza tan inteligente que tienes para hacer felices a los demás y a ti mismo. Olvídate del negocio familiar, vivir es ahora el principal negocio de la familia.

Artemis no sabía cómo responder a eso. Una parte de sí mismo quiso decirle que en realidad no habría ningún negocio familiar de no ser porque él lo estaba salvaguardando en secreto, pero otra parte quería subirse a un avión y ponerse a pasear por el jardín con su familia.

Su madre volvió a suspirar. Artemis detestaba la idea de que el mero hecho de hablar con él pudiese hacer que se preocupase.

–¿Cuándo estarás en casa, Arty?

–El viaje finaliza dentro de tres días.

–Quiero decir que cuándo volverás a casa para siempre. Ya sé que Saint Bartleby es una tradición familiar, pero te queremos en casa con nosotros. El director Guiney lo entenderá. Hay muchísimos colegios buenos en la zona.

–Ya –repuso Artemis. ¿Podría hacerlo?, se preguntó. Formar parte de una familia normal. Abandonar sus proyectos delictivos. ¿De veras podría llevar una vida honrada?–. Las vacaciones son dentro de un par de semanas, podemos hablar entonces –sugirió. Tácticas dilatorias–. Si te digo la verdad, ahora mismo no me puedo concentrar. No me encuentro muy bien. Creía que algo me había sentado mal, pero por lo visto solo es un virus estomacal pasajero. El médico local dice que mañana ya estaré bien.

–Pobre Arty –se lamentó Angeline–. A lo mejor debería obligarte a subir a un avión de vuelta a casa.

–No, Madre. Ya me encuentro mejor. De verdad.

–Como quieras. Ya sé que los virus son una lata, pero es mejor que una intoxicación alimentaria. Podrías haber estado en cama varias semanas. Bebe mucha agua e intenta dormir.

–Lo haré, Madre.

–Volverás pronto a casa.

–Sí. Dile a Padre que he llamado.

–Lo haré, si lo encuentro. Está en el gimnasio, creo, en la cinta de correr.

–Entonces, adiós.

–Adiós, Arty. Hablaremos de todo esto a tu regreso –dijo Angeline, en voz baja y en tono ligeramente triste. Parecía estar muy, muy lejos.

Artemis puso fin a la llamada y, acto seguido, volvió a escucharla en el ordenador. Cada vez que hablaba con su madre se sentía culpable. Angeline Fowl sabía cómo despertarle la conciencia. Esto era algo relativamente nuevo: un año antes podría haber sentido una pizca de remordimiento ante el hecho de mentirle a su madre, pero ahora incluso la mentirijilla y el montaje que estaba a punto de hacer lo atormentaría durante semanas.

Artemis observó el medidor de ondas de sonido de su ordenador. Estaba cambiando, de eso no había duda. Su propia insistencia en cuestionar la vida que había llevado hasta entonces había ido en aumento en los meses anteriores... desde la mañana en que había descubierto unas misteriosas lentes de contacto reflectantes en sus propios ojos. Mayordomo y Juliet llevaban las mismas lentes. Habían intentado averiguar la procedencia de aquellas lentes, pero lo único que les había dicho el contacto de Mayordomo en ese terreno es que las había comprado el propio Artemis. Todo aquello era muy, muy extraño.

Las lentes seguían siendo un misterio, al igual que los sentimientos de Artemis. Encima de la mesa, ante sí, tenía *El ladrón mágico* de Hervé, una adquisición que lo convertía en el ladrón más importante de su época, un estatus que había ansiado ostentar desde los seis años. Sin embargo, ahora que aquella ambición estaba literalmente en sus manos, en lo único en lo que podía pensar era en su familia.

«¿Ha llegado el momento de que me retire? –pensó–. A los catorce años y tres meses, el mejor ladrón del mundo. Después de todo, ¿qué meta puedo marcarme después de esto?» Volvió a escuchar un fragmento de la conversación telefónica: «No te preocupes por nosotros, preocúpate por el colegio y por tus amigos. Piensa en lo que de verdad quieres hacer. Usa esa cabeza tan inteligente que tienes para hacer felices a los demás y a ti mismo».

Tal vez su madre tenía razón, debía poner su talento al servicio de la felicidad de los demás. Sin embargo, había una parte oscura en él, una costra dura en su corazón que no estaría satisfecha con esa vida tranquila. Puede que hubiese formas de hacer feliz a la gente que solo él podía alcanzar, formas que estaban al otro lado de la ley, justo por encima de la línea que separaba el bien del mal.

Artemis se restregó los ojos. No podía llegar a ninguna conclusión. A lo mejor el hecho de vivir en casa una temporada le obligase a tomar la decisión. Era mejor continuar con el trabajo que tenía entre manos, tratar de ganar algo de tiempo y luego autentificar el cuadro. A pesar de que sentía cierto remordimiento por haber robado la obra de arte, no era ni mucho menos suficiente para hacer que lo devolviera. Sobre todo, no a los señores Crane & Sparrow.

Lo primero en su lista de prioridades era hacer que en el colegio no le hiciesen preguntas con respecto a sus actividades. Necesitaba al menos dos días para autentificar el cuadro, puesto que tendría que subcontratar a alguien para la realización de determinadas pruebas.

Artemis abrió un programa de manipulación de archivos de sonido en su Powerbook y se puso a recortar y pegar las palabras de su madre de la conversación telefónica grabada. Cuando hubo seleccionado las palabras que quería y las hubo ordenado de la manera adecuada, suavizó los niveles de audio para que el tono sonase natural.

Cuando el director Guiney encendiese su teléfono móvil después de la visita al estadio Olympia de Munich, tendría un mensaje nuevo aguardándolo. Sería de Angeline Fowl, que no estaría de buen humor, precisamente.

Artemis desvió la llamada a través de la mansión Fowl y luego envió el archivo de sonido editado por infrarrojos a su propio teléfono móvil.

–Director Guiney –dijo la voz inconfundible de Angeline Fowl, como confirmaría el sistema de identificación de llamadas–, estoy preocupada por Artemis. Ha sufrido una intoxicación alimentaria. Su actitud es maravillosa, nunca se queja, pero lo queremos en casa con nosotros. Lo entenderá, director Guiney. Le hemos hecho subir a un avión de vuelta a casa.

Me sorprende que haya sufrido una intoxicación alimentaria bajo su cuidado. Hablaremos de todo esto a su regreso.

Con eso lo del colegio quedaba solucionado, al menos durante unos cuantos días. La parte oscura de Artemis sintió un entusiasmo eléctrico ante aquella artimaña, pero su conciencia cada vez mayor le hizo sentir una punzada de remordimiento por utilizar la voz de su madre para tejer su telaraña de mentiras.

Intentó ahuyentar los remordimientos. Era una mentira inofensiva. Mayordomo lo acompañaría a casa, y su educación no iba a verse perjudicada por unos cuantos días de ausencia. En cuanto al robo de *El ladrón mágico*... Quien roba a un ladrón, cien años de perdón, ¿no era eso lo que decía el refrán? Casi era justificable.

«Sí –dijo una voz en su cabeza, sin pedir permiso–. Si le devuelves el cuadro al mundo.»

«No –contestó su mitad del corazón de granito–. Este cuadro es mío hasta que alguien me lo robe. Esa es la gracia.»

Artemis se sacudió de encima su indecisión y apagó su teléfono móvil. Necesitaba concentrarse por completo en el cuadro y la vibración de un teléfono en un momento inoportuno podía hacer que le temblase la mano. Su instinto le decía que retirase el tapón del tubo de plexiglás, pero eso podía ser más que estúpido: podía ser mortal. Crane & Sparrow podían haberle dejado más de un regalito sorpresa.

Artemis extrajo un cromatógrafo de la maleta rígida que contenía su equipo de laboratorio. El instrumento tomaría una muestra del gas del interior del tubo y la procesaría. Escogió una aguja de un surtido de jeringuillas y la enroscó en el tubo de goma que sobresalía del extremo plano del cromatógrafo. Sostuvo la aguja con cuidado en la mano izquierda; Artemis era ambidextro, pero el pulso de la mano izquierda le temblaba un poco menos. Con sumo cuidado, pinchó la aguja a través del sello de silicona del tubo en el espacio que rodeaba al cuadro. Era crucial que la aguja se moviese lo menos posible para que el gas del contenedor no se escapase y se mezclase con el aire. El cromatógrafo extrajo una pequeña cantidad de gas que fue aspirada por un inyector de calor. Cualquier impureza orgánica quedó eliminada por el efecto del calor y un gas transportó la muestra por una columna de separación hasta un detector de ionización de llama. Allí se identificaban los componentes individuales. Al cabo de unos segundos, apareció una gráfica parpadeante en la pantalla de lectura digital del instrumento. Los porcentajes de oxígeno, hidrógeno, metano y dióxido de carbono coincidían con una muestra tomada con anterioridad en el centro de Munich. Había un cinco por ciento de gas que no había sido identificado, pero eso era normal. Se debía con casi toda seguridad a los gases complejos de la contaminación o a la sensibilidad del equipo. Gases misteriosos aparte, Artemis supo que era completamente seguro abrir el tubo, de manera que así lo hizo, rasgando el sello con un cuchillo especial.

Artemis se puso un par de guantes de látex y sacó el cuadro del cilindro. Este cayó fuertemente enrollado sobre la mesa, con un golpe seco, pero acto seguido se desplegó rodando, pues no había permanecido dentro del tubo el tiempo suficiente para deformarse.

Artemis desenrolló el lienzo por completo y sujetó las esquinas con unos sacos suaves de gel. Supo de inmediato que no se trataba de ninguna falsificación. Su buen ojo para las obras artísticas captó enseguida los colores primarios y las capas de pincel. Las figuras de Hervé parecían estar compuestas de luz, y estaban tan bellamente pintadas que el cuadro parecía centellear. Era exquisito. En el cuadro, un bebé arropado en una manta dormía en su cuna bañada por el sol junto a una ventana abierta. Una especie de duende de piel verde y alas vaporosas se había posado sobre el alféizar de la ventana y se disponía a llevarse al bebé de la cuna. Los dos pies de la extraña criatura estaban en la parte exterior del alféizar.

–No puede entrar –murmuró Artemis con aire ausente, y se sorprendió de inmediato. ¿Cómo sabía él eso? Por lo general, no expresaba sus opiniones en voz alta sin que las corroborase algún tipo de pruebas.

«Relájate», se dijo para sus adentros. Solo era una suposición, basada tal vez en la información que había recogido en alguna de sus búsquedas en internet.

Artemis volvió a centrar su atención en el cuadro propiamente dicho. Lo había conseguido: *El ladrón mágico* era suyo, al menos por el momento. Escogió un bisturí de entre su instrumental y rascó la superficie de pintura del borde del cuadro para extraer una muestra diminuta. Depositó la muestra en un bote especial y lo etiquetó. Lo enviaría a la Universidad Politécnica de Munich, donde disponían de uno de los gigantescos espectrómetros necesarios para la datación por carbono 14. Artemis tenía un contacto en la universidad. El test de radiocarbono confirmaría que el cuadro, o al menos la pintura, tenía los años que se suponía que debía tener.

Llamó a Mayordomo, que estaba en la otra habitación de la suite.

–Mayordomo, ¿podrías llevar esta muestra a la universidad ahora mismo? Recuerda que solo debes dársela a Christina, y dile que la rapidez es esencial para nosotros.

No hubo respuesta durante un momento, y luego Mayordomo apareció a toda prisa por la puerta con el rostro desencajado. No parecía un hombre que viniese a recoger una muestra de pintura.

–¿Algún problema? –le preguntó Artemis.

Dos minutos antes, Mayordomo estaba con la mano apoyada en la ventana, absorto en sus propios pensamientos, cosa que no solía ocurrirle muy a menudo. De pronto se quedó mirando su propia mano, casi como si la combinación de la luz del sol y el hecho de mirarla pudiese volverle la piel transparente. Sabía que había algo distinto en él, algo oculto bajo la piel. Se había sentido extraño a lo largo de todo el año anterior. Más viejo. Tal vez las décadas de esfuerzo físico estaban haciendo mella en él. Pese a que acababa de alcanzar la cuarentena, los huesos le dolían por las noches y sentía una extraña sensación en el pecho, como si llevase puesto un chaleco de kevlar a todas horas. Desde luego, no era ni por asomo tan rápido como a los treinta y cinco, y hasta su mente parecía haber perdido capacidad de concentración. Tenía mayor tendencia a divagar... «Igual que ahora», se regañó a sí mismo el guardaespaldas en silencio.

Mayordomo flexionó los dedos, se arregló la corbata y se puso manos a la obra de nuevo. No estaba en absoluto satisfecho con la seguridad de la suite del hotel. Los hoteles eran la pesadilla de cualquier guardaespaldas: los montacargas, el aislamiento de los pisos superiores y las vías de escape del todo inadecuadas hacían que fuese imposible garantizar la seguridad de los clientes. El Kronski era muy lujoso, sin duda, y el personal eficiente, pero eso no era lo que Mayordomo buscaba en un hotel. Él buscaba una habitación en la planta baja, sin ventanas y con una puerta de acero de quince centímetros de grosor. Huelga decir que era imposible encontrar habitaciones como esa, y aunque la hubiese encontrado Artemis seguro que la habría despreciado. Mayordomo tendría que conformarse con aquella suite en el tercer piso.

Artemis no era el único que llevaba un maletín de instrumentos. Mayordomo abrió un maletín de cromo encima de la mesita del café. Era uno de la docena de maletines similares que guardaba en distintas cajas de seguridad de algunas de las capitales del mundo. Cada uno de ellos estaba lleno hasta los topes de equipos de vigilancia, equipos de contravigilancia y armamento de distinta índole. La idea de guardar uno en cada país significaba que no tenía que infringir la ley de aduanas en sus viajes desde Irlanda.

Seleccionó un detector de micrófonos y lo pasó rápidamente por la habitación en busca de dispositivos de escucha. Se concentró en los electrodomésticos: el teléfono, el televisor, el fax... El zumbido electrónico de dichos aparatos muchas veces podía enmascarar la señal de un micrófono, pero no con aquel detector en concreto. El Espía Ocular era el detector más avanzado del mercado y era capaz de revelar la presencia de micros microscópicos a un metro de distancia.

Se dio por satisfecho al cabo de unos minutos, y estaba a punto de devolver el detector a la caja cuando registró un pequeñísimo campo eléctrico; nada importante, apenas una sola barra azul parpadeante en el indicador. La primera barra se solidificó y luego se volvió azul brillante. La segunda barra empezó a parpadear. Algún dispositivo electrónico los estaba cercando. Cualquier otro hombre habría hecho caso omiso de la lectura pues, al fin y al cabo, había miles de dispositivos electrónicos en un área de más de dos kilómetros cuadrados del hotel Kronski. Sin embargo, el Espía Ocular no registraba campos eléctricos normales, y Mayordomo no era como cualquier otro hombre. Desplegó la antena del detector y realizó un nuevo barrido de la habitación. El lector se disparó cuando la antena señaló hacia la ventana. Mayordomo sintió cómo una punzada de ansiedad le atenazaba el estómago. Algún dispositivo volador se estaba acercando a toda velocidad.

Corrió hacia la ventana, arrancó los visillos de sus ganchos y abrió la ventana de par en par. El cielo invernal era de un azul pálido, con muy pocas nubes. Las estelas de los aviones se entrecruzaban en el cielo como si tejiesen un tablero gigante del juego de tres en raya. Y allí, veinte grados más arriba, trazando una curva levemente espiral, había un misil de metal azul en forma de lágrima. En la parte delantera parpadeaba una luz roja, y de la parte posterior salían unas llamas incandescentes. El misil se dirigía derechito al hotel Kronski, no había duda.

«Es una bomba inteligente –se dijo Mayordomo, con certeza absoluta–. Y el objetivo es Artemis.»

El cerebro de Mayordomo empezó a analizar su lista de alternativas; no era una lista demasiado larga. En realidad, solo había dos opciones: salir o morir. El problema era cómo salir, ni más ni menos. Estaban en el tercer piso y la salida de emergencia justo al otro lado. Dedicó un momento a echar un último vistazo al misil en movimiento; no se parecía a nada que hubiese visto antes. Incluso la emisión era distinta de la de las armas convencionales, pues apenas dejaba un reguero de vapor. Sea lo que fuese, era algo completamente nuevo. Alguien debía de tener muchas ganas de ver a Artemis muy muerto.

Mayordomo se alejó de la ventana y entró corriendo en el dormitorio de Artemis. El joven estaba muy ocupado realizando las pruebas de *El ladrón mágico.*

–¿Algún problema? –preguntó Artemis.

Mayordomo no respondió, porque no tenía tiempo, y decidió agarrar al chico por el pescuezo y echárselo a la espalda.

–¡El cuadro! –acertó a gritar Artemis, con la voz amortiguada por la chaqueta del guardaespaldas.

Mayordomo cogió el cuadro y se metió aquella joya de valor incalculable en el bolsillo de la chaqueta de cualquier manera, sin ningún miramiento. Si Artemis hubiese visto resquebrajarse el óleo de cien años, se habría echado a llorar, pero a Mayordomo le pagaban por proteger una sola cosa, y no era *El ladrón mágico.*

–Agárrate muy, pero que muy fuerte –le aconsejó el gigantesco hombretón, al tiempo que levantaba un colchón extragrande de la inmensa cama.

Artemis se agarró con fuerza tal como le había dicho, tratando de no pensar. Por desgracia, su cerebro brillante enseguida se puso a analizar automáticamente la información disponible: Mayordomo había irrumpido en la habitación a toda velocidad y sin llamar a la puerta, por tanto, debían de correr alguna clase de peligro. Su negativa a responder preguntas significaba que el peligro era inminente, y el hecho de que estuviese encaramado a la espalda de Mayordomo, agarrándose con fuerza a él, indicaba que no iban a escapar del susodicho peligro mediante las vías de salida convencionales. El colchón implicaba que iban a necesitar alguna clase de amortiguamiento…

Durante una fracción de segundo, antes de la inevitable caída, la corriente de aire hizo girar el colchón y Artemis vio otra vez su propia habitación. En ese instante infinitesimal, vio cómo un extraño misil destrozaba la puerta de la habitación y luego se detenía en seco, justo delante del tubo de plexiglás vacío.

«Había alguna especie de localizador en el tubo –dijo la diminuta porción de su cerebro que no estaba demasiado ocupada siendo presa del pánico–. Alguien quiere verme muerto.»

Entonces vino la inevitable caída. Diez metros. Directamente hacia abajo.

Mayordomo extendió sus miembros de manera automática para formar una equis propia de los paracaidistas profesionales y apoyó todo el peso de su cuerpo en las cuatro esquinas del colchón para que este no se diera la vuelta. El aire atrapado debajo del colchón ralentizaba un poco la caída, pero no demasiado. Los dos bajaban muy rápido, mientras la fuerza de la gravedad aumentaba su velocidad con cada centímetro. El cielo y el suelo parecían extenderse y difuminarse como gotas de pintura en un lienzo, y nada parecía ya sólido. Puso un abrupto punto final a esta impresión el encontronazo con el tejado extremadamente sólido de una caseta de mantenimiento en la parte posterior del hotel. Las tejas casi parecieron explotar con el impacto, aunque las vigas del tejado resistieron… por los pelos. Mayordomo sentía como si le hubiesen hecho picadillo los huesos, pero sabía que estaría bien tras unos minutos de inconsciencia. Había sufrido choques mucho peores.

Su última impresión antes de que le abandonasen las fuerzas fue la percepción del latido de Artemis a través de su chaqueta. Entonces, estaba vivo. Ambos habían sobrevivido, pero... ¿por cuánto tiempo? Si su asesino había visto fracasar su tentativa, puede que lo intentase de nuevo.

El impacto de Artemis se vio amortiguado por Mayordomo y el colchón; sin ellos sin duda habría muerto. En realidad, el cuerpo musculoso de Mayordomo había sido lo bastante duro como para partirle dos costillas. Artemis rebotó un metro en el aire antes de caer definitivamente boca arriba sobre la espalda del guardaespaldas inconsciente.

Respiraba con mucha dificultad, y cada vez que lo hacía sentía un dolor insoportable. Dos extremos de hueso le sobresalían del pecho como si fueran nódulos: eran la sexta y la séptima costilla, o eso suponía.

Arriba, un haz de luz azul iridiscente destelló desde la ventana de su habitación en el hotel. Iluminó el cielo durante una fracción de segundo y su interior se hinchó con llamaradas aún más azules que se retorcían como gusanos en forma de gancho. Nadie le prestaría demasiada atención, pues la luz bien podía provenir del flash de una potente cámara. Sin embargo, Artemis sabía algo más.

«Es una biobomba –pensó–. Pero bueno... ¿y cómo sé yo eso?»

Mayordomo debía de estar inconsciente, pues de lo contrario ya estaría en acción, de modo que era tarea de Artemis frustrar el siguiente intento de asesinato de su agresor. Trató de incorporarse, pero el dolor que sentía en el pecho era atroz y bastó para dejarlo fuera de combate unos instantes. Cuando volvió en sí, tenía todo el cuerpo empapado en sudor. Artemis vio que era demasiado tarde para escapar: su asesino ya estaba allí, agazapado como un gato en la pared de la caseta.

El asesino era un individuo muy extraño; su estatura no era mayor que la de un niño, pero sus proporciones eran las de un adulto. Era una mujer, de facciones hermosas y enérgicas, el pelo corto castaño rojizo y unos ojos enormes de color avellana, pero eso no significaba que fuese a mostrar clemencia con ellos. Mayordomo le había dicho una vez que ocho de los diez mejores asesinos a sueldo del mundo eran mujeres. Aquella llevaba un curioso traje que cambiaba de color para adaptarse al entorno, y tenía los ojos rojos de haber llorado.

«Tiene las orejas puntiagudas –pensó Artemis–. O estoy en estado de shock, o no es humana.»

En ese momento cometió el error de moverse de nuevo, y una de sus costillas rotas le asomó, literalmente, a través de la piel. En su camisa floreció una mancha roja y Artemis perdió la batalla de permanecer consciente.

Holly había tardado casi noventa minutos en llegar a Alemania. En una misión normal habría tardado al menos el doble de eso, pero la elfa había decidido infringir algunas normas de la PES. ¿Por qué no?, había razonado. Al fin y al cabo, su situación ya no podía empeorar más: en la PES ya creían que había matado al comandante, y sus comunicaciones estaban bloqueadas, así que no podía explicar qué había ocurrido en realidad. Estaba segura de que la habían clasificado como delincuente peligrosa y de que un equipo de Recuperación iba ya tras ella, por no hablar del hecho de que seguramente Opal Koboi le había puesto localizadores electrónicos. Así pues, no había tiempo que perder.

Desde que habían pillado a las bandas de goblins haciendo contrabando de objetos de los humanos a través de conductos abandonados, la PES había colocado centinelas en cada terminal de lanzaderas con destino a la superficie. La de París estaba custodiada por un gnomo amodorrado a quien solo le faltaban cinco años para jubilarse. Lo despertó de su siesta de mediodía un aviso urgente de la Jefatura de Policía: una miembro de Reconocimiento clasificada como delincuente peligrosa iba de camino a la superficie. Las órdenes eran detenerla para interrogarla, proceder con cautela.

En realidad, nadie esperaba que el gnomo fuese a tener éxito; Holly Canija estaba en óptimas condiciones físicas y en cierta ocasión había derrotado a un trol en una pelea. El centinela gnomo no recordaba la última vez que había estado en forma, y tenía que tumbarse a descansar cuando le salía un padrastro en el dedo. Pese a todo, el centinela permaneció apostado animosamente a la entrada de la terminal de lanzaderas hasta que Holly pasó junto a él a la velocidad del rayo en dirección a la superficie y lo dejó con un palmo de narices.

Una vez en el aire, tiró hacia atrás de una tira de velcro que llevaba en el antebrazo e hizo una búsqueda en su ordenador, que encontró el hotel Kronski y le dio tres opciones de ruta. Holly escogió la más corta, aunque con ello tuviese que pasar por encima de núcleos importantes de población humana. Más normas de la PES hechas pedazos. A aquellas alturas, la verdad es que le importaba un rábano. Su propia carrera estaba ya acabada, pero eso daba lo mismo, Holly nunca había sido una elfa obsesionada por ascender en el plano profesional. La única razón por la que todavía no la habían expulsado del cuerpo era el comandante... Él había sido capaz de ver su potencial y ahora había desaparecido para siempre.

La Tierra centelleaba a sus pies, los aromas de Europa se colaban por los filtros de su casco: el olor a mar, a tierra seca, a viñas y el penetrante olor de la nieve pura. Por lo general, todo aquello era la razón de ser de Holly, pero no aquel día. Ese día no sentía ni una pizca de la euforia habitual por estar sobrevolando la superficie. Aquella tarde se sentía sola, simplemente; el comandante había sido lo más parecido a una familia que le quedaba, y ahora también había muerto, tal vez por su culpa, porque había errado el tiro y no había acertado en el punto débil de aquella maldita caja. ¿Había matado ella a Julius? Era demasiado horrible como para pensarlo, y demasiado horrible como para olvidarlo.

Holly levantó la visera de su casco para secarse las lágrimas. Había que salvar a Artemis Fowl, tanto por el comandante como por él mismo. Holly cerró la visera, dio una patada en el aire y puso el acelerador a la máxima potencia. Había llegado el momento de ver qué podían hacer las nuevas alas de Potrillo.

En poco más de una hora, Holly ya estaba sobrevolando el espacio aéreo de Munich. Bajó hasta los treinta metros de altura y activó el radar del casco. Sería una lástima que, después de haber llegado tan lejos, se estrellase contra alguna aeronave que pasase por allí. El Kronski apareció en forma de un punto rojo en su visor. Potrillo podría haberle enviado imágenes por satélite o al menos las grabaciones en vídeo más recientes, pero no tenía forma de ponerse en contacto con el centauro, y aunque la tuviese el Consejo le ordenaría regresar a la Jefatura de Policía de inmediato.

Holly se concentró en el punto rojo de su visor: era ahí adonde se dirigía la biobomba, de modo que tenía que ir allí ella también. Descendió unos metros hasta rozar con la punta de los pies el tejado del Kronski y luego aterrizó en la azotea. A partir de ahí debía apañárselas sola. Hasta allí era hasta donde podía conducirla el localizador que llevaba incorporado en el casco, tendría que dar con la habitación de Artemis ella sola.

Holly se mordisqueó el labio un momento y luego introdujo una orden en el teclado que llevaba en la muñeca. Podría haber dado una orden con la voz, pero el programa era muy sensible y no disponía de tiempo para permitirse los errores de reconocimiento. En apenas segundos, su ordenador de a bordo había entrado en el ordenador del hotel y le estaba mostrando una lista de huéspedes y un plano. Artemis se alojaba en la habitación 304, en el tercer piso del ala sur del hotel.

Holly atravesó la azotea a toda velocidad y activó las alas mientras corría. Tenía segundos escasos para salvar a Artemis. Puede que cuando se viese sacado a rastras de su habitación por una criatura mitológica sufriese un shock, pero no sería tan fuerte como ser volatilizado por una biobomba.

Se detuvo en seco. Un misil dirigido por satélite estaba haciendo su aparición por el horizonte, describiendo un arco hacia el hotel. Lo habían fabricado los seres mágicos, de eso no había ninguna duda, pero era algo completamente novedoso, más esbelto y más rápido, con los cohetes de propulsión más grandes que había visto en toda su vida en un misil. Era evidente que Opal Koboi había estado perfeccionando sus productos.

Holly giró sobre sus talones y se dirigió a toda pastilla al otro lado del hotel. En el fondo de su alma sabía que era demasiado tarde, y de pronto se dio cuenta de que Opal había vuelto a tenderle una trampa: nunca había habido ninguna posibilidad de rescatar a Artemis, igual que no la había habido de salvar al comandante.

Antes de darles tiempo a sus alas de desplegarse, se produjo un cegador destello azul al otro lado del tejado y un leve temblor sacudió los cimientos del edificio cuando la biobomba hizo explosión. Era el arma perfecta: no provocaba daños estructurales y el recubrimiento de la bomba se consumía solo, por lo que no dejaba ninguna prueba tras de sí.

Holly se dejó caer de rodillas, sintiendo cómo la invadía una profunda sensación de frustración, y se quitó el casco para aspirar unas bocanadas de aire fresco. El aire de Munich estaba plagado de toxinas, pero de todos modos sabía mejor que la variedad filtrada que se respiraba en el mundo subterráneo. Sin embargo, Holly no advirtió la mejora. Julius había desaparecido, Artemis había muerto, Mayordomo había muerto. ¿Cómo iba a seguir ella adelante? ¿Qué sentido tenía? Las lágrimas le resbalaban de las pestañas y formaban diminutos riachuelos en el cemento.

«¡Levántate! –le dijo su núcleo de acero, la parte de sí misma que convertía a Holly Canija en una agente extraordinaria–. Eres una agente de la PES. Aquí hay algo más en juego que tu dolor personal. Ya tendrás tiempo de llorar más tarde.»

Dentro de un minuto. Me levantaré dentro de un minuto. Solo necesito sesenta segundos. Holly se sentía como si la pena le hubiese roído las entrañas. Se sentía vacía, hueca, incapacitada...

–Qué conmovedor –dijo una voz, como de robot y familiar.

Holly ni siquiera levantó la vista.

–Koboi. ¿Has venido a regodearte? ¿El asesinato te hace feliz?

–Mmm... –dijo la voz, reflexionando seriamente sobre la pregunta–. ¿Sabes qué? Creo que sí. La verdad es que me hace muy feliz.

Holly se sorbió la nariz y se enjugó las últimas lágrimas de los ojos. Tomó la firme decisión de no volver a llorar hasta que Koboi estuviese entre rejas.

–¿Qué quieres? –le preguntó, levantándose del suelo de cemento de la azotea.

Suspendida en el aire, a la altura de la cabeza, había una biobomba. Aquel modelo era esférico, del tamaño de un melón, e iba equipado con una pantalla de plasma. Todo el monitor estaba ocupado por los rasgos de felicidad del rostro de Opal.

–Bueno, es que te he seguido desde el conducto porque quería ver qué aspecto tiene alguien totalmente desesperado. No es muy agradable, ¿verdad que no?

Durante un momento, la pantalla mostró el rostro afligido de Holly, antes de volver a mostrar la cara de Opal.

–Limítate a detonar esa biobomba y piérdete –repuso Holly con un gruñido.

La biobomba subió unos centímetros y empezó a rodear la cabeza de Holly muy despacio.

–Todavía no. Creo que hay en ti una chispa de esperanza todavía, y quiero apagarla. Dentro de un momento haré estallar la biobomba. Es bonita, ¿verdad? ¿Te gusta el diseño? Tiene ocho cohetes propulsores independientes, ¿sabes? Pero lo que ocurre tras la detonación es lo más importante.

Como defensora de la ley, a Holly le picó la curiosidad, a pesar de las circunstancias.

–¿Qué ocurre entonces, Koboi? No me lo digas: que dominarás el mundo.

Koboi se echó a reír, y el volumen distorsionó el sonido a través de los microaltavoces de la bomba.

–¿Dominar el mundo? Por la forma en que lo dices, suena inalcanzable. El primer paso es la simplicidad misma. Lo único que tengo que hacer es poner a los humanos en contacto con las Criaturas.

Holly sintió cómo instantáneamente se esfumaban sus propios problemas.

–¿Poner a los humanos en contacto con las Criaturas? ¿Y por qué ibas a querer hacer eso?

Del rostro de Opal desapareció todo rastro de felicidad.

–Porque la PES me hizo prisionera. Me estudiaron como a un animal en una jaula y ahora veremos qué tal les sienta. Habrá una guerra, y suministraré a los humanos las armas para ganarla, y una vez que hayan ganado la nación que yo escoja será la más poderosa sobre la faz de la Tierra, y yo, inevitablemente, me convertiré en la persona más poderosa de esa nación.

A Holly le entraron ganas de gritar.

–Todo por los deseos infantiles de venganza de una duendecilla.

Al ver la preocupación de Holly, Opal se animó de inmediato.

–No, pero si ya no soy una duendecilla... –Koboi desenvolvió lentamente las vendas que le cubrían la cabeza y dejó al descubierto dos orejas humanoides quirúrgicamente redondas–. Ahora soy una más entre los Fangosos. Mi intención es estar en el bando de los ganadores, y mi nuevo papá tiene una empresa de ingeniería, y esa empresa va a enviar una sonda al subsuelo.

–¿Qué sonda? –gritó Holly–. ¿Qué empresa?

Opal levantó un dedo.

–Chssss... basta ya de explicaciones. Quiero que mueras desconsolada y en la inopia. –Por un momento, su rostro perdió su alegría falsa y Holly vio todo el odio que traslucían sus enormes ojos–. Por tu culpa he perdido un año de mi vida, Canija. Un año de una vida brillante. Mi tiempo es demasiado precioso para malgastarlo, sobre todo respondiendo a patéticas organizaciones como la PES. Muy pronto no tendré que volver a responder a nadie nunca más.

Opal levantó una mano dentro del encuadre de la cámara; en ella sostenía un pequeño mando a distancia. Pulsó el botón rojo y, como todo el mundo sabe, el botón rojo solo podía significar una cosa. Holly disponía de milisegundos para que se le ocurriese algún plan. El monitor se apagó y una luz verde en la consola del misil pasó al rojo: la señal había sido recibida. La detonación era inminente.

Holly dio un salto hacia arriba y cubrió con su casco la bomba esférica. Apoyó todo su peso en el casco con la esperanza de sujetarlo y tirar de él hacia abajo. Era como intentar sumergir un balón de fútbol en el agua; los cascos de la PES estaban hechos de un polímero rígido capaz de repeler las erupciones de solinio. Por supuesto, el resto del traje de Holly no era rígido y no podía protegerla de la biobomba, pero tal vez con el casco sería suficiente.

La bomba explotó e hizo que el casco empezase a dar vueltas sin cesar. Una luz de color azul puro salió a borbotones por la parte inferior del casco y se desvaneció por el cemento. Las hormigas y las arañas dieron un saltito y, acto seguido, sus diminutos corazones se paralizaron. Holly sintió cómo se le aceleraba su propio corazón, luchando contra el mortífero solinio. Resistió todo cuanto pudo, pero la onda expansiva la hizo saltar por los aires. El casco salió disparado sin dejar de dar vueltas y la luz mortal quedó liberada.

Holly maniobró el control de sus alas para subir, con la intención de remontar hacia el cielo. La luz azul la seguía, pisándole los talones. Ahora se trataba de una carrera; ¿habría sacado suficiente tiempo y distancia de ventaja para dejar atrás la biobomba?

Holy sintió cómo los labios se le aplastaban contra los dientes. La fuerza de la gravedad le arrancaba la piel de las mejillas. Contaba con el hecho de que el agente activo de la biobomba fuese la luz; esto significaba que podía centrarse en un diámetro determinado. Koboi no querría llamar la atención sobre su aparato aniquilando una manzana entera de la ciudad: Holly era su único objetivo.

La elfa sintió cómo la luz le rozaba los dedos de los pies, y una horrenda sensación de vacío se apoderó de su pierna antes de que la magia la eliminara. Trató de adoptar una postura más aerodinámica, arqueando la cabeza hacia atrás y cruzando los brazos en el pecho, acelerando la potencia de las alas mecánicas para que la ayudasen a ponerse a salvo.

De repente, la luz se disipó, dio un fogonazo y dejó tras de sí la estela de unas pocas llamaradas centelleantes. Holly había vencido a la luz mortal y solo había sufrido heridas de escasa consideración. Le flaqueaban las piernas, pero esa sensación desaparecería enseguida. Ya tendría tiempo de preocuparse de eso más tarde, ahora debía regresar a los Elementos del Subsuelo y advertir de algún modo a sus compatriotas de lo que planeaba Opal.

Holly bajó la vista y miró al tejado del hotel, donde no quedaba nada que indicase su presencia allí salvo los restos de su casco, que daba vueltas sin cesar como una peonza rota. Por regla general, los objetos inanimados no se veían afectados por las biobombas, pero la capa reflectora del casco había hecho rebotar tanto la luz por dentro que se había sobrecalentado. Y una vez que el casco se hubiese fundido, también desaparecerían todas las biolecturas de Holly. Tanto para la PES como para Opal Koboi, el casco de la capitana Canija ya no transmitía su latido cardíaco ni su capacidad respiratoria: estaba oficialmente muerta. Y estar muerta ofrecía muchas posibilidades.

De pronto, algo atrajo la atención de Holly. Mucho más abajo, en el centro de un grupo de edificios de mantenimiento, varios humanos acudían a una de las casetas. Con su vista aérea, Holly vio que el tejado de la caseta estaba destrozado. Había dos figuras tendidas sobre las vigas del techo; una de ellas era enorme, un auténtico gigante, mientras que la otra sería aproximadamente de su mismo tamaño. Se trataba de un chico. Artemis y Mayordomo. ¿Podían haber sobrevivido?

Holly se dio impulso dando una patada en el aire y se lanzó en picado sobre el lugar del impacto. No empleó el escudo, para así conservar al máximo su magia. Todo apuntaba a que iba a necesitar hasta la última chispa de su poder curativo, así que no le quedó más remedio que confiar en la velocidad y en su traje revolucionario para permanecer oculta a la vista.

Los demás humanos estaban todavía a varios metros de distancia, abriéndose paso a través de los escombros. Parecían más curiosos que enfadados. Aun así, era crucial que Holly sacase a Artemis de allí, si es que todavía estaba vivo. Opal podía tener espías en cualquier sitio, y un plan B preparado para ponerlo en práctica y rematar la faena. No creía que pudiesen volver a dar esquinazo a la muerte otra vez.

Aterrizó en el hastial de la caseta y se asomó al interior. Efectivamente, eran Artemis y Mayordomo. Los dos aún con vida. Artemis estaba incluso consciente, a pesar de que saltaba a la vista que padecía unos dolores atroces. De pronto, una rosa roja de sangre se esparció por su camisa blanca, puso los ojos en blanco y empezó a dar sacudidas. El Fangosillo iba a entrar en estado de shock, y parecía que una costilla rota le había atravesado la piel. Podía tener otra atravesándole el pulmón. Necesitaba una sanación mágica, inmediatamente.

Holly se hincó de rodillas junto al pecho de Artemis y colocó una mano sobre los nódulos de hueso que sobresalían por debajo de su corazón.

–Cúrate –dijo, y las últimas chispas de magia de su cuerpo menudo y delicado le recorrieron los brazos, dirigiéndose de forma intuitiva a las heridas de Artemis. Las costillas se estremecieron, se retorcieron con movimiento elástico y luego volvieron a unirse con un ruido sibilante de hueso fundido. El cuerpo tembloroso del chico emitía vapor sin cesar mientras la magia absorbía y eliminaba las impurezas de su sistema.

Antes incluso de que Artemis dejase de temblar, Holly ya estaba envolviéndolo con su propio cuerpo. Tenía que sacarlo de allí como fuese. Lo ideal habría sido que pudiera llevarse a Mayordomo también, pero este era demasiado voluminoso para que pudiese taparlo con su delgado cuerpo. El guardaespaldas tendría que cuidar de sí mismo, pero era necesario proteger a Artemis; primero, porque sin duda era él el objetivo principal y, segundo, porque Holly necesitaba su taimado cerebro para que la ayudase a vencer a Opal Koboi. Si Opal pretendía pasar a formar parte de la humanidad, entonces Artemis era el contrincante ideal para su talento.

Holly colocó los dedos en la espalda de Artemis y levantó su cuerpo inerte hasta una posición vertical. Su cabeza cayó sin fuerzas sobre el hombro de ella y la elfa sintió su respiración en la mejilla. Era regular, y eso era bueno.

Holly dobló las piernas hasta que le crujieron las rodillas. Iba a necesitar todo el impulso posible para enmascarar su huida. Fuera, las voces se oían cada vez más cerca, y sintió cómo temblaban las paredes cuando alguien insertó una llave en la puerta.

–Adiós, Mayordomo, viejo amigo –susurró–. Volveré a buscarte.

El guardaespaldas lanzó un gemido, como si la hubiese oído. Holly detestaba la idea de dejarlo allí tirado, pero no tenía elección. O solo Artemis o ninguno de los dos, y el mismísimo Mayordomo le daría las gracias por lo que estaba haciendo.

Holly hizo rechinar los dientes, tensó todos los músculos del cuerpo y apretó al máximo el acelerador de las alas. Salió disparada de aquella caseta, como la flecha de una cerbatana, dejando tras de sí una espesa nube de polvo. Aunque alguien la hubiese estado mirando a ella directamente, lo único que hubiera visto habría sido un manchurrón de polvo y de azul cielo, puede que con el mocasín de un pie asomando. Pero eso debía de haber sido una ilusión óptica, porque los zapatos no podían volar. ¿O sí?

CAPÍTULO V

NUESTROS ADORABLES VECINOS

E37, LOS ELEMENTOS DEL SUBSUELO

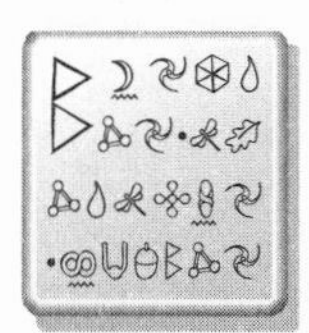

Potrillo no se podía creer lo que estaba sucediendo. Sus ojos enviaban información a su cerebro, pero este se negaba a aceptarla, porque si tenía que aceptar aquella información habría tenido que creer que su amiga Holly Canija acababa de disparar a su propio comandante y ahora estaba intentando escapar a la superficie. Esto era del todo imposible, aunque no todo el mundo era tan reacio a aceptarlo como él.

Asuntos Internos había asumido el mando de la lanzadera técnica móvil del centauro. Aquella operación ahora estaba bajo su jurisdicción porque una agente de la PES era sospechosa de un crimen, y habían echado de la lanzadera a todo el personal de la PES, aunque habían permitido a Potrillo quedarse sencillamente porque era el único capaz de manejar el equipo de vigilancia.

El comandante Aske Rosso era un gnomo de la PES que perseguía a duendes policías sospechosos de haber cometido algún delito. Rosso era inusitadamente alto y delgado para ser un gnomo, como una jirafa con piel de babuino. Llevaba el pelo negro peinado hacia atrás con gomina con un aire muy serio y ni los dedos ni las orejas exhibían ninguno de los adornos de oro tan apreciados, por lo general, entre las familias de gnomos. Aske Rosso era el oficial gnomo de más alto rango de Asuntos Internos; creía que toda la PES era, básicamente, una panda de pistoleros sueltos dirigidos por un rebelde. Y ahora el rebelde estaba muerto, asesinado, por lo visto, por la mayor pistolera suelta de la panda. Holly Canija había escapado por muy poco de distintas acusaciones criminales en dos ocasiones anteriores, pero esta vez no iba a escapar.

–Vuelva a reproducir el vídeo, centauro –le ordenó, dando unos golpecitos en la mesa con su bastón. Francamente molestos.

–Ya lo hemos visto una docena de veces –protestó Potrillo–. No le veo el sentido.

Rosso lo silenció con una mirada asesina con aquellos ojos rojos.

–¿No le ve el sentido? ¿El centauro no le ve el sentido? Pues yo no veo que eso sea un factor importante en la presente ecuación. Usted, señor Potrillo, está aquí para pulsar botones, no para expresar sus opiniones. El comandante Remo concedía demasiado valor a sus opiniones, y mire dónde está ahora, ¿eh?

Potrillo se tragó la colección de contestaciones mordaces que le escocían en la lengua. Si lo apartaban de aquella operación precisamente en esos momentos, no podría hacer nada por ayudar a Holly.

–Reproducir el vídeo. Sí, señor.

Potrillo accionó el vídeo del E37. Eran pruebas más que condenatorias. Julius y Holly permanecían suspendidos sobre el general Escaleno durante unos momentos y parecían estar bastante nerviosos. Acto seguido, por alguna razón, y por increíble que pudiese parecer, Holly disparaba al comandante con alguna clase de bala incendiaria. En ese momento se perdían todas las imágenes de vídeo de ambos cascos.

–Rebobine la cinta veinte segundos –ordenó Rosso, acercándose más al monitor. Señaló con el bastón la pantalla de plasma–. ¿Qué es eso?

–Cuidado con el bastón –dijo Potrillo–. Estas pantallas son muy caras. Me las traen de Atlantis.

–Responda a la pregunta, centauro. ¿Qué es eso de ahí? –Rosso tocó la pantalla dos veces, lo justo para demostrarle lo poco que le importaban los cachivaches de Potrillo.

El comandante de Asuntos Internos estaba señalando a un ligero resplandor en el pecho de Remo.

–No estoy seguro –admitió Potrillo–. Podría ser la distorsión del calor o tal vez un fallo en el equipo. O puede que se trate simplemente de un problema técnico. Tendré que realizar algunas pruebas.

Rosso asintió con la cabeza.

–Sí, haga esas pruebas, aunque dudo que encuentre algo. Canija está quemada, es tan simple como eso. Siempre lo ha estado. Y estuve a punto de atraparla antes, pero esta vez va a ser pan comido.

Potrillo sabía que debía morderse la lengua, pero tenía que defender a su amiga.

–¿No es un poco raro todo esto? Primero perdemos el sonido, así que no sabemos lo que se dijo. Luego se ve ese resplandor borroso que podría ser cualquier cosa y ahora tenemos que creer que una agente condecorada va y dispara a su comandante, un elfo que era como un padre para ella.

–Sí, entiendo qué quiere decir, Potrillo –repuso Rosso suavemente–. Muy bien. Me alegra ver que piensa usted, pero tenemos que ceñirnos a nuestros respectivos trabajos, ¿no le parece? Usted construye la maquinaria y yo la dirijo. Por ejemplo, esas nuevas Neutrinos con las que se arma a nuestros agentes operativos...

–Sí, ¿qué les pasa? –dijo Potrillo con desconfianza.

–Están personalizadas para cada agente, ¿verdad? Nadie más puede dispararlas, y cada tiro queda registrado, ¿no es así?

–Sí, así es –confirmó Potrillo, a sabiendas de adónde iba a conducir aquello.

Rosso agitó su bastón como si fuera un director de orquesta.

–Bueno, entonces, lo único que tenemos que hacer es comprobar el historial del arma de la capitana Canija para ver si realizó un disparo en el momento preciso que indica la filmación de vídeo. Si lo hizo, entonces el vídeo es auténtico y Holly Canija sí que mató a su comandante, a pesar de lo que podamos oír o no.

Potrillo apretó sus dientes caballunos. Por supuesto, era completamente lógico. Había pensado eso mismo hacía media hora, y ya sabía lo que iba a revelar la comprobación. Extrajo el historial del arma de Holly y leyó el pasaje pertinente.

–Arma registrada a las cero nueve cuarenta, hora de Refugio. Seis pulsaciones a las cero nueve cincuenta y seis, y luego una pulsación de nivel dos a las cero nueve cincuenta y ocho.

Rosso se dio unos golpecitos en la palma de la mano con el bastón en señal de triunfo.

–Una pulsación de nivel dos disparada a las cero nueve cincuenta y ocho. El momento exacto. Pasara lo que pasase en el interior de ese conducto, Canija disparó a su comandante.

Potrillo se levantó de un salto de su silla de oficina, especialmente diseñada para él.

–Pero una pulsación de nivel dos no podría provocar semejante explosión. Prácticamente derrumbó la totalidad del túnel de acceso.

–Razón por la que Canija no está detenida ahora mismo –señaló Rosso–. Tardarán semanas en despejar ese túnel. He tenido que enviar a un escuadrón de Recuperación a través del E1, en Tara. Tendrán que viajar bajo tierra hasta París y seguir la pista de Canija desde allí.

–Pero ¿qué me dice de la explosión?

Rosso hizo una mueca de fastidio, como si las preguntas de Potrillo fuesen un bocado amargo en una comida, por lo demás, deliciosa.

–¿Eso? Bah, estoy seguro de que hay una explicación, centauro. Gas combustible, o un fallo, o simplemente mala suerte. Ya nos ocuparemos de eso. Por ahora mi prioridad, y también la suya por cierto, consiste en traer de vuelta a la capitana Canija para juzgarla. Quiero que colabore con el equipo de Recuperación. Envíeles actualizaciones constantes de la posición de Canija.

Potrillo asintió sin demasiado entusiasmo. Holly aún seguía llevando su casco, y el casco de la PES podía verificar su identidad y suministrar un flujo constante de información diagnóstica al sistema informático de Potrillo. No disponían de sonido ni de vídeo, pero poseían muchísima información para localizar a Holly, tanto si estaba sobre la superficie o debajo de ella. En aquellos momentos, Holly estaba en Alemania. Su ritmo cardíaco era elevado, pero por lo demás estaba bien.

«¿Por qué huiste, Holly? –preguntó Potrillo a su amiga ausente en silencio–. Si eres inocente, ¿por qué huir?»

–Dígame dónde está la capitana Canija ahora –exigió Rosso.

El centauro maximizó las constantes vitales del casco de Holly en la pantalla de plasma.

–Sigue en Alemania, en Munich, para ser exactos. Ahora ha dejado de moverse. Tal vez haya decidido regresar a casa.

Rosso frunció el ceño.

–No tengas muchas esperanzas, centauro. Está podrida. Muy podrida.

Potrillo hizo rechinar los dientes. Los buenos modales dictaban que solo los amigos se hablaban de tú a tú, y Rosso no era amigo suyo. Ni de nadie.

–Eso no lo sabemos con toda seguridad –replicó Potrillo sin dejar de apretar los dientes.

Rosso se acercó un poco más a la pantalla de plasma, y una sonrisa lenta fue desplegándose en su piel tensa.

–La verdad, centauro, en eso te equivocas. Creo que podemos decir con toda seguridad que la capitana Canija no va a volver. Hay que ordenar la retirada del equipo de Recuperación inmediatamente.

Potrillo comprobó la pantalla de Holly. Las constantes vitales procedentes de su casco eran todas una línea recta. Durante un momento, estaba estresada pero viva y, al cabo de un segundo, se había ido. No había latido cardíaco ni actividad cerebral, ni tampoco lectura de la temperatura. No podía haberse quitado el casco sin más, pues había una conexión por infrarrojos entre cada oficial de la PES y su casco. No, Holly estaba muerta, y no había sido por causas naturales.

Potrillo sintió cómo las lágrimas se agolpaban en sus pestañas. Holly también... no podía ser.

–¿Ordenar la retirada del equipo de Recuperación? ¿Es que está loco, Rosso? ¡Tenemos que encontrar a Holly, tenemos que averiguar qué ha ocurrido!

A Rosso no le afectó el arrebato de Potrillo. Lo cierto es que le divertía.

–Canija era una traidora y es evidente que estaba aliada con los goblins. De alguna manera, su abominable plan se ha vuelto en su contra y ahora la han asesinado. Quiero que actives el incinerador remoto de su casco ahora mismo, de ese modo podremos pasar página y olvidarnos de una agente desleal.

Potrillo estaba horrorizado.

–¡Activar el incinerador remoto! No puedo hacer eso...

Rosso puso los ojos en blanco.

–Ya estamos otra vez con las opiniones... Tú no tienes ninguna autoridad aquí, limítate a cumplir mis órdenes.

–Pero tendré una imagen por satélite dentro de media hora –protestó el centauro–. Podemos esperar media hora, desde luego.

Rosso se abrió paso hasta el teclado dando codazos a Potrillo.

–Negativo. Ya conoces las reglas. No se deben dejar cuerpos para que los encuentren los humanos. Es una regla dura, lo sé, pero necesaria.

–¡El casco podría estar estropeado! –exclamó Potrillo, aferrándose desesperadamente a un clavo ardiendo.

–¿Es probable que todas las constantes vitales puedan haber desaparecido al mismo tiempo por un fallo en el equipo?

–No –admitió Potrillo.

–¿Cuántas probabilidades hay de que así sea?

–Una entre diez millones –respondió el asesor técnico, cabizbajo.

Rosso examinó el teclado.

–Si tú no tienes estómago para hacerlo, centauro, lo haré yo mismo.

Introdujo su contraseña y luego hizo detonar el incinerador del casco de Holly. En una azotea de Munich, el casco de la capitana Canija se disolvió en un charco de ácido. Y en teoría, también el cuerpo de Holly.

–Muy bien –exclamó Rosso, satisfecho–. Ha desaparecido, y ahora todos podremos dormir tranquilos.

«Yo no –pensó Potrillo, mirando a la pantalla con tristeza–. Pasará mucho tiempo antes de que pueda volver a dormir tranquilo.»

Temple Bar, Dublín, Irlanda

Artemis Fowl se despertó de un sueño plagado de pesadillas. En sus sueños, unas criaturas extrañas de ojos rojos le habían abierto el pecho con unos afilados colmillos y se habían comido su corazón a dentelladas. Se incorporó en una especie de cuna diminuta y se llevó ambas manos al pecho. Tenía la camisa empapada en sangre seca, pero no había ninguna herida. Artemis inspiró hondo varias veces, estremeciéndose y bombeando oxígeno a través de su cerebro. «Analiza la situación –le decía siempre Mayordomo–. Si te encuentras en territorio desconocido, familiarízate con él antes de abrir la boca. Diez segundos de observación pueden salvarte la vida.»

Artemis miró a su alrededor, abriendo y cerrando los párpados como los obturadores de una cámara, absorbiendo hasta el último detalle. Estaba en un pequeño trastero de unos tres metros cuadrados. Una pared era completamente transparente y parecía dar a los muelles de Dublín. Por la posición del Puente del Milenio, el trastero tenía que estar en alguna parte de la zona de Temple Bar. La habitación en sí parecía estar construida de un material muy extraño, una especie de tela gris plateado, rígida pero maleable, con varias pantallas de plasma en las paredes opacas. Todo parecía de la última generación en tecnología avanzada, y sin embargo también parecía muy viejo y casi abandonado.

En un rincón había sentada una chica, encorvada hacia delante en una silla plegable. Tenía la cabeza enterrada en las manos, y los hombros le temblaban con suavidad entre sollozos.

Artemis carraspeó antes de decir:

–¿Por qué lloras, chica?

La chica se incorporó de golpe, e inmediatamente vio que aquella no era una chica normal. Lo cierto es que parecía pertenecer a otra especie totalmente distinta.

–Orejas puntiagudas –señaló Artemis con asombrosa serenidad–. ¿Una prótesis o son de verdad?

Holly casi sonrió a través de las lágrimas.

–Muy típico de Artemis Fowl. Siempre buscando opciones. Mis orejas son muy reales, como tú bien sabes... sabías.

Artemis se quedó en silencio un momento, calibrando el caudal de información que contenían aquellas pocas frases.

–¿Orejas puntiagudas reales? Entonces eres de otra especie, no humana. ¿Un ser mágico tal vez?

Holly asintió.

–Sí, soy un ser mágico. En realidad, soy una elfa. También soy lo que llamaríais un duende, pero eso es solo un trabajo.

–Y los duendes hablan mi idioma, ¿verdad?

–Hablamos todos los idiomas. El don de lenguas forma parte de nuestra magia.

Artemis sabía que aquellas revelaciones debían hacer que se tambaleasen los cimientos de su mundo, pero se sorprendió aceptando todas y cada una de sus palabras con total naturalidad. Era como si siempre hubiese sospechado la existencia de seres mágicos, y aquello era una simple confirmación de sus sospechas, a pesar de que, por extraño que pudiera parecerle, no recordaba haber pensado siquiera en seres mágicos antes de ese día.

–¿Y dices que me conoces? ¿Personalmente o por alguna clase de operación de vigilancia? Por lo visto parece que contáis con la tecnología adecuada, eso seguro.

–Hace ya varios años que te conocemos, Artemis. Tú realizaste el primer contacto y te hemos estado vigilando desde entonces.

Artemis se quedó ligeramente sorprendido.

–¿Que yo hice el primer contacto?

–Sí. En diciembre de hace dos años. Me secuestraste.

–¿Y esta es tu venganza? ¿El aparato explosivo? ¿Mis costillas? –Al joven irlandés le sobrevino un pensamiento horrible–. ¿Y Mayordomo? ¿Está muerto?

Holly hizo todo lo que pudo por responder a todas aquellas preguntas.

–Es una venganza, pero no la mía. Y Mayordomo está vivo, pero es que tenía que sacarte de allí de inmediato antes de que intentasen matarte otra vez.

–Entonces, ¿ahora somos amigos?

Holly se encogió de hombros.

–Tal vez. Ya veremos.

Todo aquello era un poco confuso. Incluso para un genio. Artemis cruzó las piernas en la posición del loto y apoyó las sienes en sus dedos extendidos.

–Será mejor que me lo cuentes todo –dijo cerrando los ojos–. Desde el principio. Y no te dejes nada.

Y Holly así lo hizo. Le contó a Artemis cómo este la había secuestrado y luego la había liberado en el último momento. Le contó cómo habían viajado hasta el Ártico para rescatar a su padre y cómo habían frustrado una rebelión de los goblins financiada por Opal Koboi. Le explicó con todo detalle su misión a Chicago para recuperar el Cubo B, un superordenador construido por Artemis a partir de tecnología mágica pirateada. Y por último, con un hilo de voz, compungida, le relató la muerte del comandante Remo y el misterioso complot de Opal Koboi para unir el mundo de los humanos y de los duendes.

Artemis permaneció sentado e inmóvil, asimilando centenares de datos inverosímiles. Tenía la frente un tanto arrugada, como si la información fuese difícil de digerir. Finalmente, cuando su cerebro hubo organizado todos los datos, abrió los ojos.

–Muy bien –exclamó–. No recuerdo nada de todo esto, pero te creo. Acepto que los humanos tenemos vecinos mágicos bajo la superficie del planeta.

–¿Así, sin más?

Artemis esbozó una sonrisa.

–No. He analizado tu historia y la he cotejado con los hechos tal como yo los conozco. La única explicación alternativa capaz de justificar todo cuanto ha sucedido hasta ahora, incluyendo tu extraña aparición, es una enrevesada teoría conspiratoria relacionada con la *mafiya* rusa y un equipo de alto nivel de cirujanos plásticos. No es demasiado probable. Sin embargo, tu historia mágica lo explicaría todo, incluso algo que no podrías saber ni siquiera tú misma, capitana Canija.

–¿Y qué es eso?

–Después de mi supuesta limpieza de memoria, descubrí unas lentes de contacto reflectantes en mis ojos y en los de Mayordomo. La investigación reveló que yo mismo había encargado esas lentes, a pesar de que no recordaba este extremo. Sospecho que las encargué con la esperanza de burlar vuestro *encanta*.

Holly asintió con la cabeza. Tenía sentido. Los seres mágicos tenían poder para encantar a los humanos, pero el contacto visual formaba parte del truco, acompañado de una voz hechizante. Las lentes de contacto reflectantes dejarían al sujeto bajo el control de sí mismo mientras fingía estar bajo los efectos del *encanta*.

–La única razón que explicaría esto es si hubiese colocado algún elemento desencadenante en alguna parte, algo que hiciese que todos mis recuerdos sobre los seres mágicos volviesen a aflorar a la superficie, pero ¿el qué?

–No tengo ni idea –dijo Holly–. Esperaba que el simple hecho de verme a mí actuase como desencadenante.

Artemis compuso una sonrisa muy desagradable, la misma que le dedicaríamos a un niño que acabase de decirnos que la luna estaba hecha de queso.

–No, capitana. Yo diría que la tecnología de limpieza de memoria de vuestro señor Potrillo es una versión avanzada de los fármacos supresores de la memoria con que experimentan diversos gobiernos actuales. Verás, el cerebro es un instrumento muy complejo: si se le puede convencer de que algo no sucedió, inventará toda clase de escenarios para mantener esa ilusión. Nada puede hacerle cambiar de opinión, por así decirlo. Incluso si la conciencia acepta algo, la limpieza de memoria habrá convencido al subconsciente de lo contrario, así que no importa lo convincente que seas, no puedes convencer a mi subconsciente alterado. Mi subconsciente probablemente cree que eres una alucinación o una espía en miniatura. No, la única manera de hacer que recupere mis recuerdos sería si mi subconsciente no pudiese presentar ningún argumento razonable; por ejemplo, si la única persona en quien confío ciegamente me presentase unas pruebas irrefutables.

Holly se sentía cada vez más molesta. Artemis podía ponerle los nervios de punta más que cualquier otro ser sobre o bajo la faz de la Tierra. Un crío que trataba a todos los demás como si fuesen críos.

–Y dime, ¿quién es esa persona en quien confías ciegamente?

Artemis sonrió por primera vez desde Munich.

–¿Quién va a ser? Yo mismo, por supuesto.

Mayordomo se despertó y descubrió que un reguero de sangre le goteaba de la punta de la nariz. Estaba goteando sobre el gorro blanco del chef del restaurante del hotel. El chef estaba con un grupo del personal de cocina en el medio de un almacén completamente destruido. El hombre asía un cuchillo de carnicero con su puño peludo, por si aquel gigante del colchón destrozado que se había incrustado en las vigas del techo era un loco.

–Perdóneme –dijo el chef muy educadamente, lo cual era insólito en un chef–, ¿está usted vivo?

Mayordomo consideró la pregunta. Por lo visto, y por extraño que pudiera parecer, estaba vivo. El colchón lo había salvado del mortífero misil. Artemis también había sobrevivido. Recordó haber sentido el latido cardíaco de su joven jefe justo antes de desmayarse. Ahora no estaba allí.

–Estoy vivo –gruñó, con la boca llena de arenilla y sangre–. ¿Dónde está el chico que estaba conmigo?

La multitud reunida en la caseta en ruinas se miraron unos a otros.

–No había ningún chico –contestó al fin el chef–. Cayó en el tejado usted solo.

Saltaba a la vista que aquel grupo querría una explicación, o informarían a la policía.

–Claro que no había ningún chico. Perdónenme, la cabeza te juega malas pasadas después de una caída desde un tercer piso.

Todo el grupo asintió a la vez. ¿Quién podía culpar a aquel gigante por estar un poco desorientado?

–Estaba apoyado en el balcón, tomando el sol, cuando la barandilla cedió. Por suerte para mí, conseguí agarrarme al colchón antes de caer.

Aquella explicación fue recibida con el escepticismo general que sin duda merecía. El chef expresó las dudas del grupo.

–¿Consiguió agarrar un colchón?

Mayordomo tuvo que pensar con rapidez, lo cual no es fácil cuando toda la sangre de tu cuerpo se concentra en tu frente.

–Sí, estaba en el balcón. Había estado descansando en él, al sol.

Todo aquel rollo del sol era bastante inverosímil, sobre todo teniendo en cuenta que estaban en pleno invierno. Mayordomo se dio cuenta de que solo había un modo de librarse de aquel gentío. Era drástico, pero funcionaría.

Hurgó en el interior de su chaqueta y extrajo un pequeño bloc de notas de espiral.

–Por supuesto, tengo la intención de demandar al hotel por daños y perjuicios. Solo el shock traumático podría costarles unos cuantos millones de euros, por no hablar de las secuelas físicas. Supongo que puedo contar con ustedes como testigos, parecen buena gente.

El chef palideció, al igual que los demás. El testificar contra el patrón era el primer paso para acabar en la cola del paro.

–Bueno... Verá, señor, yo... –tartamudeó–. La verdad es que no he visto nada. –Se paró a olisquear el aire–. Creo que se me quema la tarta Pavlova, se me va a estropear el postre.

El chef dio unos saltitos entre los trozos de tejas rotas y se escabulló en el interior del hotel. El resto del personal hizo lo propio y, al cabo de unos segundos, Mayordomo volvía a estar solo. Sonrió, aunque el mero hecho de sonreír hizo que sintiese una punzada de dolor en el cuello. La amenaza de una demanda solía dispersar a los testigos con la misma eficacia que cualquier arma de fuego.

El gigante euroasiático se quitó de encima los escombros. La verdad es que había tenido una suerte bárbara de que las vigas del techo no le hubiesen atravesado el cuerpo. El colchón había absorbido la mayor parte del impacto, mientras que las vigas de madera estaban podridas y se habían hecho astillas sin causar daños.

Mayordomo se puso de pie y se sacudió el polvo del traje. Ahora su prioridad era encontrar a Artemis. Parecía probable que quienquiera que hubiese tratado de atentar contra su vida se hubiese llevado al chico. Pero ¿por qué iba alguien a tratar de matarlo y luego hacerlo prisionero? A menos que fuese su enemigo desconocido quien se hubiese aprovechado de la situación y hubiese decidido pedir un rescate.

Mayordomo regresó a la habitación del hotel, donde todo estaba como lo habían dejado. No había ni una sola señal que indicase que algo había hecho explosión allí dentro, y lo único extraño que reveló el examen minucioso de Mayordomo fue la presencia de pequeños grupos de insectos y arañas muertos. Qué curioso. Era como si el fogonazo azul de luz solo afectase a seres vivos, dejando intactos los edificios.

«Un lavado azul», dijo el subconsciente de Mayordomo, pero su conciencia no hizo caso.

El guardaespaldas recogió rápidamente el maletín con el instrumental de Artemis y, por supuesto, también el suyo. El armamento y el equipo de vigilancia permanecerían guardados en una caja de seguridad del aeropuerto. Dejó el hotel Kronski sin pasar por recepción para pagar la factura. Su marcha antes de tiempo podía despertar sospechas, y con un poco de suerte todo aquel asunto podría resolverse antes de que el grupo escolar regresase a casa.

El guardaespaldas recogió el Hummer en el aparcamiento del hotel y se fue al aeropuerto. Si habían secuestrado a Artemis, los secuestradores se pondrían en contacto con la mansión Fowl con su petición de rescate. Si Artemis se había ido simplemente para ponerse fuera de peligro, sus instrucciones siempre habían sido que volviese a casa. De una forma u otra, todas las pistas conducían a la mansión Fowl, y allí era adonde Mayordomo pensaba dirigirse.

Temple Bar, Dublín, Irlanda

Artemis se había recobrado lo bastante para que aflorase su curiosidad natural. Se puso a pasear por la estrecha habitación, tocando la superficie esponjosa de las paredes.

–¿Qué es esto? ¿Una especie de guarida de vigilancia?

–Exacto –respondió Holly–. Hace unos meses dirigí desde aquí una operación de vigilancia. Unos enanos delincuentes se reunían aquí con los peristas de joyas. Desde fuera, esto solo es otro trozo más de cielo en lo alto de un edificio. Es una cueva-cam.

–¿Cam de camuflaje?

–No, cam de camaleón. Este traje es de tela de cam, de camuflaje.

–Supongo que sabes que en realidad los camaleones no

cambian de color para adaptarse a su entorno, sino que lo hacen según su estado de ánimo y su temperatura.

Holly contempló el barrio de Temple Bar. Debajo de ellos, centenares de turistas, músicos y residentes se paseaban entre las callejuelas de los artesanos.

–Eso tendrás que decírselo a Potrillo, es él quien pone todos esos nombres.

–Ah, sí –dijo Artemis–. Potrillo. Es un centauro, ¿no?

–Eso es. –Holly se volvió para mirar a Artemis–. Te estás tomando esto con mucha tranquilidad. La mayoría de los humanos alucinan cuando se enteran de nuestra existencia. Algunos se vuelven locos.

Artemis sonrió.

–Yo no soy como la mayoría de los humanos.

Holly se volvió de nuevo para seguir contemplando la vista. No pensaba llevarle la contraria respecto a eso.

–Entonces, dime una cosa, capitana Canija: si soy una amenaza para las Criaturas, ¿por qué me curaste?

Holly apoyó la frente en la pared traslúcida de la cueva-cam.

–Somos así por naturaleza –contestó–. Y, por supuesto, necesito tu ayuda para encontrar a Opal Koboi. Lo hemos hecho antes, podemos volver a hacerlo.

Artemis se acercó junto a ella en la ventana.

–Así que ¿primero me hacéis una limpieza de memoria y ahora me necesitáis?

–Sí, Artemis. Regodéate todo lo que quieras. La poderosa PES necesita tu ayuda.

–Por supuesto, queda pendiente la cuestión de mis honorarios –dijo Artemis, abotonándose la chaqueta por encima de la mancha de sangre de su camisa.

Holly se encaró con él.

–¿Tus honorarios? ¿Lo dices en serio? ¿Después de todo lo que las Criaturas hemos hecho por ti? ¿Es que no puedes hacer algo bueno por una vez en tu vida?

–Obviamente, los elfos sois una raza muy emocional. Nosotros los humanos somos ligeramente más pragmáticos, vamos más de cara al negocio. Deja que te cuente cómo están las cosas: eres una fugitiva de la justicia, que también huye de una duendecilla asesina que además es un genio. No tienes fondos y muy pocos recursos. Soy el único que puede ayudarte a encontrar a esa tal Opal Koboi. A mí me parece que eso bien vale unos cuantos lingotes de oro.

Holly lo fulminó con la mirada.

–Como bien dices, Fangosillo, no tengo recursos.

Artemis separó las manos en un gesto magnánimo.

–Estoy dispuesto a aceptar tu palabra. Si me garantizas una tonelada de oro de vuestro fondo de reserva para rescates, idearé un plan para vencer a esa Opal Koboi.

Holly no tenía elección y lo sabía. No había duda de que Artemis podía ayudarla a derrotar a Opal, pero le daba rabia tener que pagar a alguien que había sido su amigo.

–¿Y si es Koboi quien nos vence a nosotros?

–Si Koboi nos vence, y es de suponer que en ese caso nos matará a ambos, entonces puedes dar la deuda por saldada y nula.

–Estupendo –gruñó Holly–. Casi valdría la pena.

Se apartó de la ventana y empezó a rebuscar entre las medicinas del botiquín de la cueva.

–¿Sabes una cosa, Artemis? Eres exactamente igual que cuando nos conocimos, un Fangosillo avaricioso a quien no le importa nada ni nadie excepto él mismo. ¿De verdad es así como quieres seguir siendo el resto de tu vida?

Las facciones de Artemis permanecieron inmóviles, pero bajo la superficie sus emociones estaban muy agitadas. Por supuesto, tenía razón al pedir una compensación económica, sería estúpido no hacerlo. Y, sin embargo, el mero hecho de pedirla le había hecho sentirse culpable. Era aquella ridícula conciencia recién adquirida. Su madre parecía capaz de activarla a voluntad, y aquel ser mágico también podía hacerlo. Tendría que aprender a controlar mejor sus emociones.

Holly terminó de registrar el botiquín.

–¿Y bien, señor Asesor? ¿Cuál es nuestro primer paso?

Artemis no vaciló.

–Solo somos dos, y no somos demasiado altos. Necesitamos refuerzos. Mientras nosotros dos hablamos, Mayordomo debe de estar dirigiéndose a la mansión Fowl. Puede incluso que ya esté allí.

Artemis encendió su móvil y marcó el número memorizado de Mayordomo. Un mensaje grabado le informó de que el número solicitado no estaba disponible. Declinó la oferta de volver a intentarlo y decidió llamar a la mansión Fowl. Al tercer tono saltó el contestador. Evidentemente, sus padres ya habían salido para el balneario de Westmeath.

–Mayordomo –dijo Artemis a la máquina–, espero que estés bien. Yo también estoy bien. Escucha con mucha atención lo que voy a decirte, y créeme, todo lo que digo es verdad... –Artemis hizo un resumen de los acontecimientos del día por el teléfono–. Llegaremos a la mansión en breve. Sugiero que hagamos acopio de provisiones y el equipo básico y que nos escondamos en un lugar seguro...

Holly le dio unos golpecitos en el hombro.

–Tenemos que salir de aquí. Koboi no es tonta. No me extrañaría que tuviese un plan alternativo por si sobrevivíamos.

Artemis tapó el auricular con la palma de la mano.

–Estoy de acuerdo. Te diré lo que vamos a hacer. Seguramente la tal Koboi viene hacia aquí ahora mismo.

Como si lo hubiesen ensayado, en ese preciso instante una de las paredes de la cueva produjo un ruido sibilante y se disolvió. Opal Koboi apareció, de pie, en el agujero, acompañada de Contra y Punto Brilli. Los duendecillos gemelos iban armados con pistolas de plástico transparente. El cañón de la pistola de Contra relucía con suavidad tras el disparo que había hecho desaparecer la pared.

–¡Asesina! –gritó Holly, e hizo amago de desenfundar su arma. Como si tal cosa, Contra realizó un disparo lo bastante cerca de la cabeza de la elfa para chamuscarle las cejas. Holly se quedó paralizada y levantó las manos, rindiéndose.

–Opal Koboi, supongo... –dijo Artemis, aunque si Holly no le hubiese relatado la historia completa nunca habría adivinado que la fémina que tenía ante sí no era otra cosa que una niña humana.

Llevaba el pelo negro recogido en una trenza detrás de la espalda y un pichi de cuadros como el que vestían un millón de colegialas de todo el mundo. Sus orejas, cómo no, eran redondas.

–Artemis Fowl, cuánto me alegro de volver a verte. Estoy segura de que en otras circunstancias habríamos sido grandes aliados.

–Las circunstancias cambian –repuso Artemis–. Tal vez todavía podemos ser aliados.

Holly decidió conceder a Artemis el beneficio de la duda. A lo mejor actuaba como un traidor para salvarles el pellejo. A lo mejor.

Opal batió sus largas y curvadas pestañas.

–Una oferta tentadora, pero no. En mi opinión, el mundo no es lo bastante grande para dos niños prodigio, y ahora que finjo ser una niña, la única niña prodigio seré yo: os presento a Belinda Zito, una chica con grandes planes.

Holly acercó una mano hacia su arma, pero la retiró en cuanto Contra la apuntó con su pistola transparente.

–Yo os conozco –les dijo a los hermanos Brilli–. Sois los duendecillos gemelos. Salíais por la tele.

Punto no pudo reprimir una sonrisa.

–Sí, en *Canto*. Era el programa de mayor audiencia de la temporada. Estamos pensando en escribir un libro, ¿verdad, Contra? Toda la historia de cómo...

–Terminamos las frases el uno del otro –completó Contra, aunque sabía lo que iba a costarle eso.

–¡Callaos de una vez, par de zoquetes! –exclamó Opal, lanzándole a Contra una mirada asesina–. Mantén el arma en alto y la boca cerrada. Esto no tiene nada que ver con vosotros, sino conmigo. Recordadlo y entonces tal vez no tenga que liquidaros a los dos.

–Sí, por supuesto, señorita Koboi. Todo esto es por usted.

Opal casi emitió un ronroneo de placer.

–Exacto. Siempre es por mí. Aquí yo soy la única que importa.

Artemis deslizó una mano con total naturalidad dentro de su bolsillo, el que contenía el teléfono móvil que seguía conectado con la mansión Fowl.

–Si me lo permite, señorita Koboi, esos delirios de grandeza son comunes entre personas que acaban de despertar de un coma. Se conoce con el nombre del síndrome de Narciso. Precisamente escribí un artículo sobre este tema en concreto para el *Anuario de psicología* bajo el seudónimo de sir E. Brum. Ha pasado usted tanto tiempo en su propia compañía, por así decirlo, que todos los demás le parecen irreales...

Opal hizo una señal a Contra.

–Por lo que más quieras, haz que se calle.

Contra estuvo encantado de obedecerla y descargó una ráfaga de color azul en el pecho de Artemis. El chico irlandés cayó al suelo en mitad de su discurso.

–¿Se puede saber qué has hecho? –gritó Holly arrodillándose junto a Artemis. Se sintió aliviada al comprobar que el corazón le latía a un ritmo regular bajo la camisa manchada de sangre.

–No, no –dijo Opal–. No está muerto, solo un poco atontado y dolorido. Hoy no es su día, pobrecillo Artemis.

Holly fulminó con la mirada a la duendecilla, y la indignación y la ira hicieron que se le deformasen sus atractivos rasgos faciales.

–¿Qué quieres de nosotros? ¿Qué más puedes hacer?

La cara de Opal era la viva imagen de la inocencia.

–No me eches a mí la culpa. Sois vosotros quienes habéis provocado todo esto. Lo único que quería era acabar con la sociedad de las Criaturas Mágicas tal como la conocemos, pero no, vosotros tuvisteis que impedírmelo. Entonces planeé un par de asesinatos relativamente simples, pero vosotros insististeis en sobrevivir. Mis felicitaciones por haber escapado a la biobomba, por cierto. Estuve viéndolo todo desde veinte metros por encima en mi lanzadera. Contener el solinio con un casco de la PES, una idea brillante. Sin embargo, ahora, por haberme causado tantos problemas y exasperación, creo que me divertiré un rato.

Holly se tragó el miedo que le trepaba por la garganta.

–¿Divertirte?

–Oh, sí. Tenía un plan muy pérfido preparado para Potrillo, algo muy teatral relacionado con las Once Maravillas, pero ahora he decidido que sois vosotros quienes lo merecéis.

Holly se puso tensa. Desenfundaría su arma, no le quedaba otra opción, pero tenía que preguntar, era la naturaleza de los duendes.

–¿Cómo de pérfido?

Opal sonrió, y la maldad era la única palabra para aquella expresión.

–Como un trol –contestó–. Y otra cosa. Te lo digo porque estás a punto de morir y quiero que en el momento de tu muerte me odies tanto como te odio yo a ti. –Opal hizo una pausa, para que la tensión fuese en aumento–. ¿Recuerdas el punto débil que te dije que había en la bomba que le coloqué a Remo?

Holly se sintió como si el corazón se le expandiese hasta inundarle por completo el pecho.

–Lo recuerdo.

Los ojos de Opal llamearon.

–Bueno, pues no había tal punto.

Holly quiso desenfundar su arma y Contra le descerrajó una descarga azul en el pecho. Se quedó dormida antes de caer al suelo.

CAPÍTULO VI

LA AMENAZA DE LOS TROLES

BAJO EL OCÉANO ATLÁNTICO, A DOS MILLAS DE LA COSTA DE KERRY, EN AGUAS IRLANDESAS

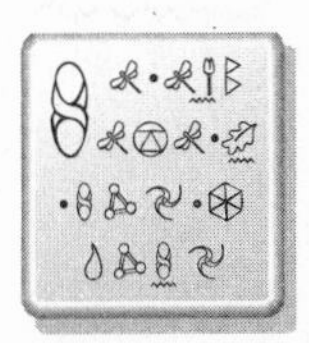

A tres mil metros bajo la superficie del Atlántico, una sublanzadera de la PES avanzaba a toda velocidad a través de una zanja volcánica de escasa altura hacia la boca de un río subterráneo. El río conducía a una terminal de lanzaderas de la PES, donde los pasajeros de la sublanzadera podían hacer transbordo a una aeronave normal.

Tres pasajeros iban a bordo de la sublanzadera: un enano delincuente y los dos policías de Atlantis que lo custodiaban. Mantillo Mandíbulas, el delincuente en cuestión, estaba de muy buen humor para ir vestido con el mono de la cárcel, pues su apelación había llegado al fin a los tribunales y su abogado se mostraba optimista y confiaba en que las acusaciones contra su cliente estaban a punto de anularse gracias a un tecnicismo jurídico.

Mantillo Mandíbulas era un enano de túnel que había abandonado la vida en las minas para dedicarse a labrar una carrera como delincuente profesional: sustraía objetos de valor de las casas de los Fangosos y los vendía en el mercado negro. En los años anteriores, su destino se había cruzado con el de Artemis Fowl y Holly Canija, y había desempeñado un papel decisivo en sus aventuras. De manera inevitable, aquella ajetreada vida había llegado a un estrepitoso final cuando el largo brazo de la PES se había cerrado en torno a él.

Antes de que se lo llevaran para cumplir el resto de su sentencia, Mantillo Mandíbulas había obtenido permiso para despedirse de su amigo humano, y Artemis le había dado dos cosas: una era una nota aconsejándole que revisase las fechas de la orden de registro original de su cueva, mientras que la otra era un medallón de oro que debía devolverle a Artemis al cabo de dos años. Al parecer, Artemis deseaba resucitar su alianza en ese momento. Mantillo había examinado el medallón cientos de veces, tratando de desentrañar sus secretos, hasta que el constante frotar había eliminado el baño de oro que lo recubría y dejado al descubierto un disco de ordenador. Obviamente, Artemis había grabado un mensaje para sí mismo, una forma de recuperar los recuerdos que la PES le había robado.

En cuanto hubo sido transportado a la prisión de máxima seguridad de Profundis, en las afueras de Atlantis, Mantillo había solicitado la asistencia de un abogado. Cuando su abogado de oficio apareció a regañadientes, Mantillo le aconsejó que revisase las fechas de la orden de registro que había llevado a su primera detención. Por algún motivo, asombrosamente, las fechas eran incorrectas. Según el ordenador de la PES, Julius Remo había registrado su cueva antes de disponer de una orden de registro, lo cual hacía nulo tanto este como los arrestos posteriores. Lo único que quedaba luego era un largo período de tramitación de papeleo y una última entrevista con el agente que lo había detenido y Mantillo sería un enano libre.

Por fin había llegado el día. Mantillo iba a acudir en una lanzadera a la Jefatura de Policía a entrevistarse con Julius Remo. Las leyes mágicas permitían a Remo una entrevista de treinta minutos para tratar de obtener alguna clase de confesión de Mantillo. Lo único que tenía que hacer el enano era mantener la boca cerrada y estaría comiendo un curry de ratón en su brasería de enanos favorita para la hora de la cena.

Mantillo apretó con fuerza el medallón en el puño. No tenía ninguna duda de quién estaba moviendo los hilos en aquel asunto: de algún modo, Artemis había entrado en el ordenador de la PES y había cambiado las fechas. El Fangosillo lo estaba poniendo en libertad.

Uno de los policías, un elfo delgado con branquias atlanteas, inspiró una bocanada de aire baboso por el cuello y lo dejó escapar por la boca.

–Eh, Mantillo –dijo casi sin aliento–, ¿qué vas a hacer cuando rechacen tu apelación? ¿Te vas a echar a llorar como una enanita o te lo vas a tomar con estoicismo, como un enano debería?

Mantillo sonrió y al hacerlo mostró su descomunal número de dientes.

–No te preocupes por mí, besugo. Esta noche me estaré comiendo a uno de tus primos.

Por lo general, la imagen de los dientes de Mantillo, del tamaño de lápidas, bastaba para hacer enmudecer a cualquier sabihondo, pero el policía no estaba acostumbrado a que los presos le soltasen impertinencias.

–Ten cuidado con esa bocaza, enano. Tengo un montón de rocas preparadas para ti, para que las mastiques allá en Profundis.

–En tus sueños, besugo –replicó Mantillo, disfrutando de las provocaciones después de varios meses de doblegarse ante la autoridad.

El agente se puso de pie.

–Hugo, me llamo Hugo.

–Pues eso he dicho, besugo, eso he dicho.

El segundo agente, un trasgo marino con alas de murciélago plegadas en la espalda, se echó a reír.

–Déjalo en paz, Hugo. ¿Es que no sabes con quién estás hablando? Este es Mantillo Mandíbulas, el ladrón más famoso bajo la faz de la Tierra.

Mantillo sonrió, aunque la fama no es buena cuando se es un ladrón.

–Ahí donde lo ves, este tío ha dado un montón de golpes geniales.

La sonrisa de Mantillo se evaporó en cuanto se dio cuenta de que iba a ser el blanco de más burlas.

–Sí, primero va y roba el trofeo Jules Rimet de los humanos y luego trata de vendérselo a un agente secreto de la PES.

Hugo se sentó, frotándose las manos de alegría.

–¡No me digas! ¡Menudo cerebro! ¿Cómo puede caber en esa cabeza tan minúscula?

El trasgo empezó a pasearse ufano por el pasillo de la nave, dándose aires de gran actor al pronunciar sus frases.

–Luego le roba parte de su oro a Artemis Fowl y decide esconderse y pasar desapercibido. ¿Y quieres saber cómo pasa desapercibido?

Mantillo lanzó un gemido.

–Dímelo –dijo Hugo jadeando, sin poder inhalar aire por las branquias con suficiente rapidez.

–Se pone a vivir en un ático de lujo y empieza a hacer una colección de Oscars de la Academia de Hollywood robados.

Hugo se puso a reír hasta que se le desencajaron las branquias.

Mantillo ya no podía soportarlo más. No tenía por qué aguantar todo aquello; al fin y al cabo, estaba a punto de ser un enano libre.

–¿Se «pone» a vivir en un ático? ¿Como una gallina pone huevos? Creo que has pasado demasiado tiempo debajo del agua. La presión te está aplastando el cerebro.

–¿Me está aplastando a mí el cerebro? –se burló el trasgo–. No soy yo quien se ha pasado un par de siglos en prisión. No soy yo quien lleva esposas y una mordaza de acero.

Era verdad. La carrera criminal de Mantillo no había gozado de un éxito apabullante precisamente. Lo habían pillado más veces de las que había escapado; la PES estaba demasiado avanzada tecnológicamente como para esquivarla. Tal vez había llegado el momento de entrar en vereda, mientras todavía le quedase su buena presencia.

Mantillo sacudió las esposas que lo sujetaban a una barandilla del área de custodia.

–No voy a llevar esto por mucho tiempo.

Hugo abrió la boca para responder, pero luego la cerró. Una pantalla de plasma estaba parpadeando en rojo en un panel de la pared. El rojo significaba que era urgente: iban a recibir un mensaje importante. Hugo se colocó un auricular en la oreja y apartó la pantalla de Mantillo. Mientras le comunicaban el mensaje, su rostro perdió cualquier resto de frivolidad.

Al cabo de un momento arrojó los auriculares a la consola.

–Parece que vas a tener que llevar esas esposas más tiempo del que creías.

Mantillo luchó con la mordaza de acero para preguntar:

–¿Por qué? ¿Qué ha pasado?

Hugo se limpió una porción de desecho branquial del cuello.

–No debería decírtelo, convicto, pero el comandante Remo ha sido asesinado.

Mantillo no habría sufrido un shock tan grande ni aunque lo hubiesen electrocutado en la parrilla subterránea.

–¿Asesinado? ¿Cómo?

–Una explosión –respondió Hugo–. Otro agente de la PES es el principal sospechoso: la capitana Holly Canija. Está desaparecida, presuntamente muerta, en la superficie, pero eso no ha sido confirmado.

–No me sorprende nada –comentó el trasgo–. Las féminas son demasiado temperamentales para el trabajo de policía. Ni siquiera sabrían llevar a cabo una sencilla tarea de transporte como esta.

Mantillo se había quedado estupefacto. Se sentía como si su cerebro hubiese soltado amarras y estuviese girando a toda velocidad dentro de su cabeza. ¿Holly había asesinado a Julius? ¿Cómo era posible? No era posible, tan sencillo como eso. Tenía que haber algún error. Y ahora Holly estaba desaparecida, presuntamente muerta. ¿Cómo podía estar pasando aquello?

–Total –prosiguió Hugo–, que tenemos que dar media vuelta a este cacharro y volver a Atlantis. Obviamente, tu entrevista se ha pospuesto por tiempo indefinido, hasta que se aclare todo este asunto.

El trasgo le plantificó una palmadita juguetona a Mantillo en la mejilla.

–Mala suerte, enano. A lo mejor tienen todo el papeleo arreglado para dentro de dos años.

Mantillo casi no sintió la bofetada, pero las palabras sí hicieron mella en él. Dos años. ¿Podría aguantar dos años en Profundis? Ya echaba de menos con toda su alma volver a los túneles, ansiaba sentir el tacto de la tierra húmeda entre los dedos, su intestino necesitaba algo de fibra de verdad para limpiarse y, por supuesto, cabía la posibilidad de que Holly siguiera aún con vida y necesitase ayuda. Un amigo. No le quedaba más opción que escapar.

Julius muerto. No podía ser verdad.

Mantillo repasó mentalmente todas sus habilidades enaniles a fin de seleccionar la mejor herramienta para su huida. Hacía ya mucho tiempo que había perdido los derechos sobre su propia magia por haber roto la mayor parte de los preceptos del Libro de las Criaturas, pero los enanos poseían unos dones extraordinarios que les había otorgado la evolución. Parte de dichos dones eran bien conocidos entre las Criaturas, pero los enanos eran una raza extraordinariamente reservada y creían que su supervivencia dependía de mantener en secreto todas esas facultades. Todo el mundo sabía que los enanos cavaban túneles ingiriendo la tierra con las mandíbulas desencajadas y expulsando luego el aire y la materia mineral y orgánica reciclados por el otro extremo. La mayor parte de los seres mágicos eran conscientes de que los enanos podían beber a través de los poros de la piel y que, si dejaban de beber durante un tiempo, esos poros se convertían en miniventosas de succión. Pocas Criaturas sabían que la baba de enano era luminosa y se endurecía al superponer varias capas, y nadie sabía que un producto residual de la flatulencia enanil era una bacteria metanógena llamada *Methanobrevibacter smithii* que impedía el síndrome de descompresión entre los buceadores profesionales. A decir verdad, los enanos tampoco lo sabían. Lo único que sabían era que, en las raras ocasiones en que por equivocación se ponían a cavar en mar abierto, la descompresión no parecía afectarles.

Mantillo lo pensó un momento y se dio cuenta de que había una forma de combinar todos sus dones y salir de allí. Tenía que llevar su plan a la práctica de inmediato, antes de que entrasen en las simas profundas del Atlántico. Si la sublanzadera se sumergía a demasiada profundidad, no lo lograría.

La nave empezó a describir un largo arco hasta colocarse en la dirección contraria a la que habían venido. El piloto pondría los motores a toda máquina en cuanto abandonasen aguas territoriales irlandesas. Mantillo empezó a lamerse las palmas de las manos, y pasó la baba por su halo de pelo despeinado.

Hugo se echó a reír.

–¿Qué haces, Mandíbulas? ¿Arreglándote para tu compañero de celda?

A Mantillo le habría encantado desencajarse la mandíbula y darle un bocado a Hugo, pero la mordaza de acero que le sujetaba los carrillos le impedía abrir la boca lo bastante para poder desencajársela, y tuvo que contentarse con un insulto.

–Puede que yo sea un preso, besugo, pero dentro de diez años seré libre, mientras que tú vas a ser un carroñero feo y asqueroso el resto de tu vida.

Hugo se rascó la suciedad de las branquias con nerviosismo.

–Te acabas de ganar seis semanas en una celda de aislamiento, convicto.

Mantillo se pasó los dedos llenos de baba por el pelo, extendiéndola por la coronilla y llegando hasta donde le permitían las esposas. Notó cómo la saliva se iba endureciendo, ajustándose a su cabeza como un casco, exactamente igual que un casco. A medida que iba lamiéndose las manos, Mantillo aspiraba grandes cantidades de aire por la nariz, almacenándolo en el intestino. Con cada bocanada aspiraba aire del espacio presurizado con más rapidez de la que las bombas de presión podían volver a introducirlo.

Los policías no se percataron de aquel extraño comportamiento, y aunque lo hubiesen hecho sin duda lo habrían achacado a los nervios: respirar agitadamente y pasarse las manos por el pelo, clásicos síntomas de nerviosismo. ¿Quién podía culpar a Mantillo por estar nervioso? Al fin y al cabo, se dirigía de vuelta al lugar con el que hasta los mismísimos criminales tenían pesadillas.

Mantillo lamía y respiraba, y su pecho se hinchaba y se deshinchaba como un fuelle. Sintió cómo la presión empezaba a hacerle cosquillas más abajo, ansiosa por escapar.

«Espera –se dijo para sus adentros–. Vas a necesitar hasta la última burbuja de ese aire.»

En ese momento, la cáscara de su cabeza se resquebrajó de forma audible, y si hubiesen apagado las luces habría relucido en la oscuridad. Empezaba a faltar el aire, y las branquias de Hugo se daban cuenta a pesar de que él no lo hiciera: se tensaban y se agitaban, aumentando la ingesta de oxígeno. Mantillo volvió a aspirar una enorme bocanada de aire. Una plancha de la proa hizo un ruido metálico cuando aumentó el diferencial de presión.

El trasgo marino fue el primero en advertir el cambio.

–Oye, besugo.

La expresión horrorizada de Hugo indicaba los años que llevaba teniendo que soportar aquel apodo.

–¿Cuántas veces tengo que decírtelo?

–Vale, Hugo, tranquilízate. ¿No te parece que cuesta más respirar aquí dentro? No puedo mantener las alas levantadas.

Hugo se tocó las branquias; estaban agitándose como una bandera al viento.

–Vaya, mis branquias se han vuelto locas. ¿Qué pasa aquí? –Pulsó el botón del intercomunicador de cabina–. ¿Todo va bien por ahí delante? ¿Podríamos aumentar la fuerza de las bombas de aire?

La voz que le respondió era tranquila y profesional, pero dejaba traslucir un trasfondo de ansiedad inconfundible.

–Estamos perdiendo presión en el área de custodia. Ahora mismo estoy tratando de localizar dónde está el escape.

–¿Escape? –chilló Hugo–. Si nos despresurizamos a esta profundidad, la nave se arrugará como una bola de papel.

Mantillo volvió a inspirar otra bocanada de aire.

–Que vengan todos a la cabina. Pasen por la cámara estanca, ahora mismo.

–No sé –dijo Hugo–. No deberíamos soltar al prisionero. Es muy escurridizo.

El escurridizo volvió a tomar aire, y esta vez una plancha de acero se combó con un estrépito que parecía un trueno.

–Vale, vale, ya vamos.

Mantillo extendió las manos.

–Date prisa, besugo, que no todos tenemos branquias.

Hugo deslizó su tarjeta de seguridad por la ranura magnética de las esposas de Mantillo, que se abrieron automáticamente. Mantillo era libre... tan libre como se podía ser metido en una cárcel submarina con tres mil aplastantes metros de agua por encima. Se puso en pie y tomó una última bocanada de aire. Hugo se dio cuenta esta vez.

–Eh, convicto, ¿qué estás haciendo? –preguntó–. ¿Te estás tragando todo el aire?

Mantillo soltó un eructo.

–¿Quién, yo? ¡Qué tontería!

El trasgo se mostró igual de suspicaz.

–Este está tramando algo. Fíjate, le brilla todo el pelo. Seguro que es uno de esos trucos secretos de los enanos.

Mantillo trató de fingir incredulidad.

–¿Qué? ¿Tragar aire y tener el pelo brillante? ¡No me extraña que lo hayamos mantenido en secreto! –exclamó con sarcasmo.

Hugo lo miró con recelo. Los ojos del policía estaban rojos y arrastraba las palabras al hablar, a causa de la falta de oxígeno.

–Tú estás maquinando algo. Extiende las manos.

El que volvieran a esposarlo no formaba parte del plan. Mantillo fingió sentirse muy débil.

–No puedo respirar –aseguró, apoyándose contra la pared–. Espero no morir bajo vuestra custodia…

Aquella frase bastó para distraer a los policías el tiempo suficiente para que Mantillo aspirase una nueva y potente bocanada de aire. La plancha de acero se hundió hacia dentro y una fractura de fatiga resquebrajó la pintura plateada. En el interior del compartimento, las luces rojas de la presión se encendieron.

La voz del piloto sonó a través de los altavoces.

–¡Vengan aquí ahora mismo! –gritó, habiendo perdido todo resto de compostura–. El casco está a punto de estrujarse.

Hugo agarró a Mantillo de las solapas.

–¿Qué has hecho, enano?

Mantillo se puso de rodillas y abrió la culera de los pantalones de su uniforme de preso. Juntó mucho las piernas por debajo, listo para entrar en acción.

–Escucha, Hugo –dijo–, eres un imbécil, pero no eres mal tipo, así que haz lo que dice el piloto y entra ahí.

Las branquias de Hugo se agitaron débilmente, buscando un poco de aire.

–Te vas a matar, Mandíbulas.

Mantillo le guiñó un ojo.

–Ya he estado muerto antes.

Mantillo ya no podía retener la ventosidad por más tiempo. Su tracto digestivo estaba tan estirado como esos globos de animales que usan los magos. Cruzó los brazos en el pecho, apuntó con el extremo recubierto de su cabeza a la plancha de acero resquebrajada y dio rienda suelta a sus gases.

La emisión resultante hizo que la sublanzadera temblase de arriba abajo, hasta sus mismísimos remaches, y catapultó a

Mantillo al otro lado del área de custodia. Se estrelló contra la plancha de acero y la atravesó justo en el centro de la fractura. La velocidad lo lanzó en mitad del océano, medio segundo antes de que el súbito cambio de presión inundase la cámara de la sublanzadera. Medio segundo más tarde, la cámara posterior se arrugó como una bola de papel de aluminio. Hugo y su compañero habían escapado a la cabina del piloto justo a tiempo.

Mantillo se dirigió a toda velocidad hacia la superficie, con un reguero de burbujas de gas empujándolo a una velocidad de varios nudos. Sus pulmones de enano se nutrían del aire atrapado en su aparato digestivo, mientras el luminoso casco de baba emitía una corona de luz verdosa que le iluminaba el camino.

Por supuesto, los otros lo perseguían, no en vano tanto Hugo como el trasgo marino eran ambos habitantes anfibios de Atlantis. En cuanto se deshicieron de los restos del compartimento trasero, los policías franquearon la cámara estanca y fueron tras el fugitivo ayudándose con sus aletas. Sin embargo, no tenían ni la mínima posibilidad: Mantillo iba propulsado por su potente gas, mientras que ellos solo contaban con sus alas y sus aletas. Todo su equipo de persecución se había quedado en el fondo del mar, junto con el compartimento trasero, y los motores de refuerzo de la cabina a duras penas podían adelantar a un cangrejo.

Los policías de Atlantis se quedaron con un palmo de narices viendo cómo su prisionero salía disparado hacia la superficie, burlándose de ellos con cada burbuja que le salía del trasero.

El móvil de Mayordomo había quedado reducido a un montón de trocitos de plástico y cables, despachurrado tras el salto desde la ventana del hotel, lo cual significaba que Artemis no podía llamarlo si necesitaba ayuda inmediata. El guardaespaldas aparcó el Hummer en doble fila delante de la primera tienda de Phonetix que vio y adquirió un kit de manos libres de triple banda para el coche. Mayordomo activó el teléfono de camino al aeropuerto y marcó el número de Artemis. Fue inútil, el teléfono estaba apagado. Mayordomo colgó y lo intentó en la mansión Fowl. No había nadie en casa ni había mensajes.

Mayordomo inspiró hondo, mantuvo la calma y pisó a fondo el acelerador. Tardó menos de diez minutos en llegar al aeropuerto. El gigantesco guardaespaldas no perdió el tiempo devolviendo el coche al aparcamiento de la agencia de alquiler de vehículos, sino que optó por abandonarlo en el área de descarga. Se lo llevaría la grúa y le pondrían una multa, pero no tenía tiempo para preocuparse por eso ahora.

No quedaban plazas para el siguiente vuelo a Irlanda, por lo que Mayordomo pagó a un hombre de negocios polaco dos mil euros por su billete en primera clase y al cabo de cuarenta y cinco minutos ya estaba a bordo del avión de Air Lingus con rumbo al aeropuerto de Dublín. Dejó el teléfono encendido hasta que arrancaron los motores y volvió a encenderlo en cuanto el tren de aterrizaje tocó el suelo.

Ya había anochecido cuando abandonó la terminal de llegadas. Había pasado menos de medio día desde que habían abierto la caja de seguridad del Banco Internacional de Munich. Era increíble que pudiesen ocurrir tantas cosas en tan poco tiempo, y aun así, cuando se trabajaba para Artemis

Fowl II, lo increíble era prácticamente el pan de cada día. Mayordomo llevaba al lado de Artemis casi desde el día de su nacimiento, hacía poco más de catorce años, y durante ese período de tiempo se había visto arrastrado a más situaciones inverosímiles que el guardaespaldas de cualquier presidente de gobierno.

El Bentley de los Fowl estaba aparcado en la zona reservada para los VIP del aparcamiento del aeropuerto. Mayordomo colocó su nuevo teléfono en el adaptador para el coche y volvió a llamar a Artemis. Seguía sin haber respuesta, pero cuando tuvo acceso con el móvil al buzón de voz de la mansión Fowl descubrió que había un mensaje. De Artemis. Mayordomo cerró el puño con fuerza en torno al volante de cuero. Vivo, al menos el chico estaba vivo.

El mensaje empezaba bien, pero luego tomaba un giro imprevisto y decididamente extraño. Artemis aseguraba no haber resultado herido, pero tal vez padeciese una conmoción cerebral o estrés postraumático, porque su joven jefe también aseguraba que unos seres mágicos eran los responsables del lanzamiento del extraño misil. Una duendecilla, para ser más exactos. Y en ese momento estaba en compañía de una elfa que, por lo visto, era una criatura completamente distinta de la duendecilla. No solo eso, sino que además la elfa era una vieja amiga de quien se habían olvidado. Y la duendecilla era una vieja enemiga de quien no podían acordarse. Todo era muy extraño. La única conclusión a la que podía llegar Mayordomo era que Artemis estaba tratando de decirle algo, y que debajo de todas aquellas divagaciones absurdas e incoherentes se ocultaba un mensaje. Tendría que analizar la cinta en cuanto llegase a la mansión Fowl.

Luego la grabación se convertía en un galimatías dramático de lo más indescifrable. Al micrófono de Artemis se incorporaban más actores: la supuesta duendecilla, Opal, y sus guardaespaldas se habían unido al grupo. Intercambiaron unas cuantas amenazas y Artemis recurrió a la labia para intentar salirse con la suya. No funcionó. Si Artemis tenía un defecto, es que solía ser muy prepotente, aun en situaciones críticas. Desde luego a la duendecilla, Opal, o quienquiera que fuese en realidad, no le había sentado muy bien que le hablase en aquel tono de superioridad. Por lo visto, ella se consideraba a sí misma igual a Artemis, si no superior. Mandó callar a Artemis en pleno discurso y su orden fue obedecida de inmediato. Mayordomo experimentó un instante de temor hasta que la duendecilla dijo que Artemis no estaba muerto, sino solo aturdido. La nueva aliada de Artemis también había perdido el sentido, pero solo después de descubrir la teatral desaparición que habían previsto para ellos, algo que tenía que ver con las Once Maravillas y con troles.

–No puede ir en serio –masculló Mayordomo mientras tomaba la salida de la autopista que conducía a la mansión Fowl.

Para cualquiera que pasase por allí, parecería que varias de las habitaciones de la mansión al final de la avenida estaban ocupadas, pero Mayordomo sabía que las bombillas de esas habitaciones iban conectadas a un temporizador y se encendían y apagaban a intervalos irregulares. Había incluso un sistema estéreo conectado en cada habitación que hacía que la radio se pusiese en marcha en distintas zonas de la casa. Todas eran medidas diseñadas para disuadir a un ladrón ocasional, aunque ninguna de ellas, y Mayordomo lo sabía, eran eficaces con un ladrón profesional.

El guardaespaldas abrió la verja electrónica y enfiló el camino de entrada adoquinado. Paró el coche justo enfrente de la puerta principal, sin molestarse en aparcarlo en el doble garaje. Extrajo su pistola y pistolera de una banda magnética que había bajo el asiento del conductor. Cabía la posibilidad de que los secuestradores hubiesen enviado a un representante que ya podía estar en el interior de la mansión.

Mayordomo supo en cuanto abrió la puerta que algo iba mal. El aviso de treinta segundos de la alarma debería haber empezado su cuenta atrás inmediatamente, pero no lo hizo. Esto se debía a que la caja entera estaba recubierta por una capa de una sustancia brillante y crujiente parecida a la fibra de vidrio. Mayordomo la tocó con cuidado. La sustancia relucía y casi parecía orgánica.

El pie de Mayordomo tropezó con algo. Bajó la vista y vio un enorme bol de cristal sobre la alfombra, con los restos de un bizcocho de jerez y frutas desparramándose por su base. Junto a él había una bola de papel de aluminio recubierta de salsa de carne. ¿Un secuestrador hambriento? Un poco más adelante encontró una botella vacía de champán y unos huesos pelados de pollo. Pero ¿cuántos intrusos habían estado allí?

Los restos de comida formaban una senda que conducía hacia el estudio. Mayordomo la siguió, escaleras arriba, y se tropezó con una chuleta de ternera semirroída, dos trozos de bizcocho y un poco de merengue. Una luz asomaba por la rendija de la puerta del estudio y proyectaba una pequeña sombra en el pasillo. Había alguien en el estudio, alguien no demasiado alto. ¿Artemis?

El entusiasmo de Mayordomo cobró vida durante un segundo cuando oyó la voz de su jefe, pero desapareció con la misma rapidez. Reconoció aquellas palabras: las había escuchado él mismo en el interior del coche. El intruso estaba reproduciendo el mensaje grabado en el contestador automático.

Mayordomo entró en el estudio con tanto sigilo que sus pisadas no habrían alertado ni siquiera a un ciervo. Incluso de espaldas, el intruso era un tipo muy extraño: apenas alcanzaba el metro de estatura y tenía un torso corpulento y unos miembros recios y musculosos. Todo su cuerpo estaba cubierto de un pelo hirsuto y salvaje que parecía moverse de forma independiente. Tenía la cabeza revestida por un casco de la misma sustancia brillante que había inutilizado el cajetín de la alarma. El intruso llevaba puesto un mono de color azul con una culera en la parte posterior. La culera estaba medio desabotonada, por lo que proporcionaba a Mayordomo una vista de un trasero peludo que le resultaba inquietantemente familiar.

El mensaje grabado estaba llegando a su fin.

La secuestradora de Artemis estaba describiendo lo que le esperaba al joven irlandés.

–Oh, sí –estaba diciendo–. Tenía un plan muy pérfido preparado para Potrillo, algo muy teatral relacionado con las Once Maravillas, pero ahora he decidido que sois vosotros quienes lo merecéis.

–¿Cómo de pérfido? –dijo la nueva aliada de Artemis, Holly.

–Como un trol –contestó Opal.

El intruso de la mansión Fowl hizo un enorme ruido como si estuviese chupando algo y luego tiró los restos de un costillar de cordero entero.

–Muy mal –dijo–. La cosa pinta muy mal.

Mayordomo desenfundó su arma y apuntó con ella directamente al intruso.

–Y está a punto de ponerse mucho peor –anunció.

Mayordomo hizo sentarse al intruso en uno de los sillones de cuero del estudio y luego tomó asiento en otro frente a él. Por delante, aquella diminuta criaturilla parecía aún más extraña. Su cara era básicamente un amasijo de pelo de alambre que le rodeaba los ojos y los dientes. De vez en cuando los ojos emitían un brillo rojo como los de un zorro y los dientes parecían dos hileras de estacas. Aquel no era ningún niño peludo, sino una criatura adulta de alguna clase.

–No me lo digas –habló Mayordomo, dando un suspiro–. Eres un elfo.

La criatura se levantó de golpe.

–¿Cómo te atreves? –gritó–. Soy un enano, como tú bien sabes.

Mayordomo recordó el confuso mensaje de Artemis.

–A ver si lo adivino. Tú y yo nos conocemos, pero a mí se me ha olvidado por algún motivo. Ah, sí, la policía de los seres mágicos me hizo una limpieza de memoria.

Mantillo soltó un eructo.

–Correcto. No eres tan lento como pareces.

Mayordomo empuñó el arma.

–Esto te sigue apuntando, así que cuidadito con lo que dices, hombrecillo.

–Perdóname, no sabía que ahora fuésemos enemigos.

Mayordomo inclinó el cuerpo hacia delante.

–¿Es que antes éramos amigos?

Mantillo se lo pensó antes de contestar.

–Al principio no, pero creo que al final me cogiste cariño por mi simpatía y mi noble carácter.

Mayordomo olisqueó el aire.

–¿Y por tu higiene personal?

–Eso no es justo –protestó Mantillo–. ¿Tienes idea de lo que he tenido que hacer para llegar hasta aquí? Me he escapado de una sublanzadera y he nadado un par de millas de agua congelada. Después he tenido que ir a una herrería al oeste de Irlanda, el único sitio donde aún quedan herreros, a quitarme la mordaza de acero. No me preguntes qué es eso. Y luego he tenido que atravesar cavando todo el país para averiguar la verdad sobre todo este asunto. Y cuando por fin llego aquí, uno de los pocos Fangosos a los que no me apetece pegar un bocado va y me apunta con una pistola.

–Espera un momento, necesito un pañuelo de papel para enjugarme las lágrimas –se burló Mayordomo.

–No crees una sola palabra de lo que te estoy diciendo, ¿verdad que no?

–¿Que si creo en la policía de los seres mágicos, en conspiraciones de duendecillas y en enanos que cavan túneles? Pues no, no creo en eso.

Mantillo introdujo la mano despacio en el interior de su mono y extrajo el disco de ordenador bañado en oro.

–Puede que esto te abra la mente.

Mayordomo encendió uno de los Powerbooks de Artemis, asegurándose de que el ordenador portátil no estuviese conectado a ningún otro ordenador por cable o infrarrojos. De este modo, si aquel disco contenía un virus solo perderían un disco duro. Limpió el disco con un espray especial y un paño y lo colocó en la unidad correspondiente.

El ordenador solicitó una contraseña.

–Este disco está bloqueado –anunció Mayordomo–. ¿Cuál es la contraseña?

Mantillo se encogió de hombros, sujetando una barra de pan en cada mano.

–¿Y yo qué sé? Es el disco de Artemis.

Mayordomo frunció el ceño. Si aquel era realmente el disco de Artemis, entonces la contraseña de Artemis lo abriría. *Aurum potestas est.* «El oro es poder», el lema familiar. Al cabo de unos segundos, el icono del disco bloqueado se vio sustituido por una ventana que contenía dos carpetas: una llevaba la etiqueta de «Artemis» y la otra la de «Mayordomo». Antes de que el guardaespaldas abriese cualquiera de ellas, realizó una comprobación de virus solo por si acaso. El resultado fue negativo: el disco estaba limpio.

Sintiéndose extrañamente nervioso, Mayordomo abrió la carpeta que llevaba su nombre. Había más de cien archivos en ella, la mayor parte archivos de texto, pero también había algunos de vídeo. El archivo de mayor tamaño llevaba el título «Léeme primero», por lo que Mayordomo hizo doble clic en aquel archivo.

Un pequeño reproductor de Quicktime apareció en la pantalla. En la imagen, Artemis estaba sentado en el mismo escritorio donde estaba el ordenador portátil. Qué raro. Mayordomo hizo clic en el triángulo para reproducir el vídeo.

–Hola, Mayordomo –dijo la voz de Artemis. Era eso o una imitación muy sofisticada–. Si estás viendo estas imágenes, eso significa que nuestro buen amigo el señor Mandíbulas lo ha logrado.

–¿Has oído eso? –soltó Mantillo con la boca llena de pan–. «Nuestro buen amigo el señor Mandíbulas.»

–¡Silencio!

–Todo cuanto crees que sabes acerca de este planeta está a punto de cambiar –prosiguió Artemis–. Los humanos no son los únicos seres sensibles de la Tierra, de hecho, ni siquiera somos los más avanzados tecnológicamente. Bajo la superficie viven distintas especies de seres mágicos. La mayor parte posiblemente son primates, pero todavía no he tenido oportunidad de realizar exámenes científicos.

Mayordomo no podía ocultar su impaciencia.

–Por favor, Artemis, ve al grano.

–Pero ya hablaremos de eso en otra ocasión –dijo Artemis, como si lo hubiese oído–. Cabe la posibilidad de que estés viendo esto en una situación de crísis, así que debo proporcionarte toda la información que hemos recopilado durante nuestras aventuras con la Policía de los Elementos del Subsuelo.

«¿La Policía de los Elementos del Subsuelo? –pensó Mayordomo–. Eso suena a cachondeo. Debe de estar tomándome el pelo. Me está tomando el pelo.»

Una vez más, el vídeo de Artemis pareció leerle el pensamiento.

–Para poder verificar los hechos fantásticos que estoy a punto de revelarte, diré una palabra. Solo una. Una palabra que no podría haber sabido a menos que tú me la hubieses dicho. Algo que dijiste mientras yacías moribundo, antes de que Holly Canija te curase con su magia. ¿Qué me dirías si estuvieras muriéndote, viejo amigo? ¿Cuál sería la única palabra que dirías?

«Te diría mi nombre de pila», pensó Mayordomo. Algo que solo conocían otras dos personas en todo el mundo, algo que estaba totalmente prohibido por las reglas del buen guardaespaldas, a no ser que fuese demasiado tarde para que importase.

Artemis se acercó a la cámara.

–Tu nombre, viejo amigo, es Domovoi.

Mayordomo sintió una especie de vértigo.

«Oh, Dios mío –pensó–. Es cierto, todo esto es cierto.»

Entonces, algo empezó a ocurrir en el interior de su cerebro. Unas imágenes inconexas parpadearon en su subconsciente y liberaron unos recuerdos reprimidos. La impactante verdad barrió de un plumazo el falso pasado. Una línea eléctrica unió varios puntos esparcidos por su cráneo y lo vio todo claro. Ahora todo tenía sentido: se sentía viejo porque la curación lo había envejecido; a veces le costaba respirar porque los filamentos del kevlar se habían entretejido con la piel de la herida de su pecho. Recordó el secuestro de Holly y la revolución goblin de los B'wa Kell. Recordó a Holly y a Julius, al centauro Potrillo y, por supuesto, a Mantillo Mandíbulas. No hacía falta que leyese los otros archivos, con una palabra había bastado. Lo recordaba todo.

Mayordomo observó al enano con mirada renovada. Ahora todo era tan familiar... la vibrante maraña de pelo, los andares patizambos, el olor... Se levantó de la silla de un salto y avanzó a grandes zancadas hasta donde estaba Mantillo, ocupado saqueando la mininevera del estudio.

–¡Mantillo, viejo granuja! ¡Cuánto me alegro de verte!

–Ahora se acuerda... –exclamó el enano sin volverse–. ¿Tienes algo que decirme?

Mayordomo miró a la culera abierta del pantalón.

–Sí, no me apuntes con esa cosa. Ya he visto los estragos que es capaz de hacer.

La sonrisa del guardaespaldas se quedó congelada en sus labios cuando recordó algo que había dicho Artemis en el mensaje.

–¿Y Julius? He oído algo de una bomba...

Mantillo se apartó de la nevera y se volvió, con la barba adornada con un cóctel de productos lácteos.

–Sí. Julius ya no está. Me parece increíble. Ha estado persiguiéndome tantos años...

Mayordomo sintió cómo un tremendo cansancio se apoderaba de sus hombros. Había perdido demasiados compañeros a lo largo de los años.

–Y aún hay más –continuó Mantillo–: han acusado a Holly de haberlo matado.

–Eso es imposible. Tenemos que encontrarlos.

–Ahora te escucho –dijo el enano, y cerró la nevera con un portazo–. ¿Tienes un plan?

–Sí, encontrar a Artemis y a Holly.

Mantillo puso los ojos en blanco.

–Menudo genio... Es un verdadero milagro que necesites a Artemis.

Una vez que el enano hubo saciado por completo su estómago, los dos amigos reencontrados se sentaron en la mesa de reuniones y se pusieron al día el uno al otro.

Mayordomo limpiaba su arma mientras hablaba, pues solía hacerlo en momentos de estrés. Era algo reconfortante.

–Bueno, así que Opal Koboi logra escaparse de alguna manera y urde toda esta enrevesada trama para vengarse de todos los que la encerraron. No solo eso sino que tiende una trampa a Holly para que cargue con las culpas.

–¿Te recuerda eso a alguien? –preguntó el enano.

Mayordomo limpió el seguro de la Sig Sauer.

–Puede que Artemis sea un delincuente, pero no es mala persona.

–¿Quién ha hablado de Artemis?

–¿Y tú, Mantillo? ¿Por qué Opal no ha intentado matarte a ti?

–Bueno, verás... –respondió el enano con un suspiro, haciéndose el mártir como de costumbre–. La PES no divulgó mi participación en los hechos. Mancillaría el honor de los orgullosos agentes de nuestras fuerzas policiales si se supiera que colaboraron con un famoso criminal.

Mayordomo asintió con la cabeza.

–Parece lógico. Entonces, de momento tú estás a salvo y Artemis y Holly están vivos, pero Opal tiene algo planeado para ellos. Algo relacionado con troles y las Once Maravillas. ¿Alguna idea?

–Los dos sabemos a qué se refiere con lo de los troles, ¿verdad?

Mayordomo volvió a asentir. Había luchado contra un trol hacía relativamente poco tiempo... la batalla más dura en la que había participado en toda su vida. Le parecía increíble que la PES hubiese logrado borrárselo de la memoria.

–Pero ¿qué me dices de las Once Maravillas?

–Las Once Maravillas es un parque temático del barrio antiguo de Ciudad Refugio. Los seres mágicos están obsesionados con los Fangosos, así que a un multimillonario lumbrera se le ocurrió la genial idea de construir maquetas en tamaño reducido de las maravillas del mundo de los humanos y colocarlas todas en un solo lugar. Funcionó bien durante unos años, pero creo que contemplar esos edificios hacía a las Criaturas acordarse de lo mucho que echaban de menos la superficie.

Mayordomo repasó mentalmente una lista.

–Pero en el mundo solo hay siete maravillas.

–Antes había once –repuso Mantillo–. Créeme, tengo fotos. El caso es que ahora el parque está cerrado. Toda esa zona de la ciudad lleva años abandonada, los túneles no son seguros. Y todo el lugar está invadido por troles. –De pronto, dejó de hablar; acababa de darse cuenta de todo el horror que entrañaba lo que acababa de decir–. Oh, dioses... Troles...

Mayordomo empezó a reensamblar su arma rápidamente.

–Tenemos que bajar ahí ahora mismo.

–Imposible –dijo Mantillo–. Ahora mismo soy incapaz de pensar.

Mayordomo puso en pie al enano a rastras y lo empujó hacia la puerta.

–Puede que no. Pero conocerás a alguien. La gente de tu negocio siempre conoce a alguien.

Mantillo hizo rechinar los dientes, pensando.

–¿Sabes qué? Sí que sé de alguien, un duendecillo que le debe la vida a Holly. Pero lo que tengo que hacer para convencerlo no será legal.

Mayordomo sacó una bolsa de armamento de un armario.

–Mejor –dijo–. Lo ilegal siempre es más rápido.

CAPÍTULO VII

EL TEMPLO DE ARTEMIS

LOS ELEMENTOS DEL SUBSUELO

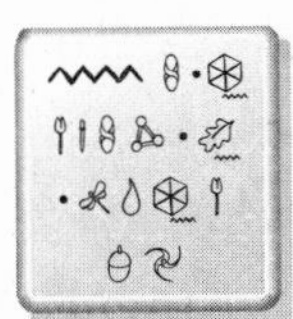

La lanzadera de Opal Koboi era un prototipo que nunca había sido fabricado en serie. Iba años por delante de cualquier otro vehículo existente en el mercado, pero su revestimiento de mena sigilosa y material de camuflaje hacía el coste de semejante vehículo tan exorbitante que ni siquiera Opal Koboi habría podido permitirse tener uno sin las ayudas que el gobierno facilitaba para costearlo.

Contra sujetó a los prisioneros en la cabina de pasajeros mientras Punto pilotaba la aeronave atravesando primero Escocia y luego sumergiéndose por un río montañoso de las Highlands. Opal estaba muy ocupada asegurándose de que su otro plan, el de dominar el mundo, seguía adelante sin complicaciones de ninguna clase.

Desplegó la pantalla de un videoteléfono y marcó una conexión con Sicilia. La persona al otro extremo del hilo contestó al sonar el primer timbre.

–Belinda, querida, ¿eres tú?

El hombre que había respondido tenía unos cuarenta y muchos años, muy buena presencia y aire latino, y el pelo entrecano coronando su rostro bronceado. Llevaba una bata blanca de laboratorio por encima de una camisa de Versace a rayas desabotonada en el cuello.

–Sí, papá, soy yo. No te preocupes, estoy bien.

La voz de Opal estaba impregnada con el hipnótico *encanta*. El pobre humano estaba completamente bajo su hechizo, como venía sucediendo desde hacía más de un mes.

–¿Cuándo volverás a casa, querida? Te echo mucho de menos.

–Hoy, papá, dentro de unas horas. ¿Cómo va todo por ahí?

El hombre compuso una sonrisa evocadora.

–*Molto bene*. Maravilloso. Hace un tiempo estupendo. Podemos ir a la montaña. Tal vez, si quieres, puedo enseñarte a esquiar.

Opal frunció el ceño con impaciencia.

–Escúchame, idiota... papá: ¿cómo va la sonda? ¿Seguimos el calendario previsto?

Por un momento, un destello de irritación arrugó la frente del italiano, pero luego volvió a caer en el hechizo.

–Sí, querida. Todo va según lo previsto. Hoy enterraremos los explosivos. La comprobación del sistema de la sonda fue todo un éxito.

Opal se puso a aplaudir, la viva imagen de una hija contenta.

–Excelente, papá. Eres tan bueno con la pequeña Belinda... Muy pronto me reuniré contigo.

–Date prisa en volver a casa, querida –dijo el hombre, que

parecía completamente perdido sin la criatura que él creía que era su hija.

Opal puso fin a la llamada.

–Imbécil –soltó con profundo desdén. Sin embargo, iba a permitir a Giovanni Zito seguir con vida... al menos hasta que la sonda que estaba construyendo según las instrucciones de la duendecilla fondease en los Elementos del Subsuelo.

Ahora que ya había hablado con Zito, Opal estaba ansiosa por concentrarse en la parte de su plan que concernía a la sonda. La venganza era algo muy dulce, desde luego, pero también resultaba una fuente de distracción. Tal vez lo que tenía que hacer era echar a aquellos dos por la borda de la lanzadera y dejar que se los tragase el magma de la Tierra, sin más.

–¡Contra! –lo llamó con un gruñido–. ¿Cuánto falta para llegar al parque temático?

Contra comprobó los indicadores del tablero de instrumentos de la lanzadera.

–Acabamos de entrar en la red de conductos principal, señorita Koboi. Calculo que unas cinco horas –explicó por encima del hombro–. Tal vez menos.

«Cinco horas», pensó Opal para sí, acurrucándose en su asiento envolvente como una gata satisfecha. Podía esperar cinco horas.

Un rato después, Artemis y Holly estaban desperezándose en sus asientos. Punto los ayudó a volver en sí propinándoles un par de descargas con la porra eléctrica.

–Bienvenidos otra vez al país de los condenados a muerte –los saludó Opal–. ¿Qué os parece mi lanzadera?

La nave era francamente impresionante, aunque estuviese transportando a Artemis y a Holly a su muerte. Los asientos estaban tapizados con pieles cazadas de forma ilegal y la decoración era más lujosa que la de cualquier palacio. Había varios hologramas de entretenimiento en forma de cubo suspendidos en el techo por si a los pasajeros les apetecía ver una película.

Holly empezó a retorcerse cuando vio sobre lo que estaba sentada.

–¡Pieles! ¡Eres una bestia!

–No –dijo Opal–. Sois vosotros quienes estáis sentados encima de las bestias. Como ya os he dicho, ahora soy humana, y eso es lo que hacen los humanos, les quitan la piel a los animales para su propia comodidad, ¿no es así, señorito Fowl?

–Algunos sí –contestó Artemis con frialdad–. Personalmente, yo no.

–La verdad, Artemis –continuó diciendo Opal con aire de superioridad–, no creo que eso te convierta en ningún santo a estas alturas. Por lo que tengo entendido, estás tan ansioso por explotar a las Criaturas como yo.

–Puede ser. No me acuerdo.

Opal se levantó de su asiento y se preparó una ensalada ligera del bufet.

–Ah, claro, te hicieron una limpieza de memoria... Pero ahora seguro que te acuerdas, ¿no? Ni siquiera tu subconsciente puede negar que esto está sucediendo.

Artemis se concentró. Recordaba algo, vagamente, imágenes desenfocadas. Nada demasiado específico.

–Sí, recuerdo algo.

Opal levantó la vista del plato.

–¿Ah, sí?

Artemis le lanzó una mirada glacial.

–Recuerdo cómo te venció Potrillo con su inteligencia superior. Estoy seguro de que volverá a derrotarte.

Por supuesto, no era cierto que Artemis hubiese recordado aquello, sino que simplemente estaba repitiendo lo que le había dicho Holly. Sin embargo, su frase causó el efecto deseado.

–¡Ese estúpido centauro! –gritó Opal estrellando el plato contra la pared–. Tuvo suerte, y a mí me boicoteó aquel idiota, Cudgeon. Pero esta vez no ocurrirá, esta vez yo soy la arquitecta de mi propio destino, y del vuestro.

–¿Y de qué se trata esta vez? –se mofó Artemis–. ¿Otra rebelión orquestada? ¿O un dinosaurio mecánico tal vez?

Opal se puso lívida de ira.

–¿Es que tu insolencia no tiene límites, Fangosillo? Nada de rebeliones a pequeña escala esta vez, tengo una visión mucho más grande. Llevaré a los humanos hasta las Criaturas. Cuando los dos mundos colisionen, habrá una guerra y mi pueblo de adopción ganará.

–Eres un ser mágico, Koboi –terció Holly–, una de los nuestros. Las orejas redondas no pueden cambiar eso. ¿No crees que los humanos se darán cuenta de que no creces nunca?

Opal dio unas palmaditas a Holly en la mejilla casi cariñosamente.

–Mi pobrecilla, querida y mal pagada agente de policía... ¿no crees que ya he pensado en todo eso mientras sudaba en mi estado comatoso? ¿No crees que ya he pensado en todo? Siempre he sabido que los humanos acabarían por descubrirnos, así que me he preparado. –Opal inclinó el cuerpo hacia delante y se separó el pelo negro azabache para dejar al descubierto una cicatriz de siete centímetros difuminándose mágicamente en el cuero cabelludo–. Operarme las orejas no fue lo único que hice, también me introduje algo en el cráneo.

–Una glándula pituitaria –adivinó Artemis.

–Muy bien, Fangosillo. Una glándula pituitaria humana artificial bastante diminuta. La HGH es una de las siete hormonas que secreta la pituitaria.

–¿La HGH? –inquirió Holly.

–Son las siglas de la hormona del crecimiento humano –explicó Artemis.

–Exacto. Tal como indica su nombre, la HGH estimula el crecimiento de varios órganos y tejidos, especialmente musculares y óseos. En tres meses ya he crecido un centímetro. Bueno, puede que nunca pertenezca a ningún equipo de baloncesto, pero nadie creerá nunca que soy un ser mágico.

–No eres ningún ser mágico –sentenció Holly con amargura–. En el fondo de tu corazón siempre has sido humana.

–Lo dirás como un insulto, supongo. Puede que me lo merezca, teniendo en cuenta lo que estoy a punto de haceros. Dentro de una hora escasa no quedará ni rastro de vosotros, ningún resto con el que llenar la caja del botín.

Aquel era un término que Artemis no había oído jamás.

–¿La caja del botín? Eso suena a una expresión de los piratas.

Opal abrió un compartimento secreto del suelo y reveló un falso fondo debajo.

–Eso de ahí es una caja del botín. El término lo acuñaron los contrabandistas de verduras hace más de ocho mil años: un compartimento secreto que pasaría inadvertido para los agentes de aduanas. Por supuesto, en la época actual, con tantos rayos X, infrarrojos y cámaras con sensores de movimiento, la caja del botín ya no es demasiado útil. –Opal esbozó una sonrisa maliciosa, como la de un niño que acaba de engañar a su profesor–. A menos, claro está, que la caja esté hecha de mena sigilosa, refrigerada y equipada con proyectores internos para burlar a los rayos X y los infrarrojos. La única forma de detectar esta caja es metiéndote dentro, así que aunque la PES abordase mi lanzadera no encontrarían lo que quiero introducir de contrabando... que en este caso es un cargamento de trufas de chocolate. No es ilegal, pero la nevera está completamente llena. Las trufas de chocolate son mi pasión, ¿sabéis? Todo este tiempo que he estado en coma, las trufas eran una de las dos cosas que más ansiaba en este mundo. La otra era la venganza.

Artemis bostezó.

–Todo esto es fascinante. Un compartimento secreto. Eres un auténtico genio. ¿Cómo no vas a poder dominar el mundo con una «caja del botín» llena de trufas de chocolate?

Opal le apartó el pelo a Artemis de la frente.

–Haz todas las bromas que quieras, Fangosillo. Las palabras son lo único que te queda.

Al cabo de unos minutos, Contra aterrizó la lanzadera sigilosa. Artemis y Holly fueron esposados y conducidos por la plancha retráctil. Salieron a un túnel gigantesco, escasamente iluminado por franjas de luz crepuscular. La mayoría de los paneles de luz estaban destrozados y el resto se mantenía en pie gracias a sus últimas patas. Aquella sección del conducto había formado parte en el pasado de una bulliciosa metrópoli, pero ahora estaba completamente abandonada y en ruinas. Unas vallas publicitarias a punto de venirse abajo anunciaban varias demoliciones.

Opal señaló una.

–Dentro de un mes van a demoler todo esto. Hemos llegado justo a tiempo.

–Menuda suerte la nuestra… –masculló Holly.

Contra y Punto los empujaron conducto hacia delante con las bocas de los cañones de sus armas, sin mediar palabra. El asfaltado de las calles a sus pies estaba lleno de baches y grietas. Todos los charcos estaban plagados de sapos deslenguados, que soltaban tacos y obscenidades sin cesar; la orilla de la carretera estaba flanqueada por tenderetes y tiendas de souvenirs abandonadas. En una de las ventanas, varios muñecos humanos estaban colocados en distintas posturas de guerra.

Artemis se paró en seco a pesar del arma que le apuntaba a la espalda.

–¿Es así como nos veis? –preguntó.

–Oh, no –contestó Opal–. Sois mucho peores, pero los fabricantes de muñecos no quieren asustar a los niños.

Al final del túnel se veían varias estructuras semiesféricas de dimensiones gigantescas, cada una de ellas del tamaño de un estadio de fútbol. Estaban construidas de paneles hexagonales soldados en las junturas. Algunos de los paneles eran opacos, mientras que otros eran transparentes, y cada panel era casi del tamaño de una casa pequeña.

Delante de cada semiesfera había un arco enorme con franjas de pan de oro hecho jirones que colgaban del marco. Del arco colgaba un cartel estampado con letras gnómicas de dos metros de altura.

–Las Once Maravillas del Mundo Humano –leyó Opal con teatralidad–. Diez mil años de civilización y solo habéis conseguido producir once supuestas maravillas.

Artemis sacudió sus esposas y comprobó que estaban selladas herméticamente.

–Supongo que sabes que en la lista oficial solo constan siete maravillas.

–Ya lo sé –dijo Opal con irritación–, pero los humanos tenéis la mente tan cerrada… Los eruditos mágicos estudiaron las imágenes de vídeo y decidieron incluir el templo de Abu Simbel en Egipto, las estatuas de los moai en Rapa Nui, el templo Borobudur de Indonesia y el salón del trono de Persépolis en Irán.

–Si los humanos son tan estrechos de miras –señaló Holly–, me sorprende que quieras ser una de ellos.

Opal pasó por debajo del arco.

–Bueno, la verdad es que preferiría ser una duendecilla, sin ánimo de ofender, Artemis. Sin embargo, las Criaturas Mágicas van a desaparecer en breve. Yo misma me encargaré de ello personalmente en cuanto os haya dejado en vuestro nuevo hogar. Dentro de diez minutos estaremos de camino a la isla, mientras vemos por los monitores de la lanzadera cómo vosotros dos quedáis despedazados.

Siguieron avanzando por el parque temático, dejando atrás la primera semiesfera, que contenía una maqueta a escala de la gran pirámide de Giza. Habían arrancado varios de los paneles hexagonales y Artemis vio los restos de la maqueta a través de los huecos. Era un espectáculo impresionante, más aún por la cantidad de seres peludos que subían y bajaban por las laderas de la pirámide.

–Troles –explicó Opal–. Han invadido todas las exposiciones. Pero no os preocupéis, son muy celosos de su territorio y no atacarán a menos que os acerquéis a la pirámide.

A aquellas alturas, Artemis ya había perdido toda su capacidad de asombro, pero aun así, al ver a aquellos descomunales carnívoros comiéndose unos a otros, se le aceleró el corazón. Se detuvo para observar con más detenimiento al espécimen más próximo: era una criatura aterradora, de al menos dos metros y medio de estatura, con unos rizos mugrientos y espeluznantes balanceándose alrededor de su gigantesco cabezón. Los brazos recubiertos de pelo del trol le llegaban por debajo de las rodillas, y unos colmillos curvados y en forma de sierra le sobresalían de la mandíbula inferior. La bestia los vio pasar, con los ojos inyectados en sangre.

El grupo llegó a la segunda exposición, el templo de Artemis en Éfeso. El holograma de la entrada exhibía una imagen giratoria del edificio turco.

Opal leyó el cartel donde se explicaba su historia.

–Interesante –comentó–. Decidme, ¿por qué creéis que le pondría alguien a un hijo varón el nombre de una diosa femenina?

–Es el nombre de mi padre –contestó Artemis cansinamente, pues lo había explicado cientos de veces–. Puede utilizarse como nombre de hombre o de mujer y significa «el cazador». Muy apropiado, ¿no crees? Puede que también te interese saber que el nombre humano que has escogido, Belinda, significa «hermosa serpiente». También muy apropiado. O, al menos, la mitad del nombre.

Opal apuntó con un dedo minúsculo a la nariz de Artemis.

–Eres una criatura muy impertinente, Fowl. Espero que no

todos los humanos sean como tú. –Se dirigió a Punto–. Rocíalos con el espray –ordenó.

Punto extrajo un pequeño pulverizador del bolsillo y roció el contenido sobre Artemis y Holly con generosidad. El líquido era amarillo y apestoso.

–Feromonas de trol –explicó Punto, casi disculpándose–. Los troles olisquean un poco de esto y se vuelven completamente locos. Para ellos, oléis como hembras en celo. Cuando descubran que no lo sois, os harán picadillo y luego se comerán los pedacitos. Hemos reparado todos los paneles rotos, así que no tenéis escapatoria. Podéis tiraros al río si queréis, el olor no se irá hasta dentro de mil años. Y capitana Canija, le he quitado las alas del traje y he fundido la tela de camuflaje, aunque les he dejado los dispositivos de calefacción: al fin y al cabo, todo el mundo merece una oportunidad.

«Los dispositivos de calefacción van a servir de mucha ayuda contra los troles», pensó Holly con amargura.

Contra estaba comprobando la entrada de la exposición a través de uno de los paneles transparentes.

–Vale. Tenemos vía libre.

La duendecilla abrió la entrada principal con un mando a distancia. Unos aullidos lejanos retumbaron en el interior del recinto y Artemis vio a varios troles peleándose en las escaleras de la réplica del templo. Los troles iban a hacerles picadillo a él y a Holly.

Los hermanos Brilli los empujaron al interior de la semiesfera.

–Mucha suerte –dijo Opal mientras se cerraba la puerta–. Y recordad: no estáis solos. Os estaremos viendo por las cámaras.

La puerta se cerró con un inquietante estruendo. Al cabo de unos segundos, el tablero de la cerradura electrónica empezó a emitir chispas mientras uno de los hermanos Brilli lo fundía desde el exterior. Artemis y Holly estaban encerrados con una panda de troles sedientos de amor, y ellos olían como las hembras de la especie.

La exposición del templo de Artemis era una maqueta a escala que había sido construida con una precisión meticulosa, con humanos animatrónicos realizando sus quehaceres diarios tal como lo habrían hecho en el 400 a.C. Los troles habían despellejado hasta los cables algunos de los humanoides, pero otros avanzaban dando sacudidas por sus raíles, llevándole ofrendas a la diosa. Cualquier robot cuyo camino lo llevase demasiado cerca de una banda de troles era destrozado a golpes y hecho trizas. Era un sombrío anticipo del destino que les esperaba a Artemis y Holly.

Aquellas bestias solo disponían de una única fuente de alimento: los propios troles. Los cachorros y los rezagados eran recogidos por los machos adultos, quienes los despedazaban con fauces, garras y colmillos. El líder de la manada se llevaba la mejor tajada y luego arrojaba los huesos a la multitud impaciente. Si los troles permanecían allí encerrados mucho más tiempo se eliminarían los unos a los otros.

Holly empujó a Artemis al suelo sin contemplaciones.

–Rápido –dijo–. Tírate al barro. Cúbrete para tapar el olor.

Artemis hizo lo que le decía, echándose barro por encima con las manos esposadas. Holly se encargó de cubrir rápidamente las zonas a las que no llegaba él. Artemis hizo lo mismo con ella, y al cabo de un momento ambos eran prácticamente irreconocibles.

Artemis sentía algo que no recordaba haber sentido en toda su vida: un miedo absoluto. Le temblaban las manos, que a su vez sacudían las cadenas. No había espacio en su cerebro para el pensamiento analítico.

«No puedo –pensó–. No puedo hacer nada.»

Holly se hizo cargo de la situación, obligando a Artemis a ponerse de pie y empujándolo a un grupo de tiendas de mercaderes junto a un río cuya corriente fluía con gran rapidez. Se agazaparon junto a la lona hecha jirones y observaron a los troles a través de unos desgarrones en el material hechos por largas zarpas. Dos mercaderes animatrónicos estaban sentados en sendas esterillas en el exterior de la tienda, con sus cestas repletas de figuras de oro y marfil de la diosa Artemis. A los dos les faltaba la cabeza, una de las cuales yacía tendida entre el polvo a cierta distancia, con su cerebro artificial asomando por un agujero abierto a base de dentelladas.

–Tenemos que quitarnos las esposas –insistió Holly en tono apremiante.

–¿Qué? –murmuró Artemis.

Holly le agitó las esposas delante de la cara.

–¡Tenemos que quitárnoslas ahora! El barro nos protegerá unos minutos pero luego los troles olerán nuestro rastro. Tenemos que entrar en el agua, y con las esposas puestas nos ahogaremos en la corriente.

Artemis tenía la mirada desenfocada.

–¿La corriente?

–Espabila, Artemis –le zumbó Holly a la cara–. ¿Te acuerdas de tu oro? No podrás quedártelo si estás muerto. El gran

Artemis Fowl, hundiéndose ante el primer asomo de dificultad. Hemos estado en situaciones mucho peores que esta.

No era del todo cierto, pero el Fangosillo no se acordaba, ¿verdad?

Artemis recobró la compostura. No había tiempo para meditar con calma, de modo que tendría que limitarse a reprimir las emociones que estaba experimentando. Eso no era nada saludable, psicológicamente hablando, pero era mejor que quedar reducido a filetes de carne entre los colmillos de un trol.

Examinó las esposas y descubrió que estaban hechas de algún polímero de plástico ultraligero. En el centro había un teclado numérico, colocado de tal modo que quedase fuera del alcance del portador de las esposas.

–¿Cuántos números? –preguntó.

–¿Qué?

–En el código de las esposas. Eres agente de policía, supongo que sabrás cuántas cifras tiene el código de las esposas.

–Tres –respondió Holly–, pero hay miles de combinaciones posibles.

–Millones, en realidad –la corrigió Artemis, repelente como siempre aunque su propia vida estuviese en peligro–. Estadísticamente, no obstante, el treinta y ocho por ciento de los humanos no se molesta en cambiar el código de fábrica de los candados numéricos. Esperemos que los duendes sean igual de negligentes.

Holly frunció el ceño.

–Opal es cualquier cosa menos negligente.

–Puede ser, pero tal vez sus dos esbirrillos no presten tanta atención a los detalles. –Artemis tendió las esposas hacia Holly–. Prueba con tres ceros.

Holly hizo lo que le decía, utilizando el pulgar. La luz roja siguió siendo roja.

–Nueves. Tres nueves.

Otra vez la luz siguió siendo roja.

Holly probó rápidamente con los diez dígitos tres veces. Ninguna surtió efecto.

Artemis lanzó un suspiro.

–Muy bien. Los dígitos triples eran demasiado obvios, supongo. ¿Hay algún otro número de tres dígitos que quede grabado en la conciencia de los seres mágicos? Algo que todos los seres mágicos sepan y que no puedan olvidar así como así.

Holly se quedó pensativa un instante.

–Nueve cinco uno. El prefijo local de Refugio.

–Inténtalo.

Así lo hizo, sin resultado.

–Nueve cinco ocho. El prefijo de Atlantis.

Una vez más, la luz siguió en rojo.

–Estos números son demasiado locales –soltó Artemis–. ¿Cuál es el número que conocen todos los habitantes del subsuelo, sean de género masculino, femenino o niños?

Holly abrió los ojos como platos.

–¡Pues claro! ¡Claro! Nueve cero nueve. El número de emergencias de la policía. Está en todos los tablones de todo el bajo mundo.

Artemis notó algo raro. Los aullidos habían cesado. Los troles habían dejado de luchar y estaban olisqueando el aire. Las feromonas flotaban en el ambiente, atrayendo a las bestias como la miel a las moscas. Con un movimiento espeluznante, sus cabezas se volvieron al mismo tiempo hacia el escondite de Artemis y Holly.

Artemis agitó las esposas con furia.

–¡Inténtalo! ¡Rápido!

Holly así lo hizo. La luz se puso en verde y las esposas se abrieron de golpe.

–Bien, perfecto. Ahora deja que abra las tuyas.

Los dedos de Artemis se detuvieron sobre el teclado.

–No puedo leer el lenguaje gnómico ni los numerales.

–Puedes. De hecho, eres el único humano que puede hacerlo –le explicó Holly–. Solo que no te acuerdas. El orden del teclado es estándar: del uno al nueve de izquierda a derecha con el cero abajo.

–Nueve cero nueve –murmuró Artemis, mientras pulsaba las teclas adecuadas.

Las esposas de Holly se abrieron al primer intento... lo cual fue una suerte, pues no había tiempo para un segundo.

Los troles estaban acercándose y venían trotando por los escalones del templo con una velocidad y una coordinación aterradoras. Utilizaban el peso de sus brazos greñudos para balancearse hacia delante mientras estiraban de forma simultánea sus musculosas piernas. Dicho método de avance podía hacerles recorrer hasta seis metros de un solo salto. Los animales aterrizaban sobre sus nudillos y balanceaban las piernas por debajo para prepararse para el siguiente salto.

Era un espectáculo sobrecogedor: una panda de carnívoros enloquecidos avanzando a empujones por una pendiente de arena. Los machos más voluminosos escogían el camino más fácil, lanzándose directamente por el barranco, mientras que los adolescentes o los más mayores se mantenían en las laderas, recelosos de los mordiscos ocasionales y los colmillos de guadaña. Los troles destrozaban los maniquíes y el decorado que encontraban a su paso y se dirigían con paso firme hacia la tienda. Las rastas del pelo oscilaban a un lado y a otro con cada paso y el rojo de los ojos brillaba en la penumbra. Echaban la cabeza hacia atrás de manera que el punto más alto de su cuerpo fuese su nariz: el olfato los estaba conduciendo directamente a Holly y Artemis. Y lo que era aún peor: Holly y Artemis también podían oler a los troles.

Holly se metió ambos pares de esposas en el cinturón. Disponían de paquetes de descargas que podían utilizarse como calefacción o incluso como armas, si es que lograban sobrevivir tanto tiempo.

–Vale, Fangosillo. Al agua.

Artemis no puso ninguna clase de objeción, no había tiempo para eso. Solo pudo suponer que, como muchos otros animales, los troles no eran demasiado amigos del agua. Echó a correr hacia el río, sintiendo cómo vibraba el suelo bajo sus pies con los centenares de patas y puños. Los aullidos también habían empezado de nuevo, pero en otro tono distinto, más temerario, salvaje y brutal, como si los troles hubiesen perdido el poco control que habían mantenido hasta entonces.

Artemis se dio prisa para alcanzar a Holly, quien iba por delante de él, ágil y flexible, agachándose a recoger uno de los troncos falsos de plástico de una fogata. Artemis hizo lo mismo y se lo metió bajo el brazo. Podían permanecer en el agua mucho tiempo.

Holly se arrojó al agua, tirándose de cabeza y describiendo un elegante arco en el aire antes de zambullirse con apenas un leve ruido. Artemis se tiró detrás de ella. Él no estaba hecho para una carrera a vida o muerte como aquella; tenía el cerebro muy grande, pero sus extremidades eran delgadas y poco firmes... que era justo lo contrario de lo que necesitabas cuando unos troles te perseguían pisándote los talones.

El agua estaba tibia, y el trago que Artemis tomó sin querer tenía un sabor extraordinariamente dulce. No tenía agentes contaminantes, supuso, utilizando aquella pequeña porción de su cerebro que aún pensaba racionalmente. Algo le agarró el tobillo y le atravesó el calcetín y la piel. Luego Artemis dio una patada dentro del agua y se liberó de aquello. Un reguero de sangre cálida le persiguió un momento antes de que se la llevase la corriente.

Holly iba vadeando el agua por el centro del río. Tenía el pelo castaño rojizo de punta, lacio y brillante.

–¿Estás herido? –le preguntó.

Artemis negó con la cabeza. No le quedaba aliento para hablar.

De repente, Holly se fijó en su tobillo, pues lo llevaba arrastrando tras él.

–¡Sangre! Y no me queda ni una chispa de magia con que curarte. Ese rastro de sangre es casi igual de malo que las feromonas. Tenemos que salir de aquí.

En la orilla, los troles se estaban volviendo tarumbas: se daban cabezazos contra el suelo repetidamente y golpeaban con los puños siguiendo ritmos complejos.

–Es el ritual de apareamiento –explicó Holly–. Creo que les gustamos.

La corriente era muy fuerte en el centro del río y arrastró a la pareja rápidamente río abajo. Los troles los siguieron, algunos de ellos arrojando pequeños misiles al agua. Uno de ellos golpeó el tronco de plástico de Holly y estuvo a punto de hacerle perder el equilibrio.

Escupió un trago de agua.

–Necesitamos un plan, Artemis, y esa es tu especialidad. Yo me he ocupado de traernos hasta aquí.

–Huy, sí, qué gran hazaña… –exclamó Artemis, habiendo recuperado, al parecer, todo su sarcasmo.

Se apartó unos mechones húmedos de la cara y miró a su alrededor, más allá del tumulto de la orilla. El templo era enorme y proyectaba una sombra alargada y de muchas puntas por el área desierta. El interior estaba completamente al descubierto, sin refugio aparente para ocultarse de los troles. El único punto desierto era el tejado del templo.

–¿Saben trepar los troles? –preguntó.

Holly le siguió la mirada.

–Sí, si tienen que hacerlo, como monos grandotes. Pero solo si no tienen más remedio.

Artemis arrugó la frente.

–Ojalá me acordase –dijo–. Ojalá supiese qué es lo que sé.

Holly se acercó a él y lo sujetó del cuello. Dieron vueltas en la espuma del agua, girando mientras las burbujas surgían entre los troncos de ambos.

–«Ojalá» no sirve para nada, Fangosillo. Necesitamos un plan antes del filtro.

–¿El filtro?

–Es un río artificial. Se filtra a través de un depósito central.

Una lucecita se encendió en el cerebro de Artemis.

–¡Un depósito central! ¡Esa es nuestra escapatoria!

–Pero… ¡moriremos! No tengo ni idea de cuánto tiempo estaremos debajo del agua.

Artemis volvió a echar un último vistazo a su alrededor, calculando, midiendo…

–Teniendo en cuenta las circunstancias, no nos queda otra alternativa.

Río arriba, la corriente empezaba a formar círculos concéntricos que engullían cualquier desecho procedente de la orilla. En el centro del río se formó un pequeño remolino, y los troles parecieron apaciguarse un poco al verlo. Dejaron de dar golpes y cabezazos y se pararon a mirar. Otros, que más tarde demostrarían haber sido los más inteligentes, siguieron avanzando por la orilla.

–Seguimos la corriente –gritó Artemis para que Holly lo oyese a pesar del fragor del agua–. La seguimos y esperamos.

–¿Eso es todo? ¿Ese es tu genial plan? –El traje de Holly se resquebrajó cuando el agua penetró en sus circuitos.

–No es tanto un plan como una estrategia de supervivencia –puntualizó Artemis.

Podría haber seguido hablando, pero el río interrumpió sus palabras y lo arrancó del lado de su compañera elfa para llevárselo al remolino.

Se sintió igual de insignificante que la pequeña rama de un árbol ante semejante fuerza. Si trataba de oponer resistencia al agua, esta le arrancaría el aire de los pulmones como un matón abofeteando a su víctima. Artemis tenía el pecho comprimido; a pesar de que tenía la boca abierta por encima del nivel del agua, era incapaz de introducir la cantidad adecuada de aire en los pulmones. Su cerebro estaba sediento de oxígeno, no podía pensar con claridad. Todo formaba líneas curvas: el giro de su cuerpo, el empuje del agua... Círculos blancos sobre círculos azules sobre círculos verdes... Sus pies bailaban trazando dibujos semejantes a la cinta de Moebius por debajo de su cuerpo. Como el baile popular irlandés, el riverdance. Ja, ja, ja.

Holly estaba delante de él, inmovilizando los dos troncos entre ellos. Una barca improvisada. Gritó algo, pero él no la oyó. Ahora solo había agua. Agua y confusión.

Holly levantó tres dedos en el aire. Tres segundos. Después se sumergirían. Artemis respiró tan hondamente como le permitió su pecho comprimido. Ahora solo dos dedos. Luego uno.

Artemis y Holly soltaron los troncos y la corriente los engulló como si fueran arañas en un desagüe. Artemis luchó por retener el aire, pero el embate del agua se lo arrancó de los labios. Las burbujas salían en espiral tras ellos en una carrera hacia la superficie.

El agua no era demasiado profunda ni demasiado oscura, pero se movía con gran rapidez y no permitía que las imágenes se mantuviesen quietas el tiempo suficiente para poder identificarlas. La cara de Holly pasó como en un fogonazo por delante de él y lo único que vio Artemis fueron unos ojos grandes de color avellana.

El embudo del remolino se hizo cada vez más estrecho, juntando a Artemis y a Holly. Cayeron arrastrados en diagonal en una vorágine de torsos que daban sacudidas constantes y extremidades que golpeteaban sin cesar. En un momento dado, unieron las frentes de ambos y encontraron cierto alivio en los ojos del otro, pero solo duró un instante, pues una rejilla metálica que cubría la tubería del desagüe interrumpió de forma brutal su descenso. Se dieron de bruces contra ella y sintieron cómo el alambre cortante dejaba sus marcas en la piel.

Holly golpeó la rejilla y luego introdujo los dedos por los agujeros. La rejilla era nueva y reluciente, y unas señales de soldadura reciente ribeteaban el borde. Aquello era nuevo, mientras que todo lo demás era viejo. ¡Koboi!

Holly sintió cómo algo le tocaba el brazo con insistencia. Era una telenave acuática y estaba anclada a la rejilla mediante un cable de plástico. La cara de Opal inundaba el pequeño monitor incrustado en su interior y su sonrisa ocupaba la práctica totalidad de su rostro. Estaba repitiendo algo una y otra vez en un bucle corto. Las palabras eran inaudibles entre todo el estruendo del canal de desagüe y las burbujas, pero el significado era evidente: «Os he vuelto a ganar».

Holly agarró la telenave y la arrancó del cable que la sujetaba. El esfuerzo la propulsó de la estela de la corriente hacia las aguas circundantes, relativamente en calma. No le quedaban fuerzas, así que no tuvo más remedio que dejarse arrastrar a donde la llevase el río. Artemis logró apartarse de la superficie plana de la rejilla agotando sus últimas reservas de oxígeno para darse impulso con las piernas, solo dos veces.

Se había liberado del remolino y flotaba tras Holly hacia un promontorio oscuro, río abajo. «Aire –pensó con desesperación absoluta–. Necesito respirar, no pronto, sino ahora mismo. Si no ahora, nunca.»

Artemis salió a la superficie, con la boca por delante. El aire le penetró por la garganta antes de haber eliminado toda el agua. La primera inhalación volvió hacia arriba, acompañada de líquido, pero la segunda se quedó abajo, así como la tercera. Artemis sintió cómo sus miembros recuperaban la fuerza como si le afluyera mercurio a las venas.

Holly estaba a salvo, tumbada en la isla oscura del río. El

pecho se le hinchaba y deshinchaba como un fuelle y tenía la telenave debajo de los dedos extendidos.

–Vaya, vaya –dijo Opal Koboi en la pantalla–. Qué predecibles... –Lo dijo una y otra vez, hasta que Artemis avanzó con gran esfuerzo por el agua, se encaramó al promontorio y encontró el botón de silenciar la voz.

–Estoy empezando a odiarla de verdad –exclamó Artemis entre jadeos–. Un día se va a arrepentir de detalles como el de la televisión bajo el agua, porque son cosas como esa las que me motivan para salir de aquí.

Holly se incorporó, mirando a su alrededor. Estaban tendidos sobre una pila de basura. Artemis supuso que desde que Opal había soldado la rejilla encima de la tubería del filtro la corriente había arrastrado todo cuanto los troles desechaban a aquel lugar poco profundo. Una pequeña isla de porquería en el recodo del río. En el montón había cabezas de robot sin cuerpo, junto con estatuas destrozadas y restos de trol. Colmillos de trol con el pesado lastre de huesos frontales y pieles en estado de descomposición.

Al menos aquellos troles en concreto no podían comérselos. Los troles peligrosos los habían seguido y estaban empezando a ponerse histéricos de nuevo en las orillas de ambos lados. Sin embargo, había al menos seis metros de agua de quince centímetros de profundidad que los separaban de la tierra. Estaban a salvo, de momento.

Artemis sintió cómo los recuerdos trataban de abrirse paso hacia la superficie. Estaba a punto de recordar algo, estaba seguro de ello. Se quedó completamente inmóvil, deseando con todas sus fuerzas que ocurriese. Unas imágenes inconexas parpadearon por detrás de sus ojos: una montaña de oro, criaturas verdes y con escamas disparando bolas de fuego, Mayordomo envuelto en bloques de hielo... Sin embargo, las imágenes se le escapaban de la conciencia como gotas de agua resbalando por un limpiaparabrisas.

Holly se inclinó hacia delante.

–¿Recuerdas algo?

–Tal vez –respondió Artemis–. Algo. No estoy seguro. Todo sucede tan deprisa... Necesito tiempo para meditar.

–No tenemos tiempo –le espetó Holly, encaramándose a lo alto de la pila de basura. Los cráneos crujieron bajo sus pies–. Mira.

Artemis se volvió hacia la orilla izquierda. Uno de los troles había cogido una roca gigantesca y la estaba sosteniendo por encima de su cabeza. Artemis intentó hacerse muy pequeño. Si esa roca daba en el blanco, ambos resultarían gravemente heridos como mínimo.

El trol gruñó como un tenista profesional realizando un saque y lanzó la roca al río. No acertó a la pila de basura por muy poco y aterrizó con gran estruendo sobre el agua.

–Un tiro muy flojo –señaló Holly.

Artemis frunció el ceño.

–Lo dudo.

Un segundo trol agarró un misil, y luego un tercero hizo lo propio. Los demás energúmenos no tardaron en empezar a arrojar rocas, partes de robots, palos o cualquier cosa que pillaban hacia la pila de basura. Ni siquiera uno consiguió darle a la pareja temblorosa de lo alto de la pila.

–No dan ni una –comentó Holly–. Ninguno de ellos.

A Artemis le dolían los huesos del frío, el miedo y la tensión constante.

–No intentan darnos –explicó–. Están construyendo un puente.

Tara, Irlanda, al amanecer

La terminal de lanzaderas mágicas de Tara era la mayor de Europa. Más de ocho mil turistas al año pasaban por sus arcos de rayos X. Ochocientos cincuenta metros cúbicos de terminal ocultos bajo un montículo un tanto exagerado en mitad de la granja de los McGraney. Era una maravilla de la arquitectura subterránea.

Mantillo Mandíbulas, enano cleptómano fugitivo de la justicia, también era poco menos que una maravilla en sí mismo en el área subterránea. Mayordomo condujo el Bentley de los Fowl en dirección norte desde la mansión y, siguiendo las instrucciones de Mantillo, aminoró la velocidad del coche de lujo a quinientos metros de la entrada camuflada de la terminal de lanzaderas, lo cual permitió a Mantillo tirarse de cabeza directamente a la tierra desde la puerta de atrás. Desapareció rápidamente, sumergido bajo una capa de rica tierra irlandesa, la mejor del mundo.

Mantillo conocía la terminal de lanzaderas como la palma de la mano. En cierta ocasión había ayudado a escapar a su primo Nord por allí, cuando la PES lo había detenido acusándolo de contaminación industrial. Una veta de arcilla recorría las entrañas de la tierra hasta la pared de la terminal y, si sabías dónde buscar, había una lámina de revestimiento metálico que los años de humedad irlandesa habían hecho mucho más fina. Sin embargo, en esta ocasión en especial, a

Mantillo no le interesaba escapar de la PES, sino más bien lo contrario.

Fue a parar al interior del arbusto holográfico que ocultaba la entrada de servicio de la terminal de lanzaderas. Salió de su túnel, se sacudió la arcilla del trasero, evacuó todo el viento del túnel del interior de su cuerpo con más ruido del estrictamente necesario y esperó.

Al cabo de cinco segundos, la puerta de la entrada se abrió deslizándose y cuatro manos salieron de ella y tiraron de Mantillo hacia el interior de la terminal. Mantillo no opuso resistencia, sino que dejó que lo arrastrasen por un pasillo oscuro y lo metiesen en una sala de interrogatorios. Lo soltaron sin contemplaciones en una silla incómoda, le pusieron unas esposas y lo dejaron a solas para que se pusiera nervioso.

Mantillo no tenía tiempo para ponerse nervioso. Cada segundo que pasase allí quitándose insectos del pelo de la barba era un segundo más que Artemis y Holly debían pasar huyendo de los troles.

El enano se levantó de la silla y empezó a dar palmas delante del espejo de doble cara incrustado en la pared de la sala de interrogatorios.

–¡Chix Verbil! –gritó–. Sé que me estás viendo. Tenemos que hablar. Es sobre Holly Canija.

Mantillo siguió golpeando el cristal hasta que la puerta de la celda se abrió y Chix Verbil entró en la habitación. Chix era el agente de la PES en la superficie. Chix había sido el primer herido en la rebelión de los goblins de la B'wa Kell el año anterior y, de no haber sido por Holly Canija, también habría sido su primera víctima mortal. Al final, obtuvo una medalla del Comité, una serie de interesantes entrevistas en la cadena más importante de televisión y un trabajo cómodo en la superficie en el E1.

Chix entró con recelo, con sus alas de duendecillo plegadas a su espalda. Tenía medio desenfundada su Neutrino.

–Mantillo Mandíbulas, ¿no? ¿Te estás entregando?

Mantillo soltó un resoplido.

–¿A ti qué te parece? Me tomo la molestia de escapar solo para entregarme a un duendecillo. ¿Tú estás tonto o qué, cabeza de chorlito? No, no me estoy entregando.

Chix se enfureció y desplegó las alas tras de sí.

–Escucha, enano. No estás en situación de hacer comentarios sarcásticos. Estás bajo mi custodia, por si no te has enterado. Hay seis agentes mágicos de seguridad rodeando esta habitación.

–Agentes mágicos de seguridad... No me hagas reír. No serían capaces de asegurar ni el botón de una camisa. Me he escapado de una sublanzadera bajo un par de kilómetros de agua. Veo al menos seis formas de salir de aquí sin mover un solo dedo.

Chix se meneó en el aire con nerviosismo.

–Eso me gustaría verlo. Te descerrajaría dos descargas en el trasero antes de que tuvieras tiempo de desencajarte esa mandíbula tuya.

Mantillo hizo una mueca de dolor. A los enanos no les gustan las bromas relacionadas con sus traseros.

–Vale, tranquilo, Míster Agresivo. Hablemos de tu ala. ¿Cómo se está recuperando?

–¿Y tú eso cómo lo sabes?

–Salió en todas las noticias. Estuviste en todas las televisiones durante un tiempo, hasta en el satélite pirata. No hace tanto te estaba viendo esa fea cara que tienes desde Chicago.

Chix empezó a pavonearse.

–¿Chicago?

–Eso es. Estabas contando, si mal no recuerdo, cómo Holly Canija te había salvado la vida y que los duendecillos nunca olvidan una deuda y que, si alguna vez te necesitaba, tú estarías allí para ayudarla, costara lo que costase.

Chix empezó a toser con nerviosismo.

–La mayor parte de eso estaba en el guión. Además, todo eso fue antes de...

–¿Antes de que una de las agentes más condecoradas de la PES de repente decidiese volverse loca y disparar a su propio comandante?

–Sí. Antes de eso.

Mantillo miró a Verbil directamente a su cara verde.

–No te habrás creído eso, ¿no?

Chix se elevó un poco más en el aire y permaneció allí suspendido durante largo rato, provocando auténticas corrientes de aire con las alas. Luego volvió a bajar al suelo y se sentó en la otra silla de la sala.

–No, no me lo creo. Nada de nada. Julius Remo era como un padre para Holly, para todos nosotros.

Chix se tapó la cara con las manos, temeroso de oír la respuesta a su siguiente pregunta.

–Y dime, Mandíbulas. ¿Por qué estás aquí?

Mantillo se acercó un poco más a él.

–¿Se está grabando esta conversación?

–Sí, claro. Es el procedimiento habitual.

–¿Puedes apagar el micro?

–Supongo, pero ¿por qué iba a hacerlo?

–Porque voy a decirte algo importante para la supervivencia de las Criaturas, pero solo te lo diré si los micros están apagados.

Chix empezó a batir las alas una vez más.

–Será mejor que esto valga la pena. Será mejor que me guste lo que oiga, enano.

Mantillo se encogió de hombros.

–No, no te va a gustar nada, pero vale la pena.

Los dedos verdes de Chix marcaron un código en el teclado de la mesa.

–Vale, Mandíbulas, ya podemos hablar libremente.

Mantillo inclinó el cuerpo hacia delante por encima de la mesa.

–El caso es que Opal Koboi ha vuelto.

Chix no respondió verbalmente, pero palideció de repente. En lugar de su color esmeralda intenso habitual, la tez del duendecillo adquirió una tonalidad verde lima muy apagada.

–De alguna manera, Opal ha conseguido escapar y ha puesto en marcha todo este tinglado de la venganza. Primero el general Escaleno, luego el comandante Remo y ahora Holly y Artemis Fowl.

–¿O-Opal? –tartamudeó Chix, al tiempo que su ala lastimada empezaba a dolerle.

–Está eliminando a todo aquel que tuvo algo que ver con su encarcelamiento y, si la memoria no me falla, eso te incluye a ti también.

–Yo no hice nada –protestó Chix, como si el hecho de insistir en su inocencia ante Mantillo fuese a cambiar las cosas.

Mantillo se echó hacia atrás.

–Eh, a mí no me lo digas. No soy yo quien quiere eliminarte. Si mal no recuerdo, apareciste en todos los programas de la tele diciendo cómo tú personalmente fuiste el primer miembro de la PES en ponerse en contacto con los contrabandistas goblins.

–A lo mejor Opal no vio esos programas –repuso Chix, esperanzado–. Estaba en coma.

–Estoy seguro de que alguien se los grabó.

Verbil se quedó pensativo un momento, acariciándose las alas con aire distraído.

–Bueno, ¿y qué es lo que quieres de mí?

–Necesito que le des un mensaje a Potrillo: dile lo que te acabo de decir de Opal. –Mantillo se tapó la boca con la mano para burlar a cualquiera que, al revisar la cinta, supiese leer los labios–. Y quiero la lanzadera de la PES. Sé dónde está aparcada, solo necesito el chip del estárter y el código de ignición.

–¿Qué? No digas tonterías. Me meterían en la cárcel.

Mantillo negó con la cabeza.

–No, no. Sin sonido, lo único que van a ver los de la Jefatura de Policía es otra de las fugas ingeniosas de Mantillo Mandíbulas: te dejo fuera de combate, te robo el chip y salgo por un túnel que excavaré en la tubería que hay detrás de esa máquina dispensadora de agua.

Chix frunció el ceño.

–Vuelve a la parte de dejarme fuera de combate. Explícamela mejor.

Mantillo dio un manotazo encima de la mesa.

–Escucha, Verbil. Holly está en peligro de muerte ahora mismo. Podría estar ya muerta.

–Eso es lo que he oído –señaló Chix.

–Bueno, estará decididamente muerta si no bajo ahí ahora mismo.

–¿Y por qué no llamo a un equipo ahora mismo?

Mantillo suspiró con aire dramático.

–Porque, idiota, para cuando el equipo de Recuperación de la Jefatura de Policía llegue aquí, ya será demasiado tarde. Ya conoces las reglas: ningún agente de la PES puede actuar basándose en la información de un delincuente convicto, a menos que dicha información haya sido verificada por otra fuente.

–Nadie obedece esa regla, y no me llames «idiota», así no vas a conseguir que te ayude.

Mantillo se levantó de golpe.

–¡Eres un duendecillo, por lo que más quieras! Se supone que tenéis ese viejo código de caballerosidad. Una fémina te salvó la vida y ahora la suya está en peligro. Estás obligado por el honor, como duendecillo, a hacer lo que haga falta, cueste lo que cueste.

Chix sostuvo la mirada de Mantillo.

–¿Todo esto es cierto? Dímelo, Mantillo, porque esto va a tener repercusiones. ¿No tendrá nada que ver con uno de tus golpes para robar joyas?

–Todo lo que te he contado es cierto –dijo Mantillo–. Tienes mi palabra.

Chix estuvo a punto de echarse a reír.

–¡Yupi! ¡Tengo la palabra de Mantillo Mandíbulas! La puedo llevar al banco... –Inspiró hondo varias veces y cerró los ojos–. El chip está en mi bolsillo y el código está escrito en el reverso. Intenta no romper nada.

–No te preocupes, soy un conductor excelente.

Chix se estremeció de dolor antes de tiempo.

–No me refería a la lanzadera, estúpido, sino a mi cara. A las señoras les gusto tal como soy.

Mantillo tomó impulso con un puño nudoso.

–Vaya, no me gustaría nada tener que decepcionar a las señoras –comentó, y derribó a Chix Verbil de la silla de un puñetazo.

Mantillo hurgó en los bolsillos de Chix con mano experta. En realidad, el duendecillo no estaba inconsciente, sino que fingía estarlo. Una sabia maniobra. Segundos más tarde, Mantillo ya había sacado el chip del estárter y se lo había metido entre las barbas. Un montón de pelo de barba envolvió el chip con fuerza y formó una cáscara impermeable a su alrededor. También le quitó a Verbil su Neutrino, a pesar de que aquello no formaba parte del trato. Mantillo atravesó la sala en dos zancadas y colocó una silla bajo el pomo de la puerta. Con aquello ganaría un par de segundos. Puso un brazo alrededor de la máquina de agua y se desabrochó la culera de sus pantalones de forma simultánea. En esos momentos la rapidez era esencial, pues quienquiera que hubiese visto la entrevista a través del doble espejo ya estaba aporreando la puerta. Mantillo vio cómo aparecía una mancha negra en la superficie de esta: la estaban quemando para entrar.

Arrancó la máquina dispensadora de agua de la pared e hizo que varios litros de agua fría inundasen el suelo de la habitación.

–Oh, por lo que más quieras... –se quejó Chix desde el suelo–. Estas alas tardan una eternidad en secarse...

–Cállate, se supone que estás inconsciente.

En cuanto el agua se hubo vaciado de la tubería de suministro, Mantillo se tiró de cabeza en su interior. La siguió hasta la primera juntura y luego le dio una patada para partirla. Varios trozos de arcilla cayeron y bloquearon la tubería. Mantillo se desencajó la mandíbula. Estaba de vuelta en las entrañas de su querida Tierra, ahora nadie podría atraparlo.

La plataforma de lanzaderas estaba en el nivel inferior, más cerca del conducto propiamente dicho. Mantillo se colocó apuntando cabeza abajo, guiado por su infalible brújula interna de enano. Ya había estado antes en aquella terminal y tenía la distribución grabada en el cerebro, al igual que la distribución de cualquier edificio en el que había estado. Después de sesenta segundos de mascar tierra, retirar de ella los minerales y expulsar los desechos por el otro extremo, Mantillo se topó de bruces con un conducto de aire, conducto que llevaba directamente a la plataforma de lanzaderas. El enano podía sentir ya incluso hasta la vibración de los motores en los pelos de su barba.

En circunstancias normales, se habría abierto paso a través del recubrimiento metálico del conducto quemándolo con unas gotas de abrillantador de roca de enanos, pero los guardias de la prisión solían confiscar artículos como aquel, así que, en vez de eso, Mantillo destrozó un panel con una descarga concentrada del arma robada. La plancha se deshizo como una capa de hielo delante de una estufa. Esperó un minuto a que el metal fundido se solidificase y se enfriase y luego se deslizó en el interior del conducto. Dos giros a la izquierda más tarde, tenía la cara apretada contra la rejilla que daba a la mismísima plataforma de lanzaderas. Unas luces rojas de alarma daban vueltas encima de todas las puertas y una insistente sirena se aseguraba de que todos se enterasen de que estaban en alguna situación de emergencia. Los trabajadores de la plataforma estaban reunidos delante de la pantalla de la intranet, esperando noticias.

Mantillo bajó al suelo de un salto con más estilo y elegancia del que cabría atribuirle a su cuerpo y avanzó con sigilo hasta la lanzadera de la PES. La lanzadera estaba suspendida con el morro hacia arriba encima de un túnel de suministros vertical. Mantillo se subió a bordo y abrió la puerta del copiloto con el chip de Chix Verbil. Los controles eran extremadamente complicados, pero Mantillo tenía una teoría con respecto a los controles de los vehículos: «No hagas caso de nada salvo del volante y los pedales y todo irá bien». Hasta ese punto de su carrera había robado más de cincuenta medios de transporte y su teoría no le había fallado todavía.

El enano introdujo el chip del estárter en su ranura, hizo caso omiso del consejo del ordenador de que realizase una comprobación del sistema y le dio al botón de soltar amarras. Ocho toneladas de lanzadera cayeron como una piedra en el interior del conducto de lanzamiento, dando vueltas sin cesar como un patinador sobre hielo. La fuerza de la gravedad se apoderó de ella, atrayéndola hacia el núcleo de la Tierra.

Mantillo pisó el pedal de la propulsión justo a tiempo para parar la caída. La radio del tablero de instrumentos empezó a hablarle.

–Aviso al piloto de la lanzadera. Será mejor que vuelva aquí ahora mismo. ¡Hablo en serio! Dentro de veinte segundos voy a apretar el botón de autodestrucción yo personalmente.

Mantillo escupió una bola de baba de enano al altavoz para hacer callar a la airada voz. Preparó un nuevo escupitajo en la garganta y luego lo depositó en una caja de circuitos bajo la radio. Los circuitos echaron chispas y empezó a salir humo de la caja. Adiós, dispositivo de autodestrucción.

Los controles costaban un poco más de manejar de lo que creía Mantillo. Aun así, consiguió domar a la máquina tras unas cuantas rascaduras contra la pared del conducto. Si la PES llegaba a recuperar la aeronave alguna vez, iba a necesitar una buena capa de pintura, y tal vez un nuevo guardabarros a estribor.

Un relámpago de láser sibilante iluminó la ventanilla. Aquella advertencia era para él, sin blanco concreto antes de que dejasen que el ordenador se encargase de apuntar. Era hora de irse. Mantillo se quitó las botas, envolvió los pedales con sus dedos de doble articulación y se precipitó a toda velocidad por el conducto hacia el punto de encuentro.

Mayordomo aparcó el Bentley a veinte kilómetros al nordeste de Tara, cerca de unas rocas agrupadas en forma de puño. La roca que formaba el dedo índice estaba hueca, tal como le había dicho Mantillo que estaría. Sin embargo, el enano había olvidado mencionar que la abertura iba a estar llena de bolsas de patatas y bolas de chicle que habían dejado un millar de picnics de adolescentes. Mayordomo se abrió paso entre la basura y descubrió a dos chicos acurrucados en la parte de atrás, fumando cigarrillos a hurtadillas. Un cachorro de labrador estaba dormido a sus pies. Obviamente, aquellos dos se habían ofrecido voluntarios para pasear al perro y así poder fumar a escondidas. A Mayordomo no le gustaba el tabaco.

Los chicos levantaron la cabeza y vieron la enorme figura que se cernía sobre ellos, y su expresión de hastío adolescente se les quedó congelada en la cara.

Mayordomo señaló los cigarrillos.

–Esas cosas os perjudicarán gravemente la salud –les explicó con un gruñido–. Y si no lo hacen, lo haré yo.

Los adolescentes tiraron los cigarrillos y salieron corriendo, que era justo lo que el guardaespaldas quería que hiciesen. Apartó a un lado una mata de arbustos marchitos que había en la parte posterior de la cueva y descubrió una pared de barro.

–Dale un puñetazo al barro –le había dicho Mantillo–. Normalmente, yo abro la pared a bocados y luego pongo un parche de tierra, pero puede que tú no quieras hacerlo.

Mayordomo hundió cuatro dedos rígidos en el centro de la pared de barro, donde empezaban a esparcirse las grietas y, efectivamente, la pared solo medía unos centímetros de grosor, por lo que se deshizo con facilidad ante la presión. El guardaespaldas retiró los fragmentos de barro hasta que hubo suficiente espacio para pasar hasta el túnel que había al otro lado aunque, para ser sinceros, el decir que había espacio «suficiente» tal vez sea una ligera exageración, y puede que sea más adecuado decir que abrió el espacio «justo». Unas paredes irregulares de arcilla negra comprimían por todos lados el voluminoso cuerpo de Mayordomo. De vez en cuando aparecía una roca de picos irregulares que le hacía un desgarro en su traje de diseño. Con ese ya iban dos trajes destrozados en otros tantos días, uno en Munich y ahora el segundo, bajo tierra y en Irlanda. Aun así, los trajes eran la última de sus preocupaciones. Si Mantillo tenía razón, Artemis estaba corriendo por los Elementos del Subsuelo en ese preciso instante con un grupo de troles sedientos de sangre pisándole los talones. Mayordomo se había enfrentado a un trol en una ocasión, y la batalla por poco acaba con su vida. No podía ni siquiera imaginarse lo que sería combatir con una manada entera.

Mayordomo hincó los dedos en la tierra, tirando de sí mismo hacia delante en el túnel. Aquel túnel en concreto, según le había informado Mantillo, era una de las muchas puertas traseras ilícitas del sistema de conductos de los Elementos del Subsuelo, cavados a base de mordiscos por enanos fugitivos a lo largo de los siglos. El propio Mantillo había excavado aquel hacía casi trescientos años, cuando había necesitado volver a Refugio para la fiesta de cumpleaños de su primo. Mayordomo intentó no pensar en el proceso de reciclaje del enano mientras avanzaba.

Al cabo de varios metros, el túnel se ensanchó hasta convertirse en una cámara en forma de bulbo. Las paredes relucían con un tono verde suave. Mantillo también le había explicado aquello: las paredes estaban recubiertas de baba de enano, que se endurecía por el contacto prolongado con el aire y también brillaba. Asombroso; poros que bebían, pelos vivientes y ahora saliva luminosa. ¿Qué sería lo siguiente? ¿Flema explosiva? No le sorprendería lo más mínimo. ¿Quién sabía cuántos secretos escondían los enanos en la manga? O en otros lugares.

Mayordomo apartó a un lado de una patada varios huesos de conejo, los restos de aperitivos anteriores de los enanos, y se dispuso a esperar.

Consultó la esfera luminosa de su reloj de muñeca Omega. Había dejado a Mantillo en Tara hacía casi media hora, por lo que el hombrecillo debía de estar al caer. El guardaespaldas se habría puesto a pasear por la cámara, pero apenas había espacio para que pudiese ponerse de pie, conque lo de caminar era del todo imposible. Mayordomo cruzó las piernas con la intención de echarse una siesta reparadora. No había dormido desde el ataque del misil en Alemania, y no era tan joven como antes. Su latido cardíaco y su respiración se ralentizaron hasta que al final su pecho apenas se movía en absoluto.

Ocho minutos más tarde, el pequeño recinto empezó a temblar violentamente. Unos trozos de baba crujiente se desprendieron de la pared y se hicieron añicos en el suelo. La tierra bajo sus pies se puso al rojo vivo y una hueste de insectos y gusanos desfilaron alejándose del punto rojo. Mayordomo se colocó a un lado y empezó a sacudirse el polvo con calma. Momentos después, una sección cilíndrica de tierra cayó limpiamente hacia dentro en el suelo y dejó un agujero humeante.

La voz de Mantillo se oyó a través del agujero, transportada por las ondas del sistema de amplificadores de la lanzadera robada.

–Vamos, Fangoso. Muévete. Tenemos gente que salvar, y la PES viene a la zaga.

«A la zaga de Mantillo Mandíbulas –pensó Mayordomo para sus adentros–. No es un buen lugar donde estar.»

Pese a todo, el guardaespaldas se zambulló en el agujero y pasó por la escotilla abierta de la lanzadera de la PES. Las lanzaderas de policía eran diminutas, incluso para los seres mágicos, pero Mayordomo ni siquiera podía sentarse derecho en un asiento, aunque hubiese habido alguno lo bastante ancho para él. Tuvo que contentarse con arrodillarse justo detrás del asiento del piloto.

–¿Todo preparado? –preguntó.

Mantillo retiró un escarabajo del hombro de Mayordomo y se lo metió en la barba, donde el desdichado insecto fue de inmediato recubierto en una cáscara por el pelo.

–Me lo guardo para luego –le explicó el enano–. A menos que lo quieras tú.

Mayordomo sonrió, no sin esfuerzo.

–Gracias. Ya he comido.

–¿Ah, sí? Bueno, pues sea lo que sea lo que hayas comido, que se quede quietecito en tu estómago, porque tenemos prisa, así que a lo mejor tengo que sobrepasar unos cuantos límites de velocidad.

El enano hizo crujir todas las articulaciones de los dedos de las manos y de los pies y luego maniobró la nave hasta lanzarse en picado y en espiral por el conducto. Mayordomo se deslizó a la parte posterior de la aeronave y tuvo que sujetarse tres cinturones de seguridad para no dar más botes.

–¿De veras es necesario todo esto? –preguntó con las mejillas tensas.

–Mira detrás de ti –respondió Mantillo.

Mayordomo se puso de rodillas y dirigió la vista a través de la ventanilla trasera. Los perseguía un trío de lo que parecían luciérnagas pero que en realidad eran lanzaderas más pequeñas. La nave se ajustaba a cada giro y a cada espiral de forma exacta. Una de las lanzaderas disparó un pequeño torpedo chisporroteante que lanzó una onda de choque por todo el casco. Mayordomo sintió un cosquilleo en cada poro de su cabeza afeitada.

–Son uninaves de la PES –explicó Mantillo–. Acaban de cortar nuestro sistema de comunicación, por si tenemos cómplices en algún lugar de los conductos. También han interceptado nuestro sistema de navegación. Sus ordenadores van a poder seguir todos nuestros movimientos constantemente, a menos que...

–¿A menos que qué?

–A menos que los dejemos atrás, que salgamos de su alcance.

Mayordomo se ajustó los cinturones.

–¿Y podemos hacerlo?

Mantillo flexionó los dedos de las manos y de los pies.

–Vamos a averiguarlo –dijo, apretando el acelerador al máximo.

Las Once Maravillas, exposición del templo de Artemis, los Elementos del Subsuelo

Holly y Artemis estaban acurrucados el uno junto al otro encima de la pequeña isla de objetos en estado de descomposición, esperando a que los troles terminasen de construir su puente. Las criaturas trabajaban a un ritmo frenético, tirando una roca tras otra al agua. Algunas se atrevían incluso a sumergir un dedo del pie en la corriente, pero rápidamente lo sacaban de nuevo con un aullido horrorizado.

Holly se limpió el agua de los ojos.

–Vale –dijo–, tengo un plan. Yo me quedo aquí y lucho contra ellos. Tú vuelve a meterte en el río.

Artemis meneó la cabeza de un lado a otro con brusquedad.

–Te lo agradezco, pero no. Sería un suicidio para ambos. Los troles te devorarían en un abrir y cerrar de ojos y luego se limitarían a esperar a que la corriente volviese a arrastrarme hasta aquí. Tiene que haber otro modo.

Holly lanzó un cráneo de trol a la bestia más próxima. El animal lo atrapó hábilmente con sus garras y lo despedazó.

–Te estoy escuchando, Artemis.

Artemis se frotó un nudillo contra la frente, como si quisiera disolver los bloques de sus recuerdos.

–Ojalá me acordase. Tal vez entonces...

–¿No recuerdas nada?

–Imágenes. Algo. Nada coherente, solo imágenes de una pesadilla. Todo esto podría ser una alucinación, esa es la explicación más plausible. Tal vez solo debería relajarme y esperar hasta que me despierte.

–Plantéatelo como un desafío: si esto fuese un juego, ¿cómo escaparía el personaje?

–Si esto fuese un juego de guerra, tendría que conocer los puntos débiles de mi rival. El agua es una...

–Y la luz –añadió Holly–. Los troles odian la luz. Les quema la retina.

Las bestias se estaban aventurando a caminar sobre su puente improvisado, dando cada paso con muchísimo cuidado. El hedor de sus pieles sucias y su aliento fétido llegó hasta la pequeña isla.

–La luz –repitió Artemis–. Por eso les gusta este sitio: apenas hay luz.

–Sí. Las franjas de iluminación funcionan con el suministro de emergencia, y el sol artificial está al mínimo.

Artemis miró hacia arriba. Unas nubes holográficas desfilaban por el cielo de imitación y justo en el centro, colocado de forma espectacular encima del techo del templo, había un sol de cristal con un débil parpadeo de energía en su vientre.

A Artemis se le ocurrió una idea.

–Hay unos andamios en la esquina más próxima del templo. Si pudiéramos subir y llegar hasta el sol, ¿podrías utilizar las baterías de energía de tus esposas para encender el sol?

Holly frunció el ceño.

–Sí, supongo que sí, pero ¿cómo pasamos por en medio de los troles?

Artemis cogió la telenave acuática que había estado reproduciendo el mensaje de vídeo de Opal.

–Los distraeremos con un poco de tele.

Holly toqueteó los ajustes de la pantalla de la telenave hasta encontrar el brillo y lo colocó en el máximo. La imagen de Opal quedó borrada por un haz de luz cegadora.

–Date prisa –le urgió Artemis tirando de la manga de Holly.

El primer trol ya había recorrido la primera mitad del puente, seguido del resto de la manada, que trataba de mantener el equilibrio con gran dificultad. Formaban la conga más greñuda del mundo.

Holly envolvió la telenave en sus brazos.

–No creo que esto funcione –dijo.

Artemis se puso detrás de ella.

–Lo sé, pero no tenemos otra opción.

–Vale, pero si no lo conseguimos siento que no te acuerdes de nada. Es bueno estar con un amigo en momentos así.

Artemis le apretó el hombro.

–Si lo conseguimos, seremos amigos. Unidos por el trauma.

En ese momento, la pequeña isla empezó a temblar. Los cráneos se desencajaron de donde estaban colgados y cayeron rodando al agua. Los troles estaban casi encima de ellos, avanzando por la precaria pasarela y chillando cada vez que una gota de agua les caía en la piel. Los animales que quedaban en la orilla golpeaban el suelo con los nudillos, y unas largas lianas de baba les colgaban de las mandíbulas.

Holly esperó hasta el último momento para que el efecto fuese aún mayor. La pantalla de la telenave estaba incrustada en la pila de basura, así que los animales que se acercaban no tenían ni idea de lo que se les venía encima.

–¿Holly? –exclamó Artemis con impaciencia.

–Espera –susurró Holly–. Solo unos segundos más.

El primer trol de la fila llegó a la isla. Obviamente, se trataba del líder de la manada: alcanzaba una estatura de casi tres metros, sacudía la cabeza peluda y aullaba al cielo artificial. En ese momento pareció darse cuenta de que ni Artemis ni Holly eran en realidad troles hembra, y una ira salvaje se apoderó de su diminuto cerebro. Unas babas impregnadas de veneno le chorreaban por los colmillos, e invirtió las garras para poder asestar un golpe hacia arriba. El golpe asesino favorito de los troles era debajo de las costillas: aquello desgarraba rápidamente el corazón y no le daba tiempo a la carne de endurecerse.

Más troles se concentraron en la pequeña isla, ansiosos por participar en el festín de sangre o en un nuevo ritual de apareamiento. Holly escogió ese momento para actuar. Balanceó la telenave hacia arriba, apuntando con la pantalla zumbante directamente al trol más cercano. La criatura retrocedió, tratando de agarrar con sus zarpas la odiosa luz como si fuese un enemigo sólido. La luz cegó las retinas del trol y lo lanzó tambaleándose hacia atrás junto a sus compañeros. Unos cuantos animales cayeron al río y el pánico se apoderó de toda la fila como si fuera un virus. Las criaturas reaccionaron ante el agua como si fuese ácido salpicándoles la piel, y se pusieron a pedalear hacia atrás, huyendo hacia la orilla con movimientos furibundos. No era ninguna retirada ordenada, y destrozaban o mordían todo cuanto hallaban a su paso. Una lluvia de gotas de veneno y sangre surcaba el aire, y el agua burbujeaba como si estuviese hirviendo. Los aullidos sedientos de sangre de los troles se convirtieron en chillidos quejumbrosos de pánico y terror.

«Esto no puede ser real –pensó un atónito Artemis Fowl–. Tengo que estar sufriendo alucinaciones. A lo mejor estoy en coma después de la caída de la ventana del hotel.» Y como su cerebro le proporcionaba esta posible explicación, sus recuerdos permanecieron encerrados.

–Agárrate a mi cinturón –le ordenó Holly, avanzando por el puente improvisado.

Artemis le obedeció de inmediato. No era el momento de ponerse a discutir sobre quién estaba al mando. En cualquier caso, si había la más remota posibilidad de que aquello estuviese ocurriendo de verdad, la capitana Canija estaba más preparada que él para manejar a aquellos monstruos.

Holly blandía la telenave como un cañón de láser portátil, avanzando paso a paso por el puente. Artemis intentó concentrarse en mantener el equilibrio sobre el peligroso terreno. Pasaron de una roca a otra, tambaleándose como funámbulos novatos. Holly balanceaba la telenave dibujando arcos suaves, apuntando a los troles desde todos los ángulos.

«Demasiados –pensó Artemis–. Son demasiados. Nunca lo conseguiremos.»

Pero no tenía sentido rendirse, así que siguieron avanzando, dando dos pasos hacia delante y uno hacia atrás.

Un trol-toro especialmente ágil se agachó y logró esquivar la maniobra de Holly. Extendió una de sus zarpas y desgarró el recubrimiento sumergible de la telenave. Holly se tambaleó hacia atrás y tropezó con Artemis. Ambos cayeron de cabeza al río y aterrizaron con un sonoro golpe en el agua poco profunda.

Artemis sintió cómo el aire se desvanecía de sus pulmones y respiró instintivamente. Por desgracia, inhaló más agua que aire. Holly mantuvo los codos unidos para que el aparato desgarrado quedase fuera del río. Unas gotas de agua se filtraron por las grietas y la pantalla empezó a despedir chispas.

Holly se levantó con gran dificultad y, de forma simultánea, apuntó con la pantalla al trol-toro. Artemis apareció tras ella, tosiendo y expulsando agua de los pulmones.

–La pantalla ha sufrido algunos daños –explicó Holly jadeando–. No sé cuánto tiempo nos queda.

Artemis se apartó el pelo de los ojos.

–Sigue –acertó a decir–. Sigue andando.

Siguieron vadeando el río, sorteando a los troles vociferantes. Holly escogió un lugar despejado en la margen del río para subir a la orilla. Era un alivio volver a pisar tierra firme, pero al menos en el agua habían jugado con ventaja, mientras que ahora estaban en pleno territorio trol.

El resto de los animales los rodearon a una distancia prudente. Cada vez que uno de ellos se acercaba, Holly dirigía la telenave en su dirección y la bestia retrocedía como si acabase de golpearle.

Artemis combatió el frío, la fatiga y el estupor de su cuerpo. Le ardía el tobillo en el lugar en que el trol le había dado un zarpazo.

–Tenemos que ir directos al templo –dijo mientras le castañeteaban los dientes–. Hay que subir por los andamios.

–De acuerdo. Espera un momento.

Holly inspiró hondo varias veces para hacer acopio de fuerzas. Le dolían los brazos de tanto sujetar la telenave, pero no pensaba dejar que el cansancio aflorase a su rostro, ni tampoco el miedo. Miró a aquellos troles directamente a sus ojos rojos y les hizo saber que se enfrentaban a un enemigo formidable.

–¿Preparado?

–Preparado –respondió Artemis, a pesar de que no lo estaba.

Holly volvió a inspirar hondo por última vez, y acto seguido se lanzó a la carga. Los troles no se esperaban aquella táctica; a fin de cuentas, ¿a qué clase de criatura se le ocurriría atacar a un trol? Rompieron filas ante el haz de luz blanca y su desconcierto duró el tiempo justo para que Artemis y Holly pudieran atravesar el espacio que se había abierto entre la masa de troles.

Echaron a correr por la cuesta que conducía al templo. Holly no hacía nada por esquivar a las bestias, sino que corría directamente hacia ellas. Cuando trataban de arremeter contra ellos en su momentánea ceguera, solo conseguían causar más confusión entre los propios troles. Una decena de peleas violentas estallaron tras la estela de Holly y Artemis mientras los animales se arañaban accidentalmente unos a otros con sus zarpas afiladas como cuchillas. Los troles más astutos aprovechaban la ocasión para ajustar viejas cuentas. Las refriegas se sucedieron en cadena por toda la escena hasta convertirse en una auténtica batalla campal entre la polvareda y los animales que no dejaban de retorcerse.

Artemis lanzó un resoplido y ascendió por la cuesta, con los dedos agarrados al cinturón de Holly. La respiración de la capitana Canija se había apaciguado en una serie regular de respiraciones rápidas.

«No estoy en forma físicamente –se dijo Artemis para sus adentros–. Y eso podría costarme muy caro. Necesito ejercitar algo más que mi cerebro en el futuro. Si es que tengo un futuro.»

El templo surgió imponente ante ellos, una maqueta a escala reducida pero que pese a ello medía más de quince metros de altura. Docenas de columnas idénticas que se erguían hacia las nubes holográficas sostenían un tejado triangular decorado con intricadas molduras de escayola. Las partes inferiores de las columnas estaban plagadas de marcas de garras afiladas donde los troles más jóvenes habían estado correteando a sus anchas. Artemis y Holly treparon por los veintitantos escalones que los separaban de las propias columnas.

Por fortuna, no había troles en el andamio. Todos los animales estaban muy ocupados tratando de matarse unos a otros o de evitar que los matasen, pero solo sería cuestión de segundos que recordasen que había intrusos entre ellos. Carne fresca. No había muchos troles que hubiesen probado la carne de elfo, pero los que lo habían hecho se morían de ganas de probarla de nuevo. Solo uno de los presentes había probado la carne humana, y el recuerdo de su dulzura aún atormentaba su confuso cerebro por las noches.

Fue este trol en concreto el que decidió salir del agua del río, arrastrando consigo diez kilos adicionales de peso húmedo. Le dio un zarpazo con toda naturalidad a un cachorro que se había acercado demasiado y olisqueó el aire. Había un olor nuevo, un olor que recordaba de su corta estancia bajo la luz de la luna: era el olor de un hombre. El simple hecho de reconocer la fragancia hizo que las glándulas de su garganta empezasen a salivar. Emprendió una carrera furibunda hacia el templo y, muy pronto, un grupo de bestias inmundas con hambre de carne se dirigieron hacia los andamios.

–Volvemos a figurar en el menú –advirtió Holly al llegar al andamio.

Artemis soltó el cinturón de la capitana de la PES. Le habría respondido, pero sus pulmones demandaban oxígeno. Tragó unas cuantas bocanadas de aire, apoyando las manos en las rodillas.

Holly lo asió del codo.

–No hay tiempo para eso, Artemis, tienes que trepar.

–Después de ti –acertó a decir entre jadeos.

Sabía que su padre nunca permitiría que una dama sufriese mientras él se daba a la fuga.

–No hay tiempo para discutir –replicó Holly, empujando a Artemis por el codo–. Trepa hacia el sol. Yo conseguiré un poco de tiempo con la telenave. Vete ya.

Artemis miró a Holly a los ojos para darle las gracias. Eran redondos, de color avellana y... ¿familiares? Los recuerdos luchaban por liberarse de sus cadenas, golpeando contra las paredes de las células.

–¿Holly? –dijo.

Holly lo empujó contra las barras y el momento se desvaneció.

–Arriba. Estás perdiendo tiempo.

Artemis movió sus exhaustos músculos, tratando de coordinar sus movimientos. Un peldaño, agarrar, tirar. No podía ser muy difícil. Ya había trepado por escaleras similares antes. Una escalera al menos. Seguro que sí.

Las barras del andamio estaban recubiertas de goma rugosa, especial para escaladores, y guardaban una separación de cuarenta centímetros exactos, la distancia cómoda de salvar para cualquier ser mágico y, casualmente, la distancia cómoda para un humano de catorce años. Artemis empezó a trepar, sintiendo ya la tensión en sus brazos antes de haber subido seis peldaños. Era demasiado pronto para cansarse, quedaba demasiado trecho todavía.

–Vamos, capitana –dijo jadeando por encima del hombro–. Sube.

–Todavía no –repuso Holly. Le había dado la espalda al andamio y estaba intentando encontrar alguna pauta en la horda de troles que se aproximaban.

En cierta ocasión había seguido un curso de perfeccionamiento sobre ataques de trol en la Jefatura de Policía, pero habían empezado partiendo de una situación en la que solo había que enfrentarse a un trol. Para eterna vergüenza de Holly, el profesor había utilizado imágenes de vídeo de un enfrentamiento de la propia Holly con un trol en Italia, dos años antes.

–Observen esto –había dicho el profesor, congelando la imagen de Holly en la pantalla grande y señalándola con un puntero telescópico–. Es un ejemplo clásico de cómo no hay que hacerlo.

Aquel era un escenario completamente distinto. Nunca habían recibido instrucciones sobre qué hacer cuando el ataque venía de una manada entera de troles en su propio hábitat. Nadie, razonaban los profesores, sería tan estúpido.

Había dos grupos convergentes que iban directos hacia ella: el primero, el del río, liderado por un verdadero monstruo cuyo veneno anestésico le chorreaba de ambos colmillos. Holly sabía que si una gota de aquel veneno le traspasaba la epidermis, caería en una especie de sopor de felicidad, e incluso si escapaba de las garras del trol, el lento veneno acabaría paralizándola.

El segundo grupo se acercaba desde la franja occidental y estaba compuesto principalmente por troles que habían llegado tarde a la fiesta y cachorros. Había unas cuantas hembras en el centro del propio templo, pero estaban aprovechando la confusión para comerse la carne de los cadáveres abandonados.

Holly bajó el ajuste de la telenave. Tendría que cronometrar aquello a la perfección para obtener el máximo provecho. Era la última oportunidad que tendría, pues una vez que empezase a trepar ya no podría volver a apuntarlos.

Los troles se abalanzaron por las escaleras del templo, subiendo y compitiendo por ir en cabeza. Los dos grupos se acercaban en ángulo recto, ambos yendo directamente hacia Holly. Sus líderes se lanzaron desde cierta distancia, decididos a arrancar el primer bocado del intruso. Tras sus labios se veían hileras de dientes carnívoros y tenían los ojos fijos únicamente en su objetivo. Y fue en ese momento cuando Holly actuó. Cambió el ajuste del brillo al nivel más alto y chamuscó las retinas de las dos bestias mientras seguían en el aire. Con unos aullidos aterradores, trataron de darle a la luz asesina al tiempo que caían al suelo en una maraña de brazos, garras, colmillos y dientes. Cada trol supuso que estaba siendo atacado por un grupo rival y en apenas segundos la base del andamio se convirtió en un caos de violencia primitiva.

Holly aprovechó el tumulto para trepar con agilidad por los tres primeros tramos de la estructura metálica. Se enganchó la telenave al cinturón para que apuntase hacia abajo y así cubrirse la retaguardia. No era demasiada protección, pero era algo.

En unos momentos ya había dado alcance a Artemis. El humano respiraba agitadamente y avanzaba muy despacio, y le sangraba la herida del tobillo. Holly podría haberlo adelantado con facilidad pero prefirió apoyarse en las barras del andamio y mirar abajo para vigilar el avance de los troles. E hizo bien, porque una de las bestias más relativamente pequeñas estaba escalando las barras con la agilidad de un gorila. Sus colmillos inmaduros apenas asomaban por debajo de sus labios, pero eran muy afilados pese a todo y las gotas de veneno resbalaban por sus extremos. Holly lo apuntó con la pantalla y el gorila soltó la barra para protegerse los ojos abrasados. Un elfo habría sido lo bastante listo para colgarse con una mano y utilizar el otro antebrazo para taparse los ojos, pero los troles no están mucho más avanzados en la escala del coeficiente intelectual que los gusanos apestosos, y actúan guiándose básicamente por el instinto.

El pequeño trol cayó de espaldas y aterrizó en la alfombra greñuda y estridente que había debajo. Quedó engullido de inmediato por la vorágine. Holly continuó trepando, sintiendo cómo la telenave chocaba contra su espalda. El avance de Artemis era insoportablemente lento y en menos de un minuto ya estaba a sus espaldas.

–¿Estás bien?

Artemis asintió, apretando los labios con fuerza. Sin embargo, tenía los ojos muy abiertos, al borde del pánico. Holly ya había visto aquella mirada en otras ocasiones, en los ojos de agentes estresados de la PES. Tenía que llevar al Fangosillo a un lugar seguro antes de que perdiese la razón.

–Vamos, Artemis. Solo unos escalones más. Ya verás como lo conseguimos.

Artemis cerró los ojos cinco segundos, respirando hondamente por la nariz. Cuando volvió a abrirlos, brillaban con renovada decisión.

–Muy bien, capitana. Estoy listo.

Artemis se agarró a la siguiente barra, tirando de sí cuarenta centímetros más hacia la salvación. Holly fue detrás, presionándolo como un sargento de instrucción para que siguiera adelante.

Aún tardaron otro minuto más en llegar al tejado. En ese momento, los troles ya habían recordado qué era lo que estaban cazando y habían empezado a escalar el andamio. Holly arrastró a Artemis hasta el tejado inclinado y se pusieron a andar a gatas hacia el punto más alto. La escayola era blanca y no tenía ninguna marca, y bajo la luz suave parecía que estuviesen avanzando por un campo nevado.

Artemis hizo una pausa; el paisaje le había despertado un recuerdo vago.

–Nieve –dijo con aire vacilante–. Creo que recuerdo algo...

Holly lo agarró del hombro y tiró de él hacia delante.

–Sí, Artemis. El Ártico, ¿recuerdas? Luego ya hablaremos de eso largo y tendido, cuando no haya troles intentando devorarnos.

Artemis volvió al presente de golpe.

–Muy bien. Buena táctica.

El tejado del templo ascendía en una cuesta hacia arriba en un ángulo de cuarenta grados, hacia el orbe de cristal que formaba el falso sol. La pareja avanzaba tan rápido como le permitían los miembros exhaustos de Artemis. Un rastro irregular de sangre señalaba su camino a través de la escayola blanca. El andamio daba sacudidas y se entrechocaba contra el tejado a medida que se aproximaban los troles.

Holly se sentó a horcajadas sobre la cúspide del tejado y extendió el brazo para tocar el sol de cristal. La superficie era suave al tacto de sus dedos.

–*D'Arvit!* –exclamó–. No encuentro el interruptor. Debería haber una toma de corriente externa.

Artemis se encaramó al otro lado. No tenía un miedo especial a las alturas, pero a pesar de ello intentó no mirar abajo. No hacía falta tener vértigo para que le preocupase una caída de quince metros y una manada de troles hambrientos. Estiró el cuerpo hacia arriba, tanteando la esfera con los dedos de una mano. Encontró una pequeña cavidad con el dedo índice.

–Tengo algo –anunció.

Holly miró hacia allí y examinó el hueco.

–Muy bien –dijo–. Una toma de corriente externa. Las baterías de energía tienen puntos de conexión uniformes, así que las baterías de las esposas deberían encajar sin problemas.

Extrajo las esposas de su bolsillo y retiró la tapa de las baterías. Las baterías en sí eran del tamaño de tarjetas de crédito y de color azul brillante.

Holly se levantó sobre el afilado borde de la cúspide del tejado, manteniéndose en hábil equilibrio de puntillas. Los troles ya estaban trepando por la orilla del tejado, avanzando como una jauría infernal. La escayola blanca del tejado estaba recubierta del marrón, el negro y el rojo anaranjado de las pieles de los troles, y los aullidos y el hedor de estos los precedían mientras cercaban a Artemis y Holly.

Holly esperó hasta que estuvieran todos en lo alto del borde del tejado y entonces insertó las baterías de energía en la toma de corriente de la esfera. El sol artificial emitió un zumbido, cobró vida entre vibraciones y lanzó un fogonazo: una pared de luz cegadora. Por un momento, la totalidad de la exposición relampagueó con un blanco brillante y luego la esfera se apagó de nuevo con un gemido agudo.

Los troles echaron a rodar como las bolas de una mesa de billar inclinada. Algunos cayeron por la orilla del tejado, pero la mayoría se quedaron en el borde, donde yacían aullando de dolor y arañándose la cara.

Artemis cerró los ojos para recuperar más rápido su capacidad de visión nocturna.

–Esperaba que las baterías mantuviesen encendido el sol más rato. Ha sido mucho esfuerzo para un aplazamiento tan breve.

Holly retiró las baterías gastadas y las apartó a un lado.

–Supongo que una esfera como esta chupa mucha energía.

Artemis pestañeó y luego se sentó cómodamente en el tejado, abrazándose las rodillas.

–Bueno, por lo menos disponemos de algo más de tiempo. Las criaturas nocturnas necesitan hasta quince minutos para recobrar el sentido de la orientación tras verse expuestas a una luz intensa.

Holly se sentó junto a él.

–Fascinante. De repente te veo muy tranquilo.

–No tengo otra opción –repuso Artemis–. He analizado la situación y he llegado a la conclusión de que no tenemos escapatoria. Estamos en lo alto de una ridícula maqueta del templo de Artemis rodeados de troles temporalmente ciegos. En cuanto se recuperen, subirán hasta aquí y nos comerán vivos. Tal vez nos quede un cuarto de hora de vida, y no tengo ninguna intención de malgastarlo poniéndome histérico para diversión de Opal Koboi.

Holly miró hacia arriba y escudriñó la semiesfera en busca de cámaras. Al menos una docena de chivatos rojos parpadeaban en la oscuridad. Opal iba a poder ver su venganza desde todos los ángulos.

Artemis tenía razón, Opal se pondría como loca de contenta si los veía perder el control ante las cámaras. Seguramente se pondría el vídeo una y otra vez para distraerse cuando ser la princesa del mundo se le hiciese demasiado estresante.

Holly apartó el brazo y dejó caer las baterías por la pendiente del tejado. Por lo visto, ya estaba, aquello era el final. Se sentía más frustrada que asustada. La última orden de Julius había sido que salvara a Artemis, y ni siquiera había conseguido cumplirla.

–Siento que no te acuerdes de Julius –comentó Holly–. Siempre estabais discutiendo, pero en el fondo él sentía por ti una gran admiración. Aunque en realidad era Mayordomo quien mejor le caía. Esos dos estaban en la misma onda, dos viejos soldados.

A sus pies, los troles se estaban reagrupando, pestañeando para eliminar las chiribitas que les hacían los ojos.

Artemis se sacudió el polvo de los pantalones.

–Sí que me acuerdo, Holly. Me acuerdo de todo, sobre todo de ti. Es muy reconfortante que estés aquí conmigo, de verdad.

Holly se quedó muy sorprendida, estupefacta incluso; más por el tono que había empleado Artemis que por lo que había dicho, aunque eso también era sorprendente. Nunca había oído hablar a Artemis tan cariñosamente, con tanta sinceridad. Por regla general, al chico le costaba mucho expresar sus sentimientos, y cuando los expresaba lo hacía con torpeza y tartamudeando. Aquel no se parecía en nada al Artemis que ella conocía.

–Eso ha sido muy bonito, Artemis –dijo al cabo de un momento–, pero no tienes que fingir por mí.

Artemis se quedó perplejo.

–¿Cómo has sabido que estaba fingiendo? Creí haber transmitido las emociones perfectamente.

Holly miró a la horda de troles, avanzaban con aire cansino por la pendiente, con la cabeza hacia abajo por si volvían a deslumbrarlos.

–Nadie es tan perfecto, por eso lo he sabido.

Los troles se estaban dando prisa, balanceando los greñudos antebrazos hacia delante para darse más impulso. Cuando recobraron la seguridad en sí mismos, también recobraron la voz: los aullidos llegaban hasta el tejado, rebotando en la estructura metálica. Artemis se llevó las rodillas hasta el mentón.

Era el fin. Todo había terminado. Era inconcebible que fuese a morir de aquel modo, cuando todavía le quedaba tanto por hacer.

Los aullidos hacían difícil concentrarse, y el olor tampoco ayudaba demasiado.

Holly le apretó el hombro.

–Cierra los ojos, Artemis. No sentirás nada.

Pero Artemis no cerró los ojos, sino que desplazó la mirada hacia arriba, hacia la superficie, donde sus padres aguardaban tener noticias suyas. Unos padres que nunca habían tenido ocasión de estar realmente orgullosos de él.

Abrió la boca con la intención de murmurar un adiós, pero lo que vio por encima de su cabeza hizo que se le atragantaran las palabras.

–Eso lo demuestra –señaló–. Tengo que estar sufriendo alucinaciones.

Holly miró hacia arriba. Alguien había quitado un panel de la semiesfera y estaban bajando una cuerda hacia el tejado del templo. En el extremo de la cuerda se balanceaba lo que parecía un culo desnudo y extremadamente peludo.

–¡No me lo puedo creer! –gritó Holly, levantándose de un salto–. ¡Has tardado lo tuyo en llegar hasta aquí!

Parecía estar hablando con un trasero, y luego, lo que era aún más inaudito, el trasero le respondió.

–Yo también te quiero, Holly. Y ahora, haz el favor de cerrar todo lo que tengas abierto, porque estoy a punto de lanzar una sobrecarga en los sentidos de estos troles.

Por un momento, Holly se quedó perpleja, pero luego cayó en la cuenta y abrió los ojos como platos antes de que se le helara la sangre. Agarró a Artemis por los hombros.

–Túmbate y tápate los oídos. Cierra la boca y los ojos. Y hagas lo que hagas, intenta no respirar demasiado.

Artemis se tendió sobre el tejado.

–Dime que hay alguien al otro lado de ese trasero.

–Hay alguien –confirmó Holly–. Pero es el trasero lo que más debe preocuparnos.

Llegados a este punto, los troles estaban a metros escasos de distancia, lo bastante cerca para ver el rojo de sus ojos y los años de mugre incrustada en cada una de sus rastas.

Arriba, Mantillo Mandíbulas (porque, evidentemente, era él) soltó una leve ráfaga de ventosidad por sus posaderas, justo lo suficiente para darse impulso y dibujar un suave círculo al final de la cuerda. El movimiento circular era imprescindible para garantizar una difusión regular del gas que tenía intención de liberar. Una vez que hubo completado tres revoluciones, empujó por dentro con todas sus fuerzas y lanzó hasta la última burbuja de gas de su hinchado estómago.

Puesto que los troles son por naturaleza seres que habitan en túneles, se guían por su sentido del olfato tanto como por su capacidad de visión nocturna. Un trol ciego puede sobrevivir durante años, localizando el suministro de comida y agua solo por el olfato.

El súbito reciclaje gaseoso de Mantillo envió un millón de mensajes confusos al cerebro de cada trol: el olor ya era bastante apestoso, y el viento bastaba para echar hacia atrás todas las rastas de los troles, pero la combinación de aromas que contenía el gas del enano, incluyendo arcilla, vegetación, insectos y cualquier cosa que Mantillo hubiese comido en los días anteriores, bastó para provocar un cortocircuito en la totalidad del sistema nervioso de los troles. Cayeron de rodillas, agarrándose las pobres cabezas doloridas con los garfios de sus manos y mesándose los sucios cabellos. Uno de ellos estaba tan cerca de Artemis y Holly que un antebrazo greñudo encontró reposo en la espalda de la capitana de la PES.

Holly se retorció debajo de aquel miembro.

–Vámonos –dijo, obligando a Artemis a levantarse–. El gas no va a desorientar a los troles mucho más tiempo que la luz.

Por encima de sus cabezas, Mantillo estaba aminorando sus revoluciones.

–De nada –les dijo, haciendo una reverencia con aire teatral, lo cual no es nada fácil encaramado a una cuerda.

El enano trepó correteando por la soga, agarrándose con los dedos de los pies y de las manos, y luego la bajó para tendérsela a Artemis y Holly.

–Agarraos –dijo–. Rápido.

Artemis tanteó la cuerda con aire escéptico.

–Sin duda esa extraña criatura es demasiado pequeña para subirnos a ambos hasta ahí arriba.

Holly colocó el pie en un lazo que había en el extremo de la cuerda.

–Es verdad, pero no está solo.

Artemis entrecerró los ojos para mirar al panel que faltaba en la semiesfera. Otra figura había aparecido en el hueco; sus facciones estaban ensombrecidas, pero la silueta era inconfundible.

–¡Mayordomo! –exclamó con una sonrisa radiante–. ¡Estás aquí!

Y de repente, a pesar de los pesares, Artemis se sintió completamente a salvo.

–Date prisa, Artemis –le gritó su guardaespaldas–. No tenemos ni un segundo que perder.

Artemis se encaramó a la cuerda junto a Holly y Mayordomo rápidamente tiró de ellos hasta ponerlos fuera de peligro.

–¿Y bien? –dijo Holly, con la cara a escasos centímetros de la de él–. Hemos sobrevivido. ¿Significa eso que somos amigos? ¿Unidos por el trauma?

Artemis frunció el ceño. ¿Amigos? ¿Tenía espacio en su vida para una amiga? Aunque también era posible que no tuviese otra alternativa.

–Sí –contestó–. Aunque tengo poca experiencia en ese ámbito, así que es posible que tenga que leer un poco al respecto.

Holly puso los ojos en blanco.

–La amistad no es una ciencia, Fangosillo. Olvídate de tu inmenso cerebro un minuto y haz lo que sientas que debes hacer.

Artemis no podía creer lo que estaba a punto de decir. Tal vez la emoción de haber sobrevivido estaba afectando a su buen juicio.

–Siento que no deberían pagarme por ayudar a una amiga. Quédate con tu oro mágico. Hay que detener a Opal Koboi.

Holly sonrió con auténtica alegría por primera vez desde la muerte del comandante, pero también con una pizca de severidad.

–Con nosotros cuatro siguiéndole la pista, no tiene ninguna posibilidad.

CAPÍTULO VIII

UNA CONVERSACIÓN INTELIGENTE

Mantillo había dejado la lanzadera robada de la PES a las puertas del parque temático. Había sido pan comido para Mayordomo neutralizar las cámaras del parque y retirar una parte semioxidada del techo de la semiesfera para llevar a cabo el rescate.

Cuando regresaron a la lanzadera, Holly encendió los motores y realizó una comprobación de los sistemas.

–¿Qué diablos has estado haciendo, Mantillo? –le preguntó, horrorizada por las lecturas que mostraba el ordenador de a bordo–. El ordenador dice que habéis venido hasta aquí todo el camino en primera.

–Ah, pero ¿había marchas? –exclamó el enano–. Pensaba que este cacharro era automático.

–Algunos pilotos prefieren las marchas. Es un sistema muy anticuado, ya lo sé, pero permite agarrarse mejor a las curvas. Y otra cosa, no tenías por qué hacer ese truco del gas en la cuerda: en el búnker del armamento hay un montón de granadas de distracción.

–¿Este trasto también tiene un búnker? Marchas y un búnker. Ni se me habría pasado por la imaginación…

Mayordomo le estaba realizando a Artemis un reconocimiento médico.

–Pareces estar bien –comentó, al tiempo que colocaba la palma de la mano encima del pecho de Artemis–. Veo que Holly te ha curado las costillas.

Artemis estaba un poco aturdido. Una vez que había pasado el peligro, empezaba a asimilar los sucesos del día. ¿Cuántas veces podía una persona esquivar a la muerte en veinticuatro horas? Sin duda, sus probabilidades eran cada vez más reducidas.

–Dime una cosa, Mayordomo –susurró para que los demás no pudiesen oírlo–, ¿todo esto es verdad? ¿O es una alucinación? –Ya en el momento en que sus palabras abandonaron sus labios, Artemis se dio cuenta de que era una pregunta imposible. Si todo aquello era una alucinación, entonces su guardaespaldas también era un sueño–. He rechazado una gran cantidad de oro, Mayordomo –continuó Artemis, incapaz aún de asimilar su gesto de generosidad–. Yo. He rechazado oro.

Mayordomo esbozó una sonrisa, más parecida a la de un amigo que a la de un guardaespaldas.

–No me sorprende lo más mínimo. Te estabas volviendo bastante generoso antes de la limpieza de memoria.

Artemis arrugó la frente.

–Claro que lo lógico es que digas eso, si formas parte de una alucinación.

Mantillo estaba espiando la conversación y no puso resistir la tentación de hacer un comentario.

–¿No oliste lo que les lancé a esos troles? ¿Crees que podrías alucinar eso, Fangosillo?

Holly arrancó los motores.

–Callaos un momento ahí detrás –gritó por encima de su hombro–. Es hora de irse. Los sensores han detectado unas lanzaderas supervisando los conductos locales. Las autoridades nos están buscando. Tengo que llevarnos a todos a algún lugar que no esté en los mapas.

Holly tiró de la palanca del acelerador y despegó la nave del suelo con suavidad. Si la lanzadera no hubiese tenido ventanillas, los pasajeros no habrían advertido el despegue.

Mayordomo dio un codazo a Mantillo.

–¿Has visto eso? Eso sí que es un despegue. Espero que hayas aprendido algo.

El enano estaba profundamente ofendido.

–¿Qué es lo que tengo que hacer para ganarme un poco de respeto? Todos estáis vivos gracias a mí y ¿cómo me lo agradecéis? ¡Insultándome!

Mayordomo se echó a reír.

–Vale, amiguito. Perdóname. Te debemos la vida y yo, desde luego, no lo olvidaré.

Artemis siguió el intercambio con curiosidad.

–Deduzco que te acuerdas de todo, Mayordomo. Si por un momento acepto esta situación como real, entonces tu memoria tiene que haber sido estimulada. ¿Dejé yo algo con ese fin?

Mayordomo extrajo el disco óptico del bolsillo.

–Ah, sí, Artemis. Había un mensaje en este disco para mí. También dejaste un mensaje para ti mismo.

Artemis tomó el disco en sus manos.

–Por fin –dijo–, una conversación inteligente.

Artemis encontró un pequeño cuarto de baño en la parte posterior de la lanzadera. El baño de a bordo solo debía utilizarse en situaciones de emergencia y el asiento estaba hecho de un material esponjoso que, por lo que le había asegurado Mantillo, desmenuzaba cualquier desecho a medida que este pasaba por él. Artemis decidió que probaría el filtro en otra ocasión y se sentó en un pequeño saliente que había junto a la ventanilla.

En la pared había una pantalla de plasma para, por lo visto, entretenerse mientras se estaba en el interior del cuarto de baño. Lo único que tenía que hacer era deslizar el disco de ordenador en la unidad que había debajo de la pantalla y todos sus recuerdos sobre los seres mágicos le serían restituidos. Todo un mundo nuevo. Bueno, más bien uno viejo que ya conocía.

Artemis hizo girar el disco entre el pulgar y el dedo índice. Psicológicamente hablando, si cargaba aquel disco significaba que una parte de sí mismo aceptaba la verdad de todo aquello. Al introducir el disco en la ranura, se sumergiría aún más en alguna clase de episodio psicótico, mientras que si no lo hacía, podía condenar al mundo a una guerra entre especies. Los mundos mágico y humano se enfrentarían.

«¿Qué haría mi padre?», se preguntó Artemis.

Introdujo el disco.

En el escritorio de la pantalla aparecieron dos archivos, marcados con imágenes *gif* animadas en tres dimensiones que, obviamente, el sistema mágico había incorporado. Ambos archivos iban etiquetados con sus nombres en el idioma de los humanos y en el de los seres mágicos. Artemis escogió su propio archivo tocando la cubierta transparente de la pantalla de plasma. El archivo parpadeó en color naranja y luego se expandió hasta llenar la totalidad de la pantalla. Artemis se vio a sí mismo en la mansión Fowl, sentado a su mesa en el estudio.

–Buenas –lo saludó el Artemis de la pantalla–. Debe de ser un placer verme. Estoy seguro de que esta es la primera conversación inteligente que mantienes desde hace tiempo.

El verdadero Artemis sonrió.

–Correcto –respondió.

–He hecho una pausa ahora mismo –explicó el Artemis de la pantalla– para darte ocasión de responder, convirtiendo así este monólogo en una conversación. No habrá más pausas, pues el tiempo del que disponemos es escaso. La capitana Canija está abajo, Juliet la está distrayendo, pero sin duda no tardará en venir a ver qué hago. Ahora mismo salimos para Chicago para tratar con el señor Jon Spiro, quien me ha robado algo que me pertenece. El precio de la ayuda de los seres mágicos en este asunto es una limpieza de memoria. Todos los recuerdos de las Criaturas serán borrados de mi cerebro para siempre, a menos que deje un mensaje para mi futuro yo, provocando de este modo el recuerdo. Esto mismo que estás escuchando y viendo es dicho mensaje, y las siguientes imágenes de vídeo contienen detalles específicos de mi relación con las Criaturas Mágicas. Con un poco de suerte, esta información hará que esas conexiones neuronales vuelvan a despertar.

Artemis se frotó la frente. Los vagos y misteriosos fogonazos persistían. Era como si su cerebro estuviese listo para restablecer esas conexiones neuronales. Lo único que necesitaba era el estímulo adecuado.

–Para concluir –anunció el Artemis de la pantalla–, me gustaría desearte a mí mismo lo mejor de lo mejor. Y bienvenido de nuevo.

La siguiente hora pasó como una nube borrosa: una sucesión de imágenes parpadearon en la pantalla y se adhirieron a los espacios huecos del cerebro de Artemis. Cada recuerdo fue encajando en su sitio a medida que Artemis lo iba procesando.

«Pues claro –pensó para sus adentros–. Eso lo explica todo. Encargué las lentes de contacto reflectantes para poder engañar a los seres mágicos y ocultar la existencia de este diario. Trastoqué la orden de registro de Mantillo Mandíbulas para que pudiese devolverme el disco. Mayordomo parece más viejo porque es más viejo, la curación mágica de Londres le salvó la vida, pero le costó quince años.»

No todos los recuerdos eran motivos de orgullo.

«¡Secuestré a la capitana Canija! –exclamó para sí–. Encerré a Holly... ¿Cómo pude ser capaz de algo así?»

Ya no podía seguir negándolo. Todo aquello era cierto, todo cuanto habían visto sus ojos era real. Los seres mágicos existían y su vida llevaba entrelazada con la de ellos más de dos años. Un millón de imágenes afloraron a su conciencia y reconstruyeron puentes eléctricos en su cerebro. Brillaban detrás de sus ojos en una confusa explosión de color y asombro. Una mente de menos valía que la de Artemis se habría quedado completamente exhausta, pero el joven irlandés estaba exultante y rebosante de energía.

«Ahora ya lo sé todo –pensó–. Vencí a Koboi antes y puedo hacerlo otra vez. –Aquella determinación vino acompañada de una tristeza infinita–. El comandante Remo ya no está. Opal Koboi se lo ha arrancado a las Criaturas.»

Artemis ya lo sabía antes, pero este hecho ahora cobraba un nuevo significado.

También había otro pensamiento, más persistente que el resto, una idea que embistió su mente con más fuerza que un *tsunami*.

«¿Tengo amigos? –se preguntó Artemis Fowl II–. Tengo amigos.»

Artemis salió del cuarto de baño siendo una persona distinta. Físicamente seguía igual de maltrecho, lleno de moratones y exhausto, pero en el plano emocional se sentía preparado para lo que le deparase el destino. Si un analista del lenguaje corporal lo hubiese estudiado en ese momento, se habría fijado en sus hombros relajados y en las palmas de las manos abiertas y habría llegado a la conclusión de que aquel era, psicológicamente hablando, un individuo más amable y digno de confianza que el que había entrado en el baño una hora antes.

La lanzadera estaba aparcada en un conducto secundario, lejos de los más transitados, y sus ocupantes estaban en la mesa de oficiales. Habían abierto y devorado una selección de paquetes de la ración de campaña de la PES, y la mayor pila de paquetes de papel de aluminio estaba delante de las narices de Mantillo Mandíbulas.

Mantillo miró a Artemis y advirtió el cambio de inmediato.

–Ya era hora de que pusieses orden en esa azotea que tienes –señaló, lanzando un gruñido y levantándose de la silla no sin esfuerzo–. Necesito entrar en ese baño urgentemente.

–Yo también me alegro de verte, Mantillo –dijo Artemis, apartándose a un lado para dejar paso al enano.

Holly se quedó petrificada, dejando a medias un paquete de zumo.

–¿Te acuerdas de él?

Artemis sonrió.

–Claro que sí, Holly. Hace más de dos años que nos conocemos.

Holly se levantó de la silla de un salto y agarró a Artemis de los hombros.

–Artemis, es una alegría inmensa verte, recuperar a tu verdadero yo. Los dioses saben que necesitamos a Artemis Fowl ahora mismo.

–Bien, pues aquí lo tienes, a tu servicio, capitana.

–¿Te acuerdas de todo?

–Sí, y en primer lugar, deja que me disculpe por ese asunto de hacer de «asesor». Ha sido vergonzoso. Por favor, perdóname.

–Pero ¿qué es lo que te ha hecho recordar? –preguntó la elfa–. No me digas que una visita al cuarto de baño te ha refrescado la memoria.

–No exactamente. –Artemis levantó en el aire el disco óptico–. Le di esto a Mantillo. Es mi diario en vídeo. Tenía que devolvérmelo cuando saliese de la cárcel.

Holly negó con la cabeza.

–Eso es imposible. A Mantillo lo cachearon auténticos expertos. Lo único que le diste fue el medallón de oro.

Artemis inclinó el disco para que brillase bajo la luz.

–¡Claro! –exclamó Holly, dándose una palmada en la cabeza–. Pasaste el disco como si fuera el medallón de oro. Muy listo.

Artemis se encogió de hombros.

–Una genialidad, para ser más precisos. A posteriori parece simplemente una jugada inteligente, pero la idea en sí fue pura genialidad.

Holly ladeó la cabeza.

–Sí, claro, una genialidad, por supuesto. Lo creas o no, lo cierto es que echaba de menos esa sonrisilla de suficiencia.

Artemis inspiró con fuerza.

–Siento muchísimo lo de Julius. Ya sé que nuestra relación tenía muchos altibajos, pero solo sentía respeto y admiración por el comandante.

Holly se enjugó los ojos con el dorso de la mano. No dijo nada, se limitó a asentir con la cabeza. Si a Artemis le hacía falta otra razón para perseguir a Opal Koboi, el ver a la capitana elfa tan consternada fue esa razón.

Mayordomo se comió el contenido de un paquete de la ración de campaña de un solo bocado.

–Y ahora que ya nos hemos reconocido todos, deberíamos tratar de localizar a Opal Koboi. El mundo es muy grande.

Artemis hizo un movimiento desdeñoso con la mano.

–No hace falta, sé exactamente dónde está nuestra asesina en potencia. Como todos los megalómanos, tiene tendencia a presumir.

Se acercó a un teclado de plástico que había en la pared e hizo que se desplegara un mapa de Europa.

–Veo que también recuerdas el gnómico que habías aprendido –señaló Holly con un suspiro.

–Por supuesto –contestó Artemis, ampliando el mapa–. Opal reveló sus planes un poco más de lo que creía: dejó escapar dos palabras, aunque con una habría bastado. Dijo que su nombre humano iba a ser Belinda Zito. Bueno, pues si quisieseis conducir a los humanos hasta las Criaturas Mágicas, ¿quién mejor como padre adoptivo que el famoso multimillonario ecologista Giovanni Zito?

Holly atravesó la lanzadera en dirección a la pantalla.

–¿Y dónde encontraremos al señor Zito?

Artemis pulsó unas cuantas teclas e hizo un zoom sobre Sicilia.

–En su archiconocido Rancho de la Tierra. Justo aquí, en la provincia de Messina –respondió.

La cabeza de Mantillo asomó por la puerta del cuarto de baño. El resto de su cuerpo, afortunadamente, quedaba oculto tras la puerta.

–¿Os he oído hablar de un Fangoso llamado Zito?

Holly se volvió hacia el enano y luego siguió dando una vuelta completa.

–Sí. ¿Y qué? Y por lo que más quieras, cierra esa puerta.

Mantillo empujó la puerta de modo que solo quedó abierta una rendija.

–Es que estaba viendo un poco la tele humana aquí dentro, como todo el mundo, y he visto a ese tal Zito en la CNN. ¿Creéis que es la misma persona?

Holly cogió un mando a distancia de encima de la mesa.

–Espero que no, la verdad –dijo–, pero estoy segura de que sí que lo es.

Un grupo de humanos apareció en la pantalla; estaban reunidos en una estancia que parecía un laboratorio prefabricado y todos llevaban puesta una bata blanca. Uno de ellos, de unos cuarenta y tantos años, estaba separado del resto, de pie; tenía la piel bronceada y era robusto, de facciones atractivas y el pelo largo y oscuro rizándose al llegar al cuello. Llevaba gafas sin montura y una bata de laboratorio. Por debajo de las solapas blancas de la bata asomaba una camisa Versace de rayas.

–Giovanni Zito –lo reconoció Artemis.

–Es increíble, de verdad –le estaba diciendo Zito, con un leve acento italiano, a un reportero–. Hemos enviado naves a otros planetas cuando todavía no tenemos ni idea de qué es lo que hay bajo nuestros pies. Los científicos pueden decirnos la composición química de los anillos de Saturno, pero lo cierto es que no sabemos de qué está hecho el centro de nuestro propio planeta.

–Pero ya se han enviado sondas al centro de la Tierra antes –repuso el reportero, tratando de fingir que no le acababan de transmitir esta información por el auricular que llevaba puesto en la oreja.

–Sí –convino Zito–, pero solo hasta una profundidad de unos diez kilómetros, menos de la mitad de la corteza en su parte más delgada. Necesitamos traspasar el mismísimo núcleo externo, a más de tres mil kilómetros de profundidad. Imagínese que se pudiesen aprovechar las corrientes de metal líquido del núcleo externo. Hay energía suficiente en ese metal para abastecer a las máquinas de toda la humanidad para siempre.

El reportero era escéptico... o, al menos, el verdadero científico que le hablaba al auricular le decía que se mostrase escéptico.

–Pero todo eso son especulaciones, doctor Zito. Un viaje al centro de la Tierra no es más que una fantasía, ¿no es cierto? Posiblemente solo pueda darse entre las páginas de libros de ciencia ficción.

Un destello de fastidio nubló el rostro de Giovanni Zito.

–Esto no es ninguna fantasía, señor, se lo aseguro. No se trata de ningún viaje fantástico, vamos a enviar una sonda sin tripulación, repleta de sensores. Sea lo que sea lo que hay ahí abajo, lo encontraremos.

El reportero abrió los ojos como platos, presa del pánico, al oír la pregunta especialmente técnica que recibía a través del auricular. Escuchó durante unos segundos, articulando las palabras a medida que iba oyéndolas.

–Doctor Zito, mmm... Esa sonda que va a enviar ahí abajo... Tengo entendido que irá recubierta de cien millones de toneladas de hierro fundido a una temperatura de unos cinco mil quinientos grados Celsius. ¿Es correcto?

–Absolutamente –confirmó Zito.

El reportero pareció sentirse aliviado.

–Sí, ya lo sabía. Bueno, lo que quiero decir es que, en fin, va a tardar varios años en reunir semejante cantidad de hierro, así que ¿por qué nos ha convocado aquí hoy?

Zito juntó las manos con una palmada entusiasta.

–Ahora viene la parte más maravillosa: como saben, la sonda del núcleo terrestre era un proyecto a largo plazo; había planeado acumular el hierro a lo largo de los próximos diez años. Sin embargo, ahora, las excavaciones con láser han encontrado una veta profunda de hematites, óxido de hierro, en el borde inferior de la corteza, justo aquí, en Sicilia. Se trata de un criadero increíblemente rico, tal vez de un ochenta y cinco por ciento de hierro. Lo único que tenemos que hacer es detonar varias cargas explosivas en el interior de ese yacimiento y tendremos nuestro hierro fundido. Ya he obtenido los permisos de minería del gobierno.

El reportero hizo la siguiente pregunta por su cuenta y riesgo.

–Entonces, doctor Zito, ¿cuándo va a hacer detonar esos explosivos?

Giovanni Zito extrajo dos habanos gruesos del bolsillo de su bata de laboratorio.

–Los haremos explotar hoy mismo –respondió, ofreciéndole un habano al reportero–. Diez años antes de lo previsto. Es un momento histórico.

Zito descorrió las cortinas del despacho y dejó al descubierto una zona vallada de matorrales al otro lado de la ventana. Una sección metálica de tuberías sobresalía de la tierra en mitad del recinto de casi un kilómetro cuadrado. Cuando se asomaron a la ventana, un grupo de obreros salió trepando del entramado de tuberías y se alejó a todo correr de la abertura practicada en el suelo. Unas volutas de refrigerante gaseoso ascendían en espiral de la tubería. Los hombres se subieron a un carrito de golf y salieron a toda prisa del complejo. Corrieron a refugiarse en un búnker de cemento situado en el perímetro.

–Hay varios megatones de TNT enterrados en puntos estratégicos del interior de la veta –explicó Zito–. Si se detonase en la superficie, provocaría un terremoto que alcanzaría el grado siete en la escala de Richter.

El reportero tragó saliva con nerviosismo.

–¿De veras?

Zito se echó a reír.

–No se preocupe. La posición de las cargas está completamente controlada. La explosión se producirá hacia abajo y hacia dentro. El hierro se licuará e iniciará su descenso hacia el núcleo terrestre, llevándose la sonda consigo. No notaremos nada.

–¿Hacia abajo y hacia dentro? ¿Está seguro de eso?

–Completamente –insistió Zito–. Aquí estamos del todo seguros.

En la pared que había a la espalda del doctor italiano, un altavoz emitió tres pitidos.

–*Dottor* Zito –dijo una voz áspera–. Todo despejado. Todo despejado.

Zito recogió un detonador por control remoto de color negro del escritorio.

–Ha llegado la hora –anunció con emoción. Miró directamente a la cámara–. Mi querida Belinda, esto va por ti.

Zito apretó el botón y esperó, con los ojos muy abiertos. Los demás ocupantes de la sala, la docena aproximada de científicos y técnicos, se volvieron con ansiedad hacia varios paneles y monitores con distintas lecturas. Uno de ellos anunciaba: «Detonación en curso».

Quince kilómetros más abajo, cuarenta y dos cargas explosivas controladas estallaron de forma simultánea y licuaron dieciocho millones de toneladas de hierro. El contenido pétreo fue pulverizado y absorbido por el metal, y una columna de humo surgió de la abertura cilíndrica, pero no hubo ninguna vibración detectable.

–La sonda funciona al cien por cien –dijo un técnico.

Zito lanzó un suspiro de alivio.

–Esa era nuestra mayor preocupación. Aunque la sonda esté diseñada para estas condiciones exactas, el mundo nunca antes ha visto esta clase de explosión. –Se dirigió a otro trabajador del laboratorio–. ¿Algún movimiento?

El hombre vaciló antes de contestar.

–Sí, doctor Zito. Tenemos movimiento vertical, cinco metros por segundo. Tal como usted había calculado.

Bajo la corteza terrestre, un monstruo de hierro y roca inició su minucioso descenso hacia el corazón de la Tierra. Avanzaba revolviéndose y dando resoplidos, burbujeando y lanzando silbidos, separando y abriendo el manto terrestre de forma implacable. En el interior de la masa fundida, una sonda del tamaño de una naranja seguía transmitiendo información.

Una euforia espontánea estalló en el laboratorio: los hombres y las mujeres se abrazaban, se encendían habanos y se descorchaban botellas de champán, alguien sacó incluso un violín.

–¡Vamos a conseguirlo! –exclamó un exultante Zito, al tiempo que encendía el habano del reportero–. ¡El hombre está a punto de llegar al centro de la Tierra! Mirad ahí abajo...

En la lanzadera robada de la PES, Holly congeló la imagen. Los rasgos triunfales de Zito ocupaban la totalidad de la pantalla.

–Mirad ahí abajo –repitió con tristeza–. El hombre está a punto de llegar al centro de la Tierra.

El estado de ánimo del interior de la lanzadera pasó de la tristeza a la desolación absoluta. Holly se lo estaba tomando especialmente mal. Toda la civilización mágica volvía a estar en peligro y esta vez el comandante Remo no estaba allí para enfrentarse a la situación. No solo eso, sino que desde que las naves de persecución de la PES les habían destruido los sistemas de comunicación, no había forma de advertir a Potrillo sobre la sonda.

–No me cabe la menor duda de que ya lo sabe –dijo Artemis–. Ese centauro controla todos los canales de noticias humanos.

–Pero no sabe que Opal Koboi está proporcionando a Zito las ventajas de sus conocimientos mágicos. –Holly señaló la imagen de Giovanni en la pantalla–. Mírale los ojos: el pobre hombre ha estado bajo los efectos del *encanta* tantas veces que hasta tiene las pupilas desgarradas.

Artemis se acarició la barbilla con aire pensativo.

–Si conozco bien a Potrillo, ha estado siguiendo todo este proyecto desde que se inició. Seguramente ya cuenta con un plan de emergencia.

–Sí, seguro que sí, un plan de emergencia para un proyecto descabellado que iba a ocurrir dentro de diez años y que probablemente no iba a funcionar jamás.

–Por supuesto –convino Artemis–, en contraposición con un plan científicamente viable, ahora mismo, que tiene todos los números para llegar a buen término.

Holly se dirigió a la cabina.

–Tengo que entregarme, aunque sea sospechosa de asesinato. Aquí nos jugamos algo más que mi futuro.

–Espera un momento –intervino Mantillo–. Me escapé de la cárcel por ti y no estoy dispuesto a dejar que me encierren de nuevo.

Artemis le cortó el paso.

–Un momento, Holly. Piensa en lo que ocurrirá si te entregas.

–Artemis tiene razón –añadió Mayordomo–. Deberías pensártelo. Si la PES se parece en algo a las fuerzas de seguridad humanas, no reciben a los fugitivos con los brazos abiertos precisamente. Las puertas abiertas de las celdas, tal vez.

Holly se obligó a sí misma a pararse a pensar, pero era difícil. Cada segundo que esperase significaba otro segundo para que el gigantesco gusano de hierro avanzase a dentelladas a través del manto terrestre.

–Si me entrego a Asuntos Internos, me pondrán bajo custodia. Como agente de la PES, pueden retenerme setenta y dos horas sin abogado. Como sospechosa de asesinato, pueden retenerme hasta una semana. Aunque alguien creyese que soy del todo inocente y que es Opal Koboi quien está detrás de todo esto, aún tardaría ocho horas como mínimo en obtener luz verde para una operación. Sin embargo, lo más probable es que desestimen todas mis alegaciones achacándolas a las protestas desesperadas de quien se sabe culpable. Sobre todo si sois vosotros tres quienes tenéis que dar credibilidad a mi historia. Y lo digo sin ánimo de ofender.

–No me ofendes –dijo Mantillo.

Holly se sentó y enterró la cabeza en las manos.

–Mi mundo ha desaparecido por completo. No dejo de pensar que habrá un modo de salir de esta situación, pero las cosas se complican cada vez más.

Artemis le colocó una mano en el hombro.

–Sé fuerte, capitana. Pregúntate a ti misma: ¿qué haría el comandante?

Holly inspiró hondo tres veces seguidas y luego se levantó de un salto del asiento, con la espalda rígida de determinación.

–No intentes manipularme, Artemis Fowl. Yo tomo mis propias decisiones. Pese a todo, Julius se ocuparía de Opal Koboi él mismo, así que eso es lo que vamos a hacer.

–Excelente –exclamó Artemis–. En ese caso necesitaremos una estrategia.

–Correcto. Yo piloto la lanzadera y tú pones a trabajar ese cerebro tuyo e ideas un plan.

–Cada uno a lo suyo –convino el chico, y se sentó en uno de los asientos de la lanzadera, se masajeó las sienes con las yemas de los dedos y empezó a pensar.

CAPÍTULO IX

LA NIÑA DE PAPÁ

RANCHO DE LA TIERRA DE ZITO, PROVINCIA DE MESSINA, SICILIA

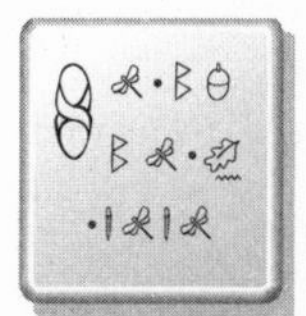

El plan de Opal de reunir a los mundos humano y mágico era de gran simplicidad en su ejecución pero de una genialidad absoluta en su planteamiento: sencillamente, se había limitado a facilitar a un humano la tarea que ya estaba planeando llevar a cabo. Casi todas las empresas importantes de energía del mundo disponían de un archivo llamado «Sonda al centro de la Tierra», pero todos eran planes hipotéticos en cuanto a la cantidad de explosivos que se necesitaban para agujerear la corteza terrestre y el hierro necesario para que la sonda atravesase el manto.

Opal había escogido a Giovanni Zito de su lista de posibles marionetas por dos razones: Zito poseía una inmensa fortuna y era dueño de unas tierras justo encima de un enorme yacimiento de hematites de gran calidad.

Giovanni Zito era un ingeniero siciliano pionero en el campo de las fuentes de energía alternativa. Como ecologista comprometido, Zito había desarrollado formas de generar electricidad sin dañar la tierra ni destruir el medio ambiente. El invento que le había brindado su fortuna era el molino solar Zito, un molino de viento con paneles solares a modo de astas que lo hacían mucho más eficaz que los molinos convencionales.

Seis semanas antes, Zito había vuelto de una cumbre medioambiental en Ginebra, donde había pronunciado un elocuente discurso ante los ministros de la Unión Europea. Cuando regresó a su villa con vistas al estrecho de Messina, el crepúsculo dibujaba manchas anaranjadas en el agua y Zito estaba exhausto. Hablar con los políticos era una tarea muy difícil. Hasta los que estaban sinceramente interesados por los problemas del medio ambiente estaban atados de pies y manos por los burócratas a sueldo de las grandes empresas. Eran los «polúticos», tal como los habían bautizado los medios de comunicación.

Zito se preparó un baño. Calentaban el agua los paneles solares que tenía en el tejado. En realidad, toda la casa era autosuficiente en cuanto a energía: en las baterías solares había fluido suficiente para mantener la casa caliente y encendida durante seis meses. Todo sin emisiones contaminantes de ninguna clase.

Después de su baño, Zito se envolvió en un albornoz y se sirvió una copa de burdeos justo antes de sentarse en su sillón favorito.

Zito tomó un buen sorbo de vino con la esperanza de que se disipase la tensión de la jornada y dirigió la mirada hacia la familiar hilera de fotografías enmarcadas que colgaban de la pared. La mayoría de ellas eran portadas de revistas que celebraban sus inventos tecnológicos, pero su favorita, la que lo había convertido en alguien famoso, era la portada de la revista *Time* en la que aparecía un Giovanni Zito más joven sentado a horcajadas sobre una ballena, con la amenazadora silueta de un ballenero justo detrás. La desdichada criatura había ido a parar a la costa y no podía volver mar adentro, por lo que Zito se había arrojado desde un bote de ecologistas al lomo del animal para protegerlo de los arpones de los balleneros. Alguien del bote había tomado una foto, y esa foto se había convertido en una de las imágenes más célebres del siglo pasado.

Zito sonrió. Aquellos sí que eran buenos tiempos... Estaba a punto de cerrar los ojos para echarse una siestecita antes de cenar cuando vio cómo algo se movía entre las sombras del rincón de la habitación, algo pequeño, que apenas alcanzaba la estatura de la mesa.

Zito se incorporó de golpe en el sillón.

–¿Qué es eso? ¿Quién anda ahí?

Se encendió una lámpara y apareció una niña encaramada a un taburete de madera. Sostenía el cable de la lámpara en la mano y no parecía tener ningún miedo ni ninguna aprensión en absoluto. En realidad, la chica estaba muy tranquila y serena, mirando a Zito como si él fuese el intruso.

Giovanni se puso de pie.

–¿Quién eres tú, pequeña? ¿Qué haces aquí?

La chica lo miró fijamente con los ojos más increíbles que Zito había visto en su vida, unos ojos marrón oscuro, tan oscuros como un barreño de chocolate.

–He venido por ti, Giovanni –contestó con una voz tan hermosa como sus ojos.

A decir verdad, todo lo que tenía que ver con ella era hermoso: sus rasgos de porcelana... y aquellos ojos. Lo habían atrapado y no lo dejaban escapar.

Zito trató de no sucumbir al hechizo.

–¿Por mí? ¿Qué quieres decir? ¿Está tu madre por aquí?

La chica sonrió.

–No, no está por aquí. Tú eres mi familia ahora.

Giovanni trató de encontrarle sentido a aquella sencilla frase, pero no pudo. ¿Acaso importaba? Aquellos ojos... y aquella voz... tan melodiosa... Como varias capas de cristal tintineando.

Los humanos reaccionan de distintas formas a los *encanta* de los seres mágicos. La mayoría de ellos caen inmediatamente bajo su influjo hipnótico, pero hay quienes, con una mentalidad muy fuerte, se resisten y es necesario insistir un poco más. Y cuanto más se insiste, más riesgo se corre de provocar una lesión cerebral.

–¿Yo soy ahora tu familia? –dijo Zito muy despacio, como si tratase de desentrañar el significado de cada palabra.

–Sí, humano –repuso Opal impaciente, insistiendo con más fuerza–. Mi familia. Soy tu hija, Belinda. Me adoptaste el mes pasado, en secreto. Tienes los papeles en tu escritorio.

La mirada de Zito estaba desenfocada.

–¿Adoptada? ¿Escritorio?

Opal hizo tamborilear sus deditos en la base de la lámpara. Había olvidado lo torpes que podían ser los humanos, sobre todo bajo los efectos de un *encanta*. Y eso que se suponía que este era un genio...

–Sí. Adoptada. Escritorio. Me quieres más que a tu propia vida, ¿recuerdas? Harías cualquier cosa por tu querida Belinda.

Una lágrima asomó a las pestañas de Zito.

–Belinda. Mi niña. Haría cualquier cosa por ti, cielo mío, cualquier cosa.

–Sí, sí, sí –repitió Opal con impaciencia–. Por supuesto. Eso ya lo he dicho yo. Solo porque estés encantado no significa que tengas que repetir todo lo que yo diga. Es una pesadez.

Zito se fijó en dos pequeñas criaturas que había en el rincón de la habitación, criaturas con las orejas puntiagudas. Este hecho penetró en una rendija de su cerebro que el *encanta* había dejado al descubierto.

–Ya entiendo. Y aquellos dos de allí... ¿son humanos?

Opal fulminó con la mirada a los hermanos Brilli. Se suponía que debían permanecer escondidos: encantar una mente tan poderosa como la de Zito ya era una operación bastante delicada como para añadirle distracciones.

Añadió un nuevo matiz a su voz.

–No puedes ver esas figuras –dijo Opal–. Nunca las verás.

Zito se sintió aliviado.

–Pues claro. Muy bien. Nada en absoluto. Mi imaginación, que me juega malas pasadas.

Opal frunció el ceño. ¿Qué pasaba con los humanos y la gramática? Al primer signo de estrés, ya estaban hablando telegráficamente, sin construir las frases. La verdad...

–Bueno, Giovanni, papá, creo que tenemos que hablar de tu siguiente proyecto.

–¿El coche propulsado por agua?

–No, idiota, no me refiero al coche propulsado por agua. Hablo de la sonda del núcleo terrestre. Sé que has diseñado una. Es un diseño bastante bueno para ser humano, pero voy a hacer algunas modificaciones.

–La sonda del núcleo terrestre. Imposible. Imposible penetrar a través de la corteza. Imposible suficiente hierro.

–«No podemos» penetrar a través de la corteza, «no tenemos» suficiente hierro. ¡Habla bien, por lo que más quieras! Ya es bastante duro tener que hablar fangoso sin tener que escuchar todo ese galimatías de frases. La verdad, los genios humanos no sois tan buenos como dicen.

El cerebro atribulado de Zito realizó un gran esfuerzo.

–Lo siento, querida Belinda. Solo quiero decir que la sonda del núcleo terrestre es un proyecto a largo plazo. Tendrá que esperar a que encontremos una forma práctica de reunir el hierro suficiente y atravesar la corteza terrestre.

Opal miró al perplejo siciliano.

–Pobrecillo papá estúpido. Inventaste un superláser para atravesar la corteza. ¿No te acuerdas?

Una gota de sudor rodó por la mejilla de Zito.

–¿Un superláser? Ahora que lo dices...

–¿Y a que no adivinas lo que encontrarás cuando penetres a través de la corteza?

Zito lo adivinaba. Parte de su intelecto continuaba siendo suyo.

–¿Un yacimiento de hematites? Tendría que ser inmenso. Y de primerísima calidad.

Opal lo llevó hasta la ventana; a los lejos, las aspas de los molinos de la finca relucían bajo la noche estrellada.

–¿Y dónde crees que deberíamos excavar?

–Creo que deberíamos excavar debajo de los molinos –respondió Zito, apoyando la frente contra el frío cristal.

–Muy bien, papá. Si excavas allí, me harás muy feliz.

Zito acarició el pelo de la duendecilla.

–Muy feliz –repitió con aire adormilado–. Belinda, mi niña. Papeles están en escritorio.

–«Los» papeles están en «el» escritorio –le corrigió Opal–. Si continúas con esos balbuceos de crío de dos años tendré que castigarte.

Y hablaba en serio.

E7, BAJO EL MEDITERRÁNEO

Holly tuvo que permanecer alejada de los conductos principales de camino a la superficie. Los sensores de Potrillo controlaban la totalidad del tráfico de las rutas comerciales y de la PES. Aquello significaba tener que pilotar sin luces y a través de conductos secundarios, pero la alternativa era que los localizasen los detectores del centauro y acabar entre rejas en la Jefatura de Policía antes de acabar la misión.

Holly esquivó estalactitas del tamaño de rascacielos y bordeó cráteres inmensos rebosantes de insectos bioluminiscentes, pero era su instinto quien la guiaba. Los pensamientos de su cerebro estaban a un millar de kilómetros de distancia, reflexionando sobre los acontecimientos de las veinticuatro horas anteriores. Era como si su corazón estuviese poniéndose por fin al día con su cuerpo.

Todas sus aventuras anteriores con Artemis habían sido juegos de niños comparadas con su circunstancia actual. Todas habían tenido un final feliz y, aunque en algunas ocasiones se habían salvado por los pelos de las situaciones de peligro, todos habían conseguido salir vivos. Holly se examinó el dedo índice. Una leve cicatriz le rodeaba la base, allí donde se lo habían cortado durante la aventura en el Ártico. Podía haber curado la cicatriz o haberla tapado con un anillo, pero prefería dejarla al descubierto para poder verla. La cicatriz formaba parte de ella. El comandante también había formado parte de ella, había sido su superior, su amigo.

La tristeza la había vaciado por dentro y luego la había llenado de nuevo. Durante un tiempo, el sentimiento de venganza la había estado alimentando, pero en ese momento ni siquiera la idea de arrojar a Opal Koboi a un frío calabozo podía encender una chispa de alegría vengativa en su corazón. Seguiría adelante para asegurarse de que las Criaturas estaban a salvo de los humanos. Puede que cuando finalizase su tarea llegase el momento de dar un repaso a su vida: tal vez necesitaba cambiar algunas cosas.

Artemis los convocó a todos en la zona de pasajeros en cuanto hubo terminado de trabajar en el ordenador. Sus «nuevos viejos» recuerdos le estaban proporcionando un placer inmenso. Mientras desplazaba los dedos por el teclado gnómico, se maravillaba de la facilidad con la que se manejaba en aquel alfabeto. También se maravillaba de la tecnología en sí, a pesar de que ya no le era ajena. El joven irlandés sintió la misma emoción de redescubrimiento que siente un niño pequeño cuando vuelve a encontrar por casualidad un juguete favorito perdido.

Durante la hora anterior, el redescubrimiento había sido la ocupación principal de su vida. Tener una ocupación principal durante solo una hora no parece demasiado, pero Artemis tenía todo un catálogo de recuerdos que reclamaban ser atendidos. Los recuerdos en sí ya eran bastante asombrosos: subirse a un tren radiactivo cerca de Murmansk o atravesar volando el océano oculto bajo una capa de tela de camuflaje de la PES. Sin embargo, era el efecto acumulativo de dichos recuerdos lo que más interesaba a Artemis: sintió, literalmente, cómo iba convirtiéndose en otra persona a medida que recuperaba los recuerdos. No era del todo igual que antes, pero se parecía más a ese individuo. Antes de que los seres mágicos le hubiesen realizado la limpieza de memoria como parte del trato relacionado con Jon Spiro, su personalidad había pasado por lo que podía verse como un cambio positivo, hasta el extremo de que había decidido dejar por completo los negocios turbios y donar el noventa por ciento de la inmensa fortuna de Spiro a Amnistía Internacional. Desde su limpieza de memoria, había vuelto a ser como era en los viejos tiempos, regodeándose en su pasión por los actos delictivos. Ahora se había quedado en algún punto en el medio. No tenía ninguna intención de herir o robar a seres inocentes, pero le costaba mucho esfuerzo dejar de lado su faceta criminal. Y es que había gente que estaba pidiendo a gritos que le robaran.

Tal vez la mayor sorpresa era el deseo que sentía de ayudar a sus amigos mágicos, y la tristeza verdadera que sentía ante la pérdida de Julius Remo. A Artemis las pérdidas no le eran del todo desconocidas, pues en algún momento u otro había perdido y encontrado a todos los seres cercanos a él. La muerte de Julius lo entristecía tan profundamente como la de cualquiera de esos seres, y su ansia por vengar al comandante y detener a Opal Koboi era más poderosa que cualquier necesidad criminal que hubiese sentido jamás.

Artemis sonrió para sus adentros. Por lo visto, el bien parecía una motivación mucho más poderosa que el mal. ¿Quién lo iba a decir?

El resto del grupo se reunió en torno al proyector holográfico del centro. Holly había aparcado la lanzadera en el suelo de un conducto secundario, cerca de la superficie.

Mayordomo tuvo que ponerse de cuclillas en la nave liliputiense.

–Y bien, Artemis, ¿qué has averiguado? –preguntó el guardaespaldas, tratando de cruzar sus gigantescos brazos sin llevarse a nadie por delante.

Artemis activó una animación holográfica, que empezó a girar muy despacio en mitad de la sala. La animación mostraba una sección transversal de la Tierra desde la corteza hasta el núcleo. Artemis encendió un puntero láser y dio inicio a su explicación.

–Como podéis ver, hay una distancia de aproximadamente dos mil novecientos kilómetros desde la superficie de la Tierra hasta el núcleo externo.

El líquido del núcleo externo de la proyección se revolvía y burbujeaba con magma fundido.

–Sin embargo, el ser humano no ha conseguido penetrar más allá de quince kilómetros en la corteza terrestre. Para adentrarse a mayor profundidad sería necesario el uso de cabezas nucleares o de enormes cantidades de dinamita. Una explosión de semejante magnitud podría provocar enormes movimientos tectónicos en las placas de la Tierra, causando terremotos y maremotos en toda la esfera terrestre.

Mantillo estaba, como de costumbre, comiendo algo. Nadie sabía el qué, pues había vaciado la despensa hacía más de una hora, y nadie quería preguntárselo.

–Eso no parece nada bueno.

–No, no lo es –convino Artemis–. Razón por la cual la teoría de la sonda recubierta de hierro nunca ha sido puesta en práctica, hasta ahora. La idea original pertenece a un neozelandés, el profesor David Stevenson. En realidad, es una idea muy brillante, aunque poco práctica: recubrir una sonda reforzada con cien millones de toneladas de hierro fundido. El hierro penetrará a través de la grieta generada por la explosión y cerrará la grieta a su paso. En una semana, la sonda alcanzará el núcleo. El hierro será consumido por el núcleo externo y la sonda se desintegrará de forma paulatina. Todo el proceso es inocuo para el medio ambiente incluso.

La proyección tradujo a imágenes las palabras de Artemis.

–¿Y por qué no se «desfunde» el hierro? –preguntó Mantillo.

Artemis arqueó una ceja larga y delgada.

–¿«Desfundirse», dices? El tamaño descomunal de la veta impide que se solidifique.

Holly se levantó y se detuvo delante de la proyección, examinando la veta.

–Potrillo tiene que saber todo esto. Los humanos no podéis haber mantenido en secreto algo tan importante.

–Efectivamente –contestó Artemis, al tiempo que abría una segunda proyección holográfica–. Realicé una búsqueda en la base de datos de a bordo y encontré lo siguiente: Potrillo hizo varias simulaciones por ordenador hace más de ochenta años. Llegó a la conclusión de que la mejor forma de enfrentarse a la amenaza era, sencillamente, enviar información equivocada a cualquier sonda que mandasen abajo. Para los humanos, su sonda simplemente penetraría unos cuantos cientos de kilómetros a través de varios yacimientos de mala calidad y entonces la veta se solidificaría. Un fracaso rotundo y muy caro.

La simulación por ordenador mostraba la información que se retransmitía desde Refugio a la sonda recubierta de metal. En la superficie, unos científicos humanos de dibujos animados se rascaban la cabeza y hacían trizas sus notas.

–La mar de divertido –comentó Artemis.

Mayordomo estaba estudiando el holograma.

–He estado en suficientes campañas para saber que esa estrategia tiene un fallo muy gordo, Artemis –señaló.

–¿Sí?

Mayordomo se puso de rodillas con gran dificultad y trazó el camino de la sonda con el dedo.

–Bueno, ¿y si el trayecto de la sonda la hace entrar en contacto con uno de los conductos de las Criaturas? Cuando el metal pincha un conducto, empieza un viaje supersónico hacia Refugio.

Artemis estaba encantado con la perspicacia de su guardaespaldas.

–Sí, claro. Por eso es por lo que hay una lanzadera de ataque de guardia veinticuatro horas al día, para desviar la masa fundida si surge la necesidad. Todas las sondas humanas son monitorizadas, y si se sospecha que alguna de ellas puede suponer una amenaza se las sabotea discretamente. Y si eso no funciona, la unidad geológica de la PES perfora la base de la masa fundida y la desvía con unas cuantas cargas explosivas programadas. El yacimiento sigue el nuevo camino abierto y Refugio está a salvo. Por supuesto, la lanzadera minera nunca se ha utilizado.

–Hay otro problema –terció Holly–. Tenemos que tener en cuenta la participación de Opal. Obviamente ha ayudado a Giovanni Zito a perforar la corteza terrestre, con toda probabilidad con un láser mágico. Cabe suponer que ha perfeccionado la mismísima sonda, así que las señales falsas de Potrillo no serán aceptadas. De modo que su plan debe de ser poner esa sonda en contacto con las Criaturas, pero ¿cómo?

Artemis inició una tercera animación holográfica y cerró las dos primeras. Aquella imagen tridimensional mostraba el Rancho de la Tierra de Zito y la corteza y el manto terrestre que yacían debajo.

–Esta es mi teoría –anunció–: Zito, con la ayuda de Opal, licua este yacimiento de aquí. Empieza a penetrar en la corteza a una velocidad de cinco metros por segundo hacia el núcleo terrestre, realizando lecturas muy precisas gracias a las mejoras de Koboi. Mientras tanto, Potrillo cree que su plan funciona a la perfección. Ahora bien, a una profundidad de ciento setenta kilómetros, la masa de metal llega a unos cinco kilómetros de este conducto principal de aquí, el E7, que desemboca en el sur de Italia. Avanzan en paralelo durante doscientos noventa y siete kilómetros y luego vuelven a divergir. Si Opal abriese un boquete entre estos dos túneles, el hierro seguiría el camino de menor resistencia y fluiría directamente hacia el interior del conducto.

Holly sintió cómo se le paralizaban los miembros.

–Hacia el interior del conducto y directamente hacia abajo, hacia Refugio.

–Exactamente –dijo Artemis–. Este conducto en concreto avanza en una diagonal irregular en dirección oeste durante mil novecientos veinte kilómetros y desemboca a quinientos metros de la mismísima ciudad. Con la velocidad, la veta iniciará una caída libre de tal magnitud que se llevará por delante la mitad de la ciudad al menos. Lo que quede retransmitirá señales que se recibirán en el mundo entero.

–Pero se podría decretar un blindaje absoluto: nuestros muros de contención serían impenetrables –objetó Holly.

Artemis se encogió de hombros.

–Holly, no hay fuerza en el mundo o debajo de él capaz de detener una caída libre de cien millones de toneladas de hematites fundido. Cualquier cosa que se interponga en su camino quedará arrasada. La mayor parte del hierro se curvará y seguirá el túnel, pero una cantidad suficiente seguirá directamente hacia abajo hasta traspasar por completo los muros de contención.

Los ocupantes de la lanzadera contemplaron en la simulación por ordenador de Artemis cómo la veta fundida echaba por tierra las defensas de Ciudad Refugio y permitía que la sonda recogiese las señales electrónicas de los dispositivos mágicos.

–Estaríamos hablando de una tasa de víctimas del cincuenta y ocho por ciento –explicó Artemis–. Posiblemente más.

–¿Cómo puede Opal hacer todo esto sin que lo registren los sensores de Potrillo?

–Es muy sencillo –respondió Artemis–. Simplemente coloca una carga explosiva programada en el E7 a una profundidad de ciento setenta kilómetros y la hace detonar en el último momento. De ese modo, cuando Potrillo detecte la explosión ya será demasiado tarde para desactivarla o hacer algo al respecto.

–O sea, que necesitamos neutralizar esa carga explosiva.

Artemis sonrió. «Ojalá fuese tan simple como eso», pensó para sí.

–Opal no va a correr ningún riesgo con esa carga. Si la dejase en las paredes del conducto durante un espacio de tiempo determinado, un temblor podría hacer que se soltase o uno de los sensores de Potrillo podría detectarla. Estoy seguro de que el dispositivo está bien protegido, pero cualquier filtración en el revestimiento podría hacer que empezase a transmitir señales como un satélite. No, no creo que Opal coloque esa carga hasta el último momento.

Holly asintió con la cabeza.

–De acuerdo. Entonces esperamos a que la coloque y luego la desactivamos.

–No. Si esperamos en el conducto Potrillo nos detectará, y si eso ocurre Opal ni siquiera se arriesgará a bajar por el conducto.

–Y eso es bueno, ¿no?

–No del todo. Puede que la retrasemos un par de horas, pero no olvidéis que Opal tiene una ventana de doscientos noventa y siete kilómetros para colocar la carga. Puede esperar a que la PES nos detenga y aún le quedaría tiempo de sobra para llevar a cabo su misión.

Holly se restregó los ojos.

–No lo entiendo. A estas alturas todo el mundo debe de saber ya que Opal se ha escapado. Estoy segura de que Potrillo ya habrá sumado dos y dos.

Artemis cerró el puño con frustración.

–Ahí está el problema. Es la clave de toda esta situación. Es obvio que Potrillo no sabe que Opal ha huido. A ella sería la primera a quien vigilarían después de la fuga del general goblin.

–Y la tenían bajo vigilancia. Yo estaba allí. Cuando el general Escaleno escapó, Opal seguía en estado catatónico. Es imposible que lo tuviese planeado.

–Y, pese a todo, lo tenía –señaló Artemis–. ¿Podría esa Opal haber sido una doble?

–No es posible, realizan comprobaciones de ADN todos los días.

–De modo que la Opal bajo vigilancia tenía el ADN de Koboi pero muy poca o nula actividad cerebral.

–Exacto. Lleva así un año.

Artemis pensó en silencio durante más de un minuto.

–Me pregunto hasta dónde ha llegado la tecnología de la clonación en el mundo subterráneo.

Se acercó con paso rápido a la terminal del ordenador principal y abrió los archivos de la PES referentes a ese tema.

–El clon maduro es idéntico al original en todos los aspectos, salvo que sus funciones cerebrales se limitan a las funciones vitales básicas –leyó–. En condiciones análogas a las de un invernadero, se tarda de uno a dos años en hacer madurar un clon hasta la edad adulta. –Artemis se apartó del ordenador y juntó las manos–. Eso es. Así fue como lo hizo. Indujo ese coma para que su sustituta pasara desapercibida. Es impresionante.

Holly se dio un puñetazo en la palma de la mano.

–Así que, aunque lográsemos salir con vida, todo lo que dijésemos acerca de la fuga de Opal se considerarían los desvaríos de una panda de culpables.

–Le dije a Chix Verbil que Opal había vuelto –explicó Mantillo–. Pero no pasa nada porque de cualquier modo ya cree que todo lo que digo son desvaríos.

–Si se supiese que Opal anda suelta –continuó el joven irlandés–, la PES al completo estaría ya elaborando algún plan, pero si Opal sigue aún en un estado de coma profundo...

–No hay razón para alarmarse. Y esa sonda es simplemente una sorpresa, no una emergencia.

Artemis cerró la proyección holográfica.

–Así que estamos completamente solos. Tenemos que robar esa carga final y detonarla sin provocar daños por encima de la franja paralela. No solo eso, sino que tenemos que desenmascarar a Opal para que no pueda volver a poner en marcha su plan. Evidentemente, para eso tenemos que encontrar la lanzadera de Opal.

Mantillo se sintió incómodo de repente.

–¿Vais a ir a por Koboi? ¿Otra vez? Bueno, pues os deseo mucha suerte. Podéis dejarme en la siguiente esquina.

Holly no le hizo ningún caso.

–¿Cuánto tiempo tenemos?

Había una calculadora en la pantalla de plasma, pero Artemis no la necesitaba.

–La veta está avanzando a una velocidad de cinco metros por segundo. Eso son diecisiete kilómetros por hora. A esa velocidad tardará aproximadamente nueve horas y media en alcanzar la franja paralela.

–¿Nueve horas a partir de ahora?

–No –la corrigió Artemis–. Nueve horas a partir de la detonación, que fue hace casi dos horas.

Holly se dirigió a todo correr a la cabina y se ajustó los cinturones en el asiento del piloto.

–Siete horas y media para salvar el mundo. ¿No hay ninguna ley que diga que nos dan al menos veinticuatro?

Artemis se sujetó el cinturón en el asiento del copiloto.

–Me parece que a Opal la ley le trae sin cuidado –dijo–. Bueno, ¿y puedes hablar mientras pilotas? Necesito saber unas cuantas cosas sobre lanzaderas y cargas explosivas.

CAPÍTULO X

INTELIGENCIA CUADRÚPEDA

JEFATURA DE POLICÍA, CIUDAD REFUGIO, LOS ELEMENTOS DEL SUBSUELO

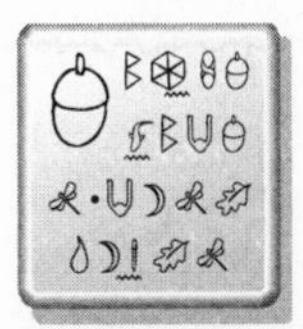

Todos en la Jefatura de Policía no hablaban de otra cosa que no fuese la sonda Zito. A decir verdad, servía como una especie de distracción de los acontecimientos más recientes. La PES no solía perder a muchos agentes en el terreno, y ahora habían sido dos y en el mismo turno. Potrillo lo llevaba muy mal, sobre todo la pérdida de Holly Canija. Una cosa era perder a una amiga en acto de servicio, pero que acusasen en falso a esa misma amiga era insoportable. Potrillo no podía soportar la idea de que las Criaturas siempre recordarían a Holly como a una asesina a sangre fría. La capitana Canija era inocente, más aún, era una heroína condecorada y se merecía que la recordasen como tal.

Una pantalla de comunicación cobró vida en la pared; era uno de sus ayudantes técnicos de la oficina externa. Las orejas puntiagudas del elfo temblaban de entusiasmo.

–La sonda ha llegado a los noventa y nueve kilómetros de profundidad. Es increíble que los humanos hayan llegado tan lejos.

Potrillo tampoco podía creérselo. En teoría, tendrían que haber pasado décadas enteras para que los humanos ideasen un láser lo bastante sofisticado para atravesar la corteza sin freír a la mitad del continente. Ahora saltaba a la vista que Giovanni Zito había seguido adelante y había creado el láser sin preocuparse por los augurios de Potrillo respecto a sus congéneres.

A Potrillo casi le daba lástima y todo tener que acabar con el proyecto de Zito. El siciliano era una de las mayores esperanzas de la raza humana: su plan de aprovechar la energía del núcleo externo de la Tierra era brillante, pero a costa de la revelación de la existencia de los seres mágicos, y ese era un precio demasiado alto.

–Vigila todos los movimientos de esa sonda –dijo tratando de aparentar un interés genuino–. Sobre todo cuando avance en paralelo con el E7. No creo que vaya a haber ningún problema, pero mantén los ojos abiertos, solo por si acaso.

–Sí, señor. Ah, y tenemos al capitán Verbil por la línea dos, desde la superficie.

Una leve chispa de interés encendió los ojos del centauro. ¿Verbil? El duendecillo había dejado que Mantillo Mandíbulas robase una lanzadera de la PES. Mantillo había escapado precisamente el mismo día que sus amigos habían muerto. ¿Una coincidencia? Tal vez sí, o tal vez no.

Potrillo abrió una ventana con la superficie, en la que vio el pecho de Chix.

Potrillo lanzó un suspiro.

–¡Chix! Estás suspendido en el aire... Baja para que pueda verte, anda.

–Lo siento –se disculpó Chix, posándose sobre el suelo–, estoy un poco nervioso. El capitán Kelp me ha acribillado a preguntas en su interrogatorio.

–¿Qué quieres, Chix? ¿Que te abrace y te dé un besito? Tengo cosas que hacer, ¿sabes?

Verbil agitó las alas a sus espaldas. Hacía verdaderos esfuerzos por permanecer en el suelo.

–Tengo un mensaje para ti, de parte de Mantillo Mandíbulas.

Potrillo reprimió la tentación de ponerse a relinchar. Estaba seguro de que Mantillo tenía unas cuantas palabritas preparadas para él, y ninguna cariñosa, además.

–Venga, dímelo. Dime qué es lo que piensa de mí nuestro malhablado amigo.

–Que quede entre nosotros, ¿de acuerdo? No quiero que me den la jubilación anticipada aduciendo mi inestabilidad mental.

–Sí, Chix, quedará entre nosotros. Todo el mundo tiene derecho a experimentar una inestabilidad mental transitoria. Sobre todo hoy.

–Es que es absurdo, de verdad. No me creo nada de nada. –Chix intentó reírse con seguridad en sí mismo.

–¿Qué es lo que es absurdo? –le espetó Potrillo–. ¿Qué es lo que no te crees? Dímelo o te juro que bajo por esta línea de comunicación y te lo arranco, Chix.

–¿Estamos en un canal seguro?

–¡Sí! –gritó el centauro–. Estamos en un canal seguro. Dímelo. Dame el mensaje de Mantillo.

Chix inspiró hondo y pronunció las palabras a medida que iba soltando el aire.

–Opal Koboi ha vuelto.

Las carcajadas de Potrillo empezaron en algún lugar alrededor de sus pezuñas y aumentaron de volumen e intensidad hasta que se le escaparon por la boca.

–¡Opal ha vuelto! ¡Koboi ha vuelto! Ahora lo entiendo. Mantillo te engatusó para que le dejases robar la lanzadera, se aprovechó de tu miedo a que Opal salga del coma y tú mordiste el anzuelo. Opal ha vuelto, no me hagas reír.

–Eso fue lo que dijo –replicó Chix, enfurruñado–. No hace falta que te carcajees. Estás escupiendo a la pantalla. Tengo sentimientos, ¿sabes?

La risa de Potrillo se fue apagando. No eran carcajadas de verdad, de todos modos; solo un estallido de emoción. En su mayor parte de tristeza, mezclada con un poco de frustración.

–Vale, Chix. No te culpo. Mantillo ha engañado a duendecillos más listos que tú.

Chix tardó todavía unos segundos en darse cuenta de que lo estaba insultando.

–Podría ser cierto –dijo, ofendido–. Podrías estar equivocado. Existe la posibilidad, ¿sabes? A lo mejor Opal Koboi te engañó a ti.

Potrillo abrió otra ventana en la pared.

–No, Verbil, eso no es posible. Opal no puede haber vuelto porque la estoy viendo ahora mismo.

Las imágenes en vivo de la clínica Argon confirmaban que Opal seguía sumida en su estado de coma profundo. Le habían realizado la comprobación de ADN escasos minutos antes.

Chix se desmoronó.

–No me lo puedo creer –murmuró–. Mantillo parecía tan sincero... Llegué a creer de verdad que Holly estaba en peligro.

Potrillo meneó la cola.

–¿Qué? ¿Mantillo dijo que Holly estaba en peligro? Pero Holly ya no está. Holly ha muerto.

–Sí –dijo Chix con aire taciturno–. Supongo que Mantillo solo estaba tirándome más boñiga de caballo encima... Sin ánimo de ofender, Potrillo.

Por supuesto. Opal sería muy capaz de tender una trampa a Holly para que cargase con el asesinato de Julius. Ese último toque de crueldad sería muy propio de Opal. Si no estuviese viéndola en ese mismo momento, allí en el arnés... El ADN nunca miente.

Chix dio unos golpecitos en el marco de su ventana para llamar la atención de Potrillo.

–Escucha, Potrillo. Acuérdate de lo que me prometiste. Esto tiene que quedar entre nosotros. No hace falta que nadie más se entere de que un enano me tomó el pelo. O acabaré raspando curry de ratón de las aceras después de los partidos de crujibol.

Potrillo cerró la ventana con aire ausente.

–Sí, claro. Lo que tú digas. Entre nosotros. Vale.

Opal seguía sujeta y bien sujeta. No había ninguna duda al respecto. Desde luego, era imposible que se hubiese escapado. Si lo hubiese hecho, entonces tal vez aquella sonda era más siniestra de lo que parecía. No podía haberse escapado. Era imposible.

Pero la mente paranoica de Potrillo no podía parar de dar

vueltas al asunto. Solo para asegurarse, podía realizar unas cuantas pruebas. Lo cierto es que debía obtener autorización pero, si se equivocaba, nadie lo sabría, y si estaba en lo cierto... en ese caso, a nadie le importarían unas pocas horas en el ordenador.

El centauro realizó una búsqueda rápida en la base de datos de vigilancia y seleccionó las imágenes del túnel de acceso al conducto donde había muerto Julius. Quería comprobar algo en aquellas imágenes.

Conducto desconocido, cinco kilómetros bajo el sur de Italia

La lanzadera robada llegó a la superficie en tiempo récord. Holly pilotó a la máxima velocidad posible sin quemar la palanca de cambios ni estrellarlos a todos contra la pared de ningún conducto. Puede que el tiempo fuese un factor crucial, pero aquella tripulación variopinta no iba a ser de gran utilidad para nadie si había que sacarlos raspando de la pared como si fueran una fina capa de paté.

–Estos cacharros viejos prácticamente solo se usan para los cambios de guardia –explicó Holly–. La PES se hizo con este, de segunda mano, en una subasta de objetos de delincuentes. Está trucado, para esquivar a las naves de aduanas. Antes era de un contrabandista de curry.

Artemis olisqueó el aire. Todavía se percibía un ligero olor amarillento en la cabina.

–¿Y por qué iba a querer alguien pasar curry de contrabando?

–El curry extrapicante es ilegal en Refugio. Como vivimos bajo tierra, hay que tener cuidado con las emisiones, supongo que sabes a qué me refiero.

Artemis sabía a qué se refería, y decidió no seguir la conversación por ahí.

–Tenemos que localizar la lanzadera de Opal antes de aventurarnos por la superficie y delatar nuestra posición.

Holly aparcó junto a un pequeño lago de petróleo negro, y el aire que provocó la nave al aterrizar hizo ondular la superficie.

–Artemis, creo que ya te dije que es una lanzadera sigilosa. No se la puede detectar. No tenemos sensores lo bastante sofisticados para localizarla. Esta cafetera voladora ni siquiera tiene escudos. Opal y sus compinches podrían estar agazapados en su nave detrás de aquella esquina y nuestros ordenadores serían incapaces de detectarlos.

Artemis inclinó el cuerpo hacia las lecturas del tablero de instrumentos.

–Lo estás enfocando desde un ángulo equivocado, Holly. Tenemos que averiguar dónde no está la lanzadera. –Artemis realizó varios escaneos en busca de unos gases determinados en un radio de ciento sesenta kilómetros–. Creo que podemos dar por sentado que la lanzadera sigilosa está muy cerca del E7, puede que justo en la entrada, pero eso todavía nos deja mucho terreno por cubrir, sobre todo si en lo único en lo que podemos confiar es en nuestros ojos.

–Eso es lo que llevo diciéndote todo el tiempo, pero sigue, seguro que tienes un plan.

–Bueno, pues estoy usando los sensores limitados de esta lanzadera para hacer un escaneo de aquí a la superficie por el conducto y también unos cincuenta kilómetros por debajo.

–¿Y qué crees que vas a encontrar con el escaneo? –exclamó Holly con exasperación–. ¿Un agujero en el aire?

Artemis sonrió.

–Exacto. Verás, el espacio normal está compuesto por varios gases: oxígeno, hidrógeno, etcétera, pero la lanzadera sigilosa impide que se detecte cualquiera de estos gases dentro del casco de la nave, de modo que si encontramos una pequeña porción de espacio sin los gases ambientales habituales...

–Entonces hemos encontrado la lanzadera sigilosa –terminó la frase Holly.

–Exacto.

El ordenador finalizó el escaneo rápidamente y creó una simulación en pantalla del área circundante. Los gases aparecían en remolinos de distintas tonalidades.

Artemis dio instrucciones al ordenador para que buscase anomalías y la máquina encontró tres, una de ellas con una saturación anormalmente alta de monóxido de carbono.

–Eso seguramente es un aeropuerto. Hay un montón de gases de combustión.

La segunda anomalía era un área muy extensa con elementos únicamente residuales de gases.

–Un vacío, seguramente una planta informática –supuso Artemis.

La tercera anomalía era una pequeña área, justo al borde del E7, que no parecía contener gases de ninguna clase.

–Ahí la tenemos. El volumen es exactamente el que necesitamos. Está en la parte norte de la entrada del conducto.

–Buen trabajo –lo felicitó Holly, al tiempo que le daba una palmadita en el hombro–. Subamos ahí arriba.

–Supongo que sabes que en cuanto asomemos el morro por el sistema de conductos principales, Potrillo nos localizará.

Holly dio a los motores unos segundos para que se calentaran.

–Demasiado tarde para preocuparse por eso. Refugio está a más de mil kilómetros de distancia. Cuando alguien consiga llegar hasta aquí, o bien seremos héroes o bien forajidos.

–Ya somos forajidos –recalcó Artemis.

–Es verdad –convino Holly–. Pero pronto podríamos ser forajidos sin que nadie nos persiga.

Jefatura de Policía, los Elementos del Subsuelo

Opal Koboi había vuelto. ¿Era posible? La idea no dejaba de importunar al ordenado cerebro de Potrillo, destrozando cualquier otro hilo de pensamiento que tratase de componer. No se quedaría en paz hasta que averiguase de una vez por todas si era verdad o no.

Lo primero que debía comprobar eran las imágenes en vídeo del E37. Si empezaba a verlas dando por sentado que Koboi estaba vivita y coleando, entonces había un buen número de detalles que tenían explicación. Por ejemplo, la extraña niebla que había aparecido en todas las cintas estaba preparada de antemano para ocultar algo y no eran simples interferencias. La pérdida de la señal de audio también podía haber sido orquestada por Koboi para enmascarar lo que había pasado entre

Holly y Julius en el túnel. Y la explosión mortal podría haber sido obra de Koboi, y no de Holly. La posibilidad proporcionó una paz inmensa a Potrillo, pero decidió contenerla por el momento, pues todavía no había demostrado nada.

Potrillo reprodujo la cinta a través de varios filtros sin resultado. La extraña parte borrosa se negaba a ser mejorada, copiada o modificada, lo cual en sí mismo no dejaba de ser muy extraño. Si la mancha borrosa solo era un fallo informático, Potrillo debería ser capaz de hacer algo al respecto. Sin embargo, aquel borrón tan impreciso se mantuvo en sus trece, repeliendo cualquier cosa que Potrillo le arrojase.

«Puede que tengas la alta tecnología controlada –se dijo el centauro para sus adentros–. Pero ¿qué me dices de un poco de vieja tecnología de la buena?»

Potrillo hizo un zoom en las imágenes de momentos antes de la explosión. La mancha borrosa se había transferido al pecho de Julius y lo cierto es que de vez en cuando el comandante parecía mirarla. ¿Acaso había allí un dispositivo explosivo? En ese caso, debía de haber sido detonado por control remoto. Seguramente la señal de la interferencia había sido enviada desde el mismo aparato de control remoto. La orden de detonación habría anulado todas las demás señales, incluyendo la de la señal de interferencia, lo cual significaba que tal vez durante una milésima de segundo antes de la detonación, fuera lo que fuese lo que había en el pecho de Julius podía haberse hecho visible. No el tiempo suficiente para captarlo a simple vista, pero sí a través del ojo de una cámara.

Potrillo hizo avanzar la cinta hasta el momento de la explosión y luego la hizo retroceder muy despacio, fotograma a fotograma. Era una auténtica agonía, ver cómo su amigo se iba reensamblando poco a poco al ir hacia atrás en la película. Las llamas menguaron de tamaño, pasando de ser unas columnas anaranjadas a transformarse en unos fragmentos blancos para, al final, encerrarse por sí solas en el interior de un sol diminuto de color naranja. Entonces, durante un solo fotograma, apareció algo. Potrillo pasó la imagen y luego la rebobinó. ¡Allí! Sobre el pecho de Julius, justo donde antes estaba la mancha borrosa, aparecía alguna clase de dispositivo.

Los dedos de Potrillo manejaron la herramienta de ampliar la imagen. Un panel de metal de treinta centímetros cuadrados estaba sujeto al pecho de Julius por medio de octocadenas. La cámara lo había recogido durante un solo fotograma, menos de una milésima de segundo, que era por lo que los investigadores no lo habían visto. En la cara delantera del panel había una pantalla de plasma. Alguien había mantenido una comunicación con el comandante antes de su muerte, y ese alguien no había querido que nadie escuchase su conversación, de ahí la interferencia de audio. Por desgracia, ahora la pantalla aparecía en blanco, pues la señal de la detonación que había creado las interferencias también había creado problemas en la imagen de vídeo.

«Sé quién es –pensó Potrillo–. Es Opal Koboi, que ha vuelto del limbo.» Sin embargo, necesitaba pruebas. La palabra de Potrillo tenía el mismo valor para Aske Rosso que la palabra de un enano negando que se hubiese tirado un cuesco.

Potrillo examinó las imágenes en vivo que retransmitía la clínica Argon. Ahí estaba, Opal Koboi sumida en su coma profundo... aparentemente.

¿Cómo lo hiciste? ¿Cómo lograste intercambiarte con otro ser mágico?

Con cirugía plástica no era posible, la cirugía no podía cambiar el ADN. Potrillo abrió un cajón de su escritorio y extrajo unas piezas de maquinaria que parecían dos desatascadores en miniatura.

Solo había una forma de averiguar lo que estaba ocurriendo. Tendría que preguntárselo a Opal directamente.

Cuando Potrillo llegó a la clínica, el doctor Argon se mostró reacio a dejarlo entrar en la habitación de Opal.

–La señorita Koboi está en un estado profundo de catatonia –explicó el gnomo, visiblemente irritado–. ¿Quién sabe qué efectos producirán en su psique esos instrumentos que trae usted? Es difícil, casi imposible, hacer entender a alguien no experto en estos temas los posibles daños que podrían causar en su cerebro convaleciente los estímulos intrusivos.

Potrillo soltó un relincho.

–Pues no puso ningún problema a que entrasen las cadenas de televisión. Supongo que pagan mejor que la PES. Espero que no empiece a considerar a Opal su posesión personal, doctor. Es una prisionera del Estado y puedo hacer que la trasladen a una cárcel gubernamental en cualquier momento.

–Bueno, tal vez cinco minutos –le concedió Jergal Argon, al tiempo que tecleaba el código de seguridad de la puerta.

Potrillo pasó chacoloteando y dejó el maletín encima de la mesa. Opal se meció con suavidad en la corriente de aire que había dejado la puerta. Y lo cierto es que parecía Opal. Aun teniéndola así de cerca, enfocado cada uno de sus rasgos, Potrillo habría jurado que se trataba de su vieja adversaria, la misma Opal que había competido con él por todos los premios en la facultad. La misma Opal que había estado a punto de lograr responsabilizarlo a él de la sublevación de los goblins.

–Bájela de ahí –ordenó.

Argon colocó un catre debajo del arnés, sin dejar de quejarse.

–Yo no debería hacer esfuerzos físicos –protestó–. Es por mi pierna. Nadie sabe los dolores que sufro, nadie. Los magos médicos no pueden hacer nada por mí.

–¿Y no dispone de ningún ayudante u otro tipo de personal para hacer estas labores?

–Normalmente, sí –respondió Argon mientras bajaba el arnés–, pero mis conserjes están de baja. Los dos a la vez. En general, yo no lo permitiría, pero cuesta encontrar buenos trabajadores duendecillos.

Las orejas de Potrillo se pusieron tiesas de golpe.

–¿Duendecillos? ¿Sus conserjes son duendecillos?

–Sí. Estamos bastante orgullosos de ellos; son unas pequeñas celebridades, ¿sabe? Los duendecillos gemelos. Y, por supuesto, me tienen en muy alta estima y me respetan muchísimo.

A Potrillo le temblaban las manos mientras desempaquetaba sus instrumentos. Todo parecía encajar: primero Chix, luego el extraño aparato en el pecho de Julius y ahora un par de conserjes duendecillos que estaban de baja. Solo necesitaba una pieza más del rompecabezas.

–¿Qué lleva ahí dentro? –preguntó Argon con ansiedad–. ¿No será nada capaz de provocar daños irreversibles?

Potrillo echó hacia atrás la cabeza de la duendecilla inconsciente.

–No se preocupe, Argon. Solo es un Retimagen. No voy a ir más allá de los globos oculares.

Abrió los ojos de la duendecilla, uno a uno, y colocó alrededor de las cuencas los conos en forma de desatascadores.

–Cada imagen queda registrada en las retinas, y eso deja un rastro de micromarcas que pueden leerse e interpretarse.

–Ya sé lo que es un Retimagen –replicó Argon–. Leo artículos científicos de vez en cuando, ¿sabe? De ese modo podrá saber qué fue lo último que vio Opal. ¿Y eso de qué le va a servir?

Potrillo conectó los artilugios a un ordenador de pared.

–Ahora lo veremos –dijo, tratando de que su voz sonase críptica en lugar de desesperada.

Abrió el programa del Retimagen en la pantalla de plasma y aparecieron dos imágenes oscuras.

–Ojos derecho e izquierdo –explicó Potrillo, toqueteando una tecla hasta que las dos imágenes se superpusieron.

Era obvio que la imagen era una cabeza de lado, pero estaba demasiado oscura para poder identificarla.

–¡Oh, qué maravilla! –se burló Argon con sarcasmo–. ¿Quiere que llame a los de la tele o se conforma con que me desmaye de puro asombro?

Potrillo hizo caso omiso de su comentario.

–Añade más brillo y luz –le dijo al ordenador.

Un pincel generado por ordenador emborronó la pantalla y dejó una imagen más nítida y brillante tras él.

–Es un duendecillo o una duendecilla –murmuró Potrillo–, pero todavía no se ve con suficientes detalles. –Se rascó la barbilla–. Ordenador, coteja la imagen con la de la paciente Koboi, Opal.

Una imagen de Opal apareció en una pantalla contigua. Se modificó por sí sola y se desplazó hasta que la nueva imagen coincidía en el mismo ángulo que en la original. Unas flechas rojas parpadeaban entre las dos pantallas, conectando puntos idénticos. Al cabo de un momento, el espacio entre las dos imágenes quedó completamente plagado de líneas rojas.

–¿Son estas dos imágenes de la misma persona? –preguntó Potrillo.

–Afirmativo –contestó el ordenador–. Aunque hay una posibilidad de error del cero coma cinco por ciento.

Potrillo pulsó el botón para imprimir la imagen.

–Me arriesgaré.

Argon se acercó a la pantalla como en una especie de nube. Tenía la cara pálida como el papel, y fue palideciendo aún más al comprender el significado de aquellas imágenes.

–Se vio a sí misma de lado –murmuró–. Y eso significa...

–Que había dos Opal Koboi –terminó la frase Potrillo–. La verdadera, la que usted dejó escapar, y esta de aquí, que solo puede ser...

–Un clon.

–Eso es –sentenció Potrillo mientras arrancaba la copia impresa de la máquina–. Se fabricó un clon y luego sus conserjes se la llevaron de aquí tan tranquilos, delante de sus narices.

–Madre mía...

–No creo que su madre vaya a servirle de mucha ayuda. Tal vez ahora sí que sería un buen momento para llamar a la tele o desmayarse de puro asombro.

Argon se inclinó por la segunda opción y cayó redondo al suelo. El súbito desvanecimiento de sus sueños de fama y fortuna era una impresión demasiado fuerte para él.

Potrillo pasó por encima de su cuerpo y se fue galopando a la Jefatura de Policía.

E7, sur de Italia

A Opal Koboi le estaba costando un gran esfuerzo no perder la paciencia, pues ya había empleado hasta la última gota que tenía en la clínica Argon. Ahora quería que las cosas sucediesen cuando ella quisiese, pero, por desgracia, cien millones de toneladas de hematites solo se hundían en la Tierra a una velocidad de cinco metros por segundo y no se podía hacer demasiado al respecto.

Opal decidió entretenerse viendo cómo moría Holly Canija. Esa capitana era una auténtica cretina. ¿Quién se creía que era, con aquel pelo de punta y aquellos labios protuberantes? Opal se miró en una superficie reflectante: ¡eso sí que era una verdadera belleza! ¡Aquel sí que era un rostro que merecía ser el centro de todas las miradas! Bien, pues era muy posible que, muy pronto, así fuese.

–Contra –llamó a su esbirro–, tráeme el disco de las Once Maravillas. Necesito algo con que distraerme.

–Enseguida, señorita Koboi –dijo Contra–. ¿Quiere que termine de prepararle la comida primero o le traigo el disco antes?

Opal puso los ojos en blanco ante su reflejo.

–¿Qué te acabo de decir?

–Me ha dicho que le traiga el disco.

–Entonces, ¿qué crees que deberías hacer, mi querido Contra?

–Creo que debería traerle el disco –contestó Contra.

–Un genio, Contra. Eres un genio.

Contra salió de la cocina de la lanzadera y extrajo un disco de la grabadora. El ordenador guardaba la película en su disco duro, pero a la señorita Koboi le gustaba conservar sus imágenes personales favoritas en disco para distraerse dondequiera que estuviese. Entre los momentos estelares del pasado se encontraba el ataque de nervios de su padre, el ataque a la Jefatura de Policía y Potrillo desencajando los ojos en la cabina de operaciones de la PES.

Contra le entregó el disco a Opal.

–¿Y? –exclamó la diminuta duendecilla.

Contra se quedó perplejo un momento y luego se acordó. Una de las nuevas órdenes de Opal consistía en que los hermanos Brilli debían hacer una reverencia cada vez que se acercasen a su jefa. El esbirro se tragó su orgullo e hizo una inclinación desde la cintura.

–Mucho mejor. Bueno, ¿y tú no tenías que estar preparando la cena?

Contra se retiró, sin incorporarse. En las últimas horas había tenido que tragarse su orgullo unas cuantas veces: Opal estaba descontenta con el grado de servilismo y respeto que le proporcionaban los hermanos Brilli, por lo que había creado una lista de reglas. Entre ellas se incluía la ya mencionada de hacer una reverencia, nunca mirar a Opal a los ojos, salir fuera de la lanzadera para expulsar los gases intestinales y no pensar demasiado a menos de tres metros de su jefa.

–Porque sé lo que estáis pensando –había dicho Opal en voz baja y trémula–. Veo cómo se arremolinan vuestros pensamientos alrededor de la cabeza. Ahora mismo os estáis maravillando de lo bella que soy.

–Asombroso –exclamó Contra, sin aliento, mientras a traición se preguntaba si no tendría un cuco revoloteándole por la cabeza justo en ese momento.

La verdad es que Opal se estaba volviendo tarumba con todo aquello de la dominación del mundo y con lo de cambiarse de especie. Él y Punto ya la habrían abandonado de no ser porque les había prometido que podían quedarse con las Barbados cuando ella fuese la reina de la Tierra. Por eso y por el hecho de que, si la abandonaban ahora, Opal añadiría el nombre de los hermanos Brilli a su lista de venganzas.

Contra se retiró a la cocina y siguió esforzándose por preparar la comida de la señorita Koboi sin llegar a tocarla con las manos. Otra regla nueva. Mientras tanto, Punto estaba en la bodega, comprobando los detonadores de las dos últimas cargas programadas. Una para la misión y otra por si acaso. Las cargas eran del tamaño de dos melones, pero harían mucho más daño si explotaban. Comprobó los relés magnéticos de las cubiertas. Los relés eran unidades electromagnéticas de minería estándar que aceptarían la señal del detonador remoto y enviarían una descarga de neutrones al interior de las cargas explosivas.

Punto guiñó un ojo a su hermano a través de la puerta de la cocina.

Contra frunció los labios, imitando sin hacer ruido a un cuco. Punto asintió con aire cansino, pues ambos empezaban a estar ya hartos de las excentricidades de Opal. Solo la idea de atiborrarse de piñas coladas en la playa de las Barbados los animaba a seguir adelante.

Opal, ajena por completo al descontento que generaba en su propio bando, introdujo el disco en la multiunidad. La posibilidad de ver cómo moría uno de sus principales enemigos a todo color y con sonido envolvente era sin duda una de las grandes maravillas de la técnica. Varias ventanas de vídeo se abrieron en la pantalla; cada una de ellas representaba la perspectiva desde una de las cámaras de la semiesfera.

Opal contempló con arrobo cómo una panda de troles babeantes empujaban al río a Holly y a Artemis, y gritó de emoción cuando fueron a refugiarse en la diminuta isla de cadáveres. El corazón le latió con más fuerza cuando escalaban los andamios del templo, y estaba a punto de llamar a Contra para que le trajese unas trufas de chocolate y comérselas mientras veía la película cuando la pantalla se puso en negro.

–¡Contra! –chilló, retorciéndose los delicados dedos–. ¡Punto! ¡Venid aquí enseguida!

Los hermanos Brilli acudieron raudos y veloces al salón, con las pistolas desenfundadas.

–¿Sí, señorita Koboi? –dijo Contra, mientras depositaba las cargas programadas sobre una tumbona de pieles.

Opal se tapó la cara con las manos.

–¡No me miréis! –ordenó.

Punto bajó la mirada.

–Lo siento. No hay que mirarla a los ojos. Se me olvidó.

–Y dejad de pensar eso.

–Sí, señorita Koboi. Lo siento, señorita Koboi. –Punto no tenía ni idea de qué se suponía que debía estar pensando, así que trató de dejar la mente completamente en blanco.

Opal se cruzó de brazos y se puso a tamborilear los dedos

sobre los antebrazos hasta que ambos hermanos le hicieron una reverencia.

–Parece que algo ha salido mal –dijo, con voz levemente temblorosa–. Por lo visto, nuestras cámaras del templo de Artemis han sufrido algún tipo de avería.

Contra hizo retroceder la película hasta la última imagen. En ella, los troles estaban avanzando por el tejado del templo hacia Artemis y Holly.

–Por lo que aquí se ve, parece que estaban a punto de acabar con ellos de todos modos, señorita Koboi.

–Ajajá –convino Punto–. Parece que no tenían escapatoria.

Opal carraspeó.

–En primer lugar, «ajajá» no son maneras de contestar, y no pienso tolerar que os dirijáis a mí de ese modo. Nueva regla. En segundo lugar, ya di por muerto a Artemis Fowl en cierta ocasión y me pasé un año en coma como resultado. Debemos proceder como si Fowl y Canija hubiesen sobrevivido y estuviesen tras nuestra pista.

–Con todos los respetos, señorita Koboi –intervino Contra, dirigiendo las palabras a sus propios pies–, estamos en una lanzadera sigilosa. Es imposible que hayamos dejado una pista.

–Imbécil –le espetó Opal, como si tal cosa–. Nuestra pista está en todas las televisiones de la faz de la Tierra y, desde luego, también debajo de ella. Aunque Artemis Fowl no fuese ningún genio, adivinaría que yo estoy detrás de la sonda Zito. Tenemos que colocar la carga explosiva final ahora mismo. ¿Qué profundidad ha alcanzado la sonda?

Punto consultó una lectura del ordenador.

–Ciento cuarenta kilómetros. Todavía nos faltan noventa minutos para llegar al punto óptimo de explosión.

Opal se paseó por la sala unos momentos.

–No hemos interceptado ninguna comunicación con la Jefatura de Policía, de modo que si están vivos, están solos. Será mejor no arriesgarse. Colocaremos la carga ahora y la vigilaremos. Punto, comprueba otra vez las cubiertas. Contra, realiza una comprobación del sistema de la lanzadera, no quiero que se nos escape ni un solo ión por el casco.

Los duendecillos gemelos retrocedieron, sin dejar de inclinarse todo el tiempo. Harían lo que les decía, pero desde luego la jefa se estaba poniendo un poco paranoica.

–¡He oído ese pensamiento! –chilló Opal–. ¡No estoy paranoica!

Contra se parapetó tras un mamparo de acero para proteger sus ondas cerebrales. ¿De verdad había interceptado la señorita Koboi su pensamiento? ¿O solo era la paranoia de nuevo? Al fin y al cabo, la gente paranoica siempre cree que todo el mundo piensa que están paranoicos. Contra asomó la cabeza por detrás del mamparo y dedicó un pensamiento a Opal, solo para asegurarse.

«Holly Canija es más guapa que tú», pensó con todas sus fuerzas. Un pensamiento traicionero, para asegurarse, algo que Opal no podía dejar de detectar si de verdad era capaz de leer el pensamiento.

Opal lo miró fijamente.

–¿Contra?

–¿Sí, señorita Koboi?

–Me estás mirando directamente, y eso es muy malo para mi cutis.

–Lo siento, señorita Koboi –dijo Contra, al tiempo que desviaba la mirada y que, por casualidad, la dirigía a través del parabrisas de la cabina, hacia la entrada del conducto. Justo a tiempo de ver cómo una lanzadera de la PES surgía por encima del cúmulo de rocas holográfico que cubría la entrada de la terminal de lanzaderas–. Mmm, señorita Koboi, tenemos un problema. –Señaló con el dedo a través del parabrisas.

La lanzadera había ascendido hasta una altura de diez metros y estaba suspendida sobre el paisaje italiano; era evidente que estaba buscando algo.

–Nos han encontrado –dijo Opal con un susurro horrorizado. Luego venció el pánico y analizó la situación rápidamente–. Es una lanzadera de transporte, no un vehículo de persecución –señaló, corriendo al interior de la cabina, seguida de los gemelos–. Tenemos que dar por sentado que Artemis Fowl y la capitana Canija están a bordo. No llevan armas ni escáneres básicos. Con esta luz, prácticamente somos invisibles a simple vista. Están ciegos.

–¿Les disparamos desde el cielo? –sugirió ansioso el más joven de los hermanos Brilli. Al fin, un poco de la agresividad que le habían prometido.

–No –repuso Opal–. Una descarga de plasma descubriría nuestra posición a los satélites policiales humanos y mágicos. Pasaremos desapercibidos. Apagadlo todo. Hasta las funciones vitales. No sé cómo han logrado acercarse tanto pero la única manera de que descubran nuestra posición exacta será estrellándose contra nosotros. Y si eso ocurre, su pobre lanzadera se estrujará como una bola de papel de aluminio.

Los Brilli obedecieron de inmediato y apagaron todos los sistemas de la lanzadera.

–Bien –susurró Opal mientras se llevaba un dedo a los labios. Observaron la lanzadera durante varios minutos hasta que Opal decidió interrumpir el silencio–. El que esté soltando ventosidades, que lo deje ya o le daré su merecido.

–No he sido yo –murmuraron los hermanos Brilli a la vez.

Ninguno de los dos tenía ganas de averiguar qué castigo merecían por tirarse ventosidades.

E7, DIEZ MINUTOS ANTES

Holly condujo la lanzadera de la PES por un conducto secundario especialmente peliagudo y hacia el interior del E7. Casi de inmediato, dos luces rojas empezaron a parpadear en el tablero de instrumentos.

–Se nos acaba el tiempo –anunció–. Acabamos de activar dos de los sensores de Potrillo. Relacionarán la lanzadera con la sonda y vendrán por nosotros.

–¿Cuánto tiempo nos queda? –quiso saber Artemis.

Holly realizó un cálculo mental.

–Si vienen a velocidad supersónica con la lanzadera de ataque, menos de media hora.

–Perfecto –repuso Artemis, satisfecho.

–Me alegro de que te parezca bien –comentó Mantillo–. Los agentes supersónicos de la PES nunca son bien recibidos por los ladrones. Como norma general, preferimos nuestros agentes subsónicos de siempre.

Holly ancló la aeronave a un saliente rocoso de la pared del conducto.

–¿No te estarás echando atrás, Mantillo? ¿O es que son las quejas de siempre?

El enano empezó a hacer movimientos circulares con las

mandíbulas, como precalentamiento para la faena que tenía por delante.

–Me parece que tengo derecho a quejarme un poco, ¿no crees? ¿Por qué en vuestros planes siempre tengo yo que correr algún peligro mientras vosotros tres os quedáis esperando tranquilamente en la lanzadera?

Artemis le dio una bolsa refrigerante que sacó de la cocina.

–Porque tú eres el único que puede hacer esto, Mantillo. Tú eres el único que puede desbaratar los planes de Koboi.

Mantillo no estaba demasiado impresionado.

–No estoy demasiado impresionado –dijo–. Será mejor que me concedan una medalla por esto. Y de oro de verdad, además. No quiero más discos de ordenador chapados de oro.

Holly lo condujo a empujones hasta la escotilla de estribor.

–Mantillo, si no me encierran en la cárcel por el resto de mi vida, yo misma pondré en marcha una campaña para concederte la mayor medalla de la PES.

–¿Y una amnistía por todos mis delitos pasados y futuros?

Holly abrió la escotilla.

–Por los pasados, tal vez. Por los futuros, ni lo sueñes. Pero no te garantizo nada, no soy lo que se dice el personaje más popular del mes en la Jefatura de Policía.

Mantillo se metió la bolsa en el interior de la camisa.

–Vale. Posiblemente una medalla grande y tal vez la amnistía. Trato hecho. –Colocó un pie fuera, en la superficie lisa de la roca. El aire del túnel le succionó la pierna, amenazando con tambalearlo y hacer que se precipitase en el abismo–. Nos reuniremos aquí dentro de veinte minutos.

Artemis le dio al enano un pequeño walkie-talkie del armario de la PES.

–Recuerda el plan –gritó Artemis para que lo oyese pese al fragor del viento–. No te olvides de dejar el radiotransmisor. Roba solo lo que se supone que debes robar, nada más.

–Nada más –repitió Mantillo, sin demasiado entusiasmo. A fin de cuentas, a saber qué objetos valiosos guardaba Opal allí dentro...–. A menos que algo me esté pidiendo a gritos que lo robe.

–Nada –insistió Artemis–. Bueno, ¿y estás seguro de que puedes entrar?

La sonrisa de Mantillo reveló una hilera de dientes rectangulares.

–Puedo entrar. Tú asegúrate de que se quedan sin corriente y de que miran para otro lado.

Mayordomo levantó la bolsa de instrumental que había traído consigo de la mansión Fowl.

–No te preocupes, Mantillo. Mirarán para otro lado. Te lo prometeto.

Jefatura de Policía, los Elementos del Subsuelo

Cuando entró Potrillo, todo el personal estaba reunido en la sala de operaciones, viendo imágenes de televisión en directo con los avances de la sonda.

–Tenemos que hablar –soltó el centauro ante todos los presentes.

–¡Chsss! ¡Silencio! –susurró Cahartez, el presidente del Consejo–. Tómate un plato de curry.

El presidente Cahartez dirigía una flota de furgonetas de reparto de curry en Ciudad Refugio. El curry de ratón era su especialidad. Era evidente que se había encargado del catering para aquella pequeña sesión televisiva.

Potrillo hizo caso omiso de la mesa del bufet. Cogió el mando a distancia que estaba en el brazo de un sillón y silenció el aparato.

–Tenemos problemas, señoras y caballeros, y muy gordos. Opal Koboi se ha escapado y creo que está detrás de todo este asunto de la sonda Zito.

Una silla giratoria de amplio respaldo dio un giro de ciento ochenta grados. Aske Rosso estaba repantigado en ella.

–¿Opal Koboi? Increíble. Y está haciendo todo esto con sus poderes psíquicos, supongo.

–No. ¿Qué hace ahí en esa silla? Es la silla del comandante. El verdadero comandante, no el de Asuntos Internos.

Rosso se dio unos golpecitos en las bellotas doradas de la solapa.

–Me han ascendido.

Potrillo palideció.

–Es usted el nuevo comandante de Reconocimiento.

La sonrisa de Rosso habría iluminado una habitación a oscuras.

–Sí, el Consejo consideraba que últimamente Reconocimiento estaba un poco fuera de control, de modo que han creído conveniente, y yo no puedo estar más de acuerdo, nombrar a alguien con un poco de mano dura. Por supuesto, me quedaré en Asuntos Internos hasta que encuentren un sustituto adecuado.

Potrillo frunció el ceño. No había tiempo para aquello, en ese momento, no. Tenía que obtener permiso para un lanzamiento supersónico inmediatamente.

–Vale, Rosso, comandante. Puedo presentar mis objeciones más tarde. Ahora mismo tenemos un asunto de máxima urgencia.

Todos lo estaban escuchando, pero ninguno con demasiado entusiasmo salvo la teniente coronel Vinyayá, quien siempre había sido una defensora acérrima de Julius Remo y que, sin lugar a dudas, jamás habría votado por Rosso. Vinyayá era toda oídos.

–¿Y qué asunto es ese, Potrillo? –preguntó.

Potrillo deslizó un disco de ordenador en la multiunidad de la sala.

–Lo que hay en la clínica Argon no es Opal Koboi, es un clon.

–¿Qué pruebas tienes? –le exigió Rosso.

Potrillo resaltó una ventana de la pantalla.

–Le he escaneado las retinas y he descubierto que la última imagen que vio el clon fue a la propia Opal Koboi. Obviamente durante su huida.

Rosso no estaba del todo convencido.

–Nunca he confiado en esos aparatos tuyos, Potrillo. Tu Retimagen no se acepta como prueba en la sala de un tribunal.

–No estamos en la sala de un tribunal, Rosso –masculló Potrillo entre dientes–. Si aceptamos que Opal podría haber escapado, entonces todos los sucesos ocurridos en los últimos días adquirirían un nuevo significado. Podría establecerse una conexión entre los siguientes hechos: Escaleno está muerto, dos trabajadores duendecillos de la clínica Argon no aparecen por ninguna parte, Julius es asesinado y se hace a Holly responsable de su muerte. Entonces, unas pocas horas más tarde, lanzan una sonda al centro de la Tierra, décadas antes de lo previsto. Koboi está detrás de todo esto. Esa sonda viene de camino hacia aquí y nosotros, aquí sentados viéndolo por la tele... ¡y comiendo un apestoso curry de ratón!

–Protesto por el comentario desdeñoso sobre el curry –replicó Cahartez, ofendido–. Pero, por lo demás, estoy de acuerdo contigo, Potrillo.

Rosso se levantó de la silla de un salto.

–¿Y por qué está de acuerdo? Potrillo está viendo cosas que no existen. Lo único que intenta hacer es descargar toda la culpa de su amiga muerta, la capitana Canija.

–¡Holly podría estar viva! –soltó Potrillo–. Y podría estar tratando de detener a Opal Koboi.

Rosso puso los ojos en blanco.

–Pero es que sus constantes vitales dejaron de emitir señales, centauro. Destruimos su casco por control remoto. Yo estaba allí, ¿recuerdas?

Alguien asomó la cabeza por la puerta, uno de los ayudantes del laboratorio de Potrillo.

–Le he traído ese maletín, señor –dijo, jadeando–. Tan rápido como he podido.

–Buen trabajo, Ruub –dijo Potrillo, arrebatándole el maletín de las manos. Acto seguido, le dio la vuelta–. Le di a Holly y a Julius trajes nuevos. Prototipos. Ambos van equipados con biosensores y localizadores. No están conectados con el ordenador central de la PES. No se me había ocurrido comprobarlos hasta ahora. Puede que el casco de Holly esté fuera de combate, pero quizá su traje siga funcionando.

–¿Qué dicen los sensores del traje, Potrillo? –preguntó Vinyayá.

A Potrillo casi le daba miedo mirar: si los sensores del traje mostraban una línea plana, sería como volver a perder a Holly. Contó hasta tres y luego consultó la pequeña pantalla del maletín. Había dos lecturas en la pantalla: una de ellas era plana. Julius. Sin embargo, la otra estaba activa en todas las áreas.

–¡Holly está viva! –gritó el centauro, al tiempo que plantaba a la comandante Vinyayá un sonoro beso en la mejilla–. Viva y medianamente bien, aparte de tener la tensión sanguínea un poco alta y el nivel de magia casi al cero en su depósito.

–¿Y dónde está? –preguntó Vinyayá, sonriendo.

Potrillo amplió la sección localizadora de la pantalla.

–Subiendo por el E7, en la lanzadera que robó Mantillo Mandíbulas, si no me equivoco.

Rosso estaba encantado.

–A ver si lo he entendido bien: la sospechosa de asesinato Holly Canija está en una lanzadera robada junto a la sonda Zito.

–Eso es.

–Eso la convierte en la sospechosa número uno en cualquier irregularidad relacionada con la sonda.

Potrillo sintió la tentación de arrollar a Rosso y pisotearlo con las pezuñas, pero se contuvo a tiempo por el bien de Holly.

–Lo único que pido, Rosso, es obtener luz verde para enviar la lanzadera supersónica a investigar. Si tengo razón, entonces su primera actuación como comandante será evitar una catástrofe.

–¿Y si estás equivocado? Que, seguramente, lo estás.

–Si me equivoco, entonces usted capturará a la enemiga pública número uno, la capitana Holly Canija.

Rosso se acarició la perilla. Llevaba todas las de ganar.

–Muy bien, envía la lanzadera. ¿Cuánto tardará en estar lista?

Potrillo extrajo un teléfono del bolsillo y marcó un número.

–Teniente coronel Kelp –dijo al auricular–. Luz verde. Adelante. –Potrillo sonrió a Aske Rosso–. Le di instrucciones al teniente coronel Kelp cuando venía de camino hacia aquí. Estaba seguro de que me daría la razón. Es lo que suelen hacer los comandantes.

Rosso arrugó la frente.

–No te tomes confianzas conmigo, potro. Este no es el comienzo de una gran amistad. Voy a enviar la lanzadera porque es la única opción, pero si me estás manipulando de algún modo, o si estás maquillando la verdad, te enterraré en juicios ante los tribunales durante los próximos cinco años. Y luego te pondré de patitas en la calle, nunca mejor dicho.

Potrillo no le hizo caso. Ya habría tiempo de sobra para amenazas más tarde. En esos momentos necesitaba concentrarse en el avance de la lanzadera. Ya había sufrido la conmoción de la muerte de Holly una vez y no pensaba volver a pasar por eso.

E7

Mantillo Mandíbulas podía haber sido atleta. Poseía las mandíbulas y el equipo de reciclaje idóneos para las carreras de excavación o incluso para las pruebas de fondo. Tenía mucha capacidad natural, pero una dedicación nula. Lo intentó durante un par de meses en sus años de facultad, pero el estricto régimen de entrenamientos y dieta no estaba hecho para él.

Mantillo aún se acordaba de su entrenador de excavación de túneles de aquellos años, cuando una noche, después del entreno, le dio una charla: «Tienes las mandíbulas perfectas, Mandíbulas –había admitido el viejo enano–, y, desde luego, posees uno de los mejores traseros. Nunca he visto a nadie capaz de expulsar esas burbujas de aire como tú, pero no tienes el corazón, y es eso lo que importa».

Tal vez el viejo enano tenía razón. Mantillo nunca había tenido corazón para actividades altruistas. Excavar túneles era un trabajo solitario, y tampoco se ganaba mucho dinero con ello. Además, como era un deporte étnico, las cadenas de televisión no estaban interesadas en él y, si no había anuncios, tampoco había grandes contratos con los atletas. Mantillo decidió entonces que sus proezas excavadoras podían serle más rentables si las empleaba en el lado oscuro de la ley. Si se hacía con un buen montón de lingotes de oro, puede que tuviese más posibilidades de que las féminas enanas le devolviesen las llamadas.

Y ahora, ahí estaba, rompiendo todas sus reglas, preparándose para irrumpir en una nave que estaba hasta los topes de sensores y, además, ocupada por individuos hostiles armados. Y todo por ayudar a otras personas. De todos los vehículos de la superficie del planeta o de debajo de él, Artemis había ido a elegir precisamente la lanzadera más sofisticada tecnológicamente que existía. Cada centímetro cuadrado del recubrimiento de la lanzadera sigilosa estaba equipado con alarmas de láser, sensores de movimiento, láminas electrostáticas y quién sabe cuántas cosas más. Sin embargo, las alarmas no servían de nada si no se activaban, y con eso era con lo que contaba Mantillo.

El enano se despidió con la mano de la lanzadera de la que acababa de salir, por si todavía había alguien mirándole, y atravesó el saliente rocoso para dirigirse a la pared del conducto, más segura. A los enanos no les gustan las alturas, y el hecho de estar técnicamente por debajo del nivel del mar no beneficiaba en nada a su vértigo.

Mantillo hincó los dedos en una veta de arcilla blanda que sobresalía de la pared de roca. Hogar, dulce hogar... Cualquier cosa que contuviese tierra era como un hogar para un enano, siempre y cuando también contuviese arcilla. Mantillo sintió cómo le invadía una sensación de calma y sosiego. Ahora estaba a salvo... al menos por el momento.

El enano se desencajó la mandíbula con dos sonoros crujidos que habrían hecho estremecerse a cualquier otra especie viviente. Se desabrochó la culera de los pantalones y se zambulló en la arcilla. Sus afilados dientes arrancaron cubos enteros de arcilla de la pared del conducto y, en un periquete, ya había abierto un túnel. Mantillo se metió a gatas en el hueco y cerró la cavidad que había dejado tras él con la arcilla reciclada procedente de sus posaderas.

Al cabo de media docena de bocados, los filamentos sónicos de su pelo detectaron un banco de roca un poco más adelante y modificó la ruta en consecuencia. La lanzadera sigilosa no estaría asentada sobre la roca porque era un último modelo y, como tal, dispondría de una barra de batería. Las barras bajaban telescópicamente desde la panza de la nave y taladraban a una profundidad de quince metros bajo el suelo para recargar las baterías de la lanzadera con la energía de la Tierra. La energía más limpia que existía.

La barra de batería vibraba un poco mientras repostaba y era aquella vibración la que Mantillo estaba contemplando en ese momento. Bastaron cinco minutos de masticación regular para ablandar el banco de roca y llegar a la punta de la barra de batería. Las vibraciones ya habían desmenuzado la tierra, y ahora para Mantillo solo era cuestión de cavarse una pequeña cueva. Extendió un poco de saliva en las paredes y esperó.

Holly condujo la nave de la PES a través de la pequeña terminal de lanzaderas y franqueó las puertas de acceso con su código de acceso de Reconocimiento. En la Jefatura de Policía no se habían molestado en cambiar su código porque, para ellos, estaba muerta.

Un manto de amenazadoras nubes negras proyectaba sombras sobre la campiña italiana cuando salieron del cúmulo de rocas holográfico que disimulaba la entrada a la terminal. Una leve escarcha recubría la arcilla roja y un viento del sur levantó la cola de la lanzadera.

–No podemos quedarnos aquí fuera mucho rato –dijo Holly, al tiempo que accionaba la palanca para dejar la nave suspendida en el aire–. Esta lanzadera no dispone de escudos ni de armas.

–No necesitamos mucho tiempo –le aseguró Artemis–. Vuela con movimientos vacilantes, como si no supiéramos con exactitud dónde está la lanzadera sigilosa.

Holly introdujo varias coordenadas en el ordenador de vuelo.

–Tú eres el genio.

Artemis se dirigió a Mayordomo, quien estaba sentado con las piernas cruzadas en el pasillo.

–Y ahora, amigo mío, asegúrate de que Opal mire hacia aquí.

–Eso está hecho –dijo Mayordomo, arrastrándose hasta la salida de emergencia. Pulsó el botón de acceso y la puerta se abrió deslizándose. La lanzadera dio una ligera sacudida mientras se ajustaba la presión de la cabina.

Mayordomo abrió la bolsa del armamento y escogió un puñado de esferas metálicas, del tamaño aproximado de unas pelotas de tenis. Retiró la tapa de seguridad de una de ellas y luego apretó el botón hacia abajo con el pulgar. El botón empezó a subir para alcanzar la posición original.

–Diez segundos para que el botón esté al mismo nivel con la superficie. Entonces se producirá la conexión.

–Gracias por la clase magistral –dijo Artemis con sequedad–, pero ahora no es el momento.

Mayordomo sonrió y lanzó la esfera metálica al aire. Al cabo de cinco segundos hizo explosión y abrió un pequeño cráter en el suelo, debajo. Unas líneas chamuscadas partieron del cráter, dándole la apariencia de una flor negra.

–Seguro que ahora Opal nos está mirando –afirmó Mayordomo, preparando la siguiente granada.

–Y yo estoy seguro de que dentro de poco también nos mirará alguien más. Las explosiones no suelen pasar desapercibidas demasiado rato. Aquí estamos relativamente aislados. El pueblo más próximo está a unos dieciséis kilómetros. Con un poco de suerte, eso nos da un margen de diez minutos. Desplázate de nuevo, Holly. Pero no te acerques demasiado, no queremos asustarlos.

Quince metros bajo el suelo, Mantillo Mandíbulas esperaba en la cueva que se había hecho él mismo, vigilando la punta de la barra de batería. En cuanto dejó de vibrar, empezó a abrirse camino hacia arriba a través de la arcilla desmenuzada. La barra telescópica estaba caliente al tacto, calentada por la energía que transportaba a las baterías de la lanzadera. Mantillo la empleó para ayudarse a subir, tirando de su cuerpo hacia arriba, primero una mano y luego la otra. La arcilla que ingería estaba ya desmenuzada y gasificada por la acción taladradora de la barra, y Mantillo se alegró de ese poco de aire extra. Lo convirtió en ventosidad y lo utilizó para autopropulsarse hacia arriba.

Mantillo incrementó la velocidad, bombeando el aire y la arcilla por su sistema de reciclaje. La lanzadera conseguiría distraer a Opal solo durante un breve espacio de tiempo, lo justo antes de que se le ocurriese que solo era una maniobra de distracción. La barra se hacía más gruesa a medida que ascendía por ella, hasta que llegó a una trampilla de goma en la panza de la lanzadera en sí que se elevaba sobre tres patas retráctiles, a medio metro del suelo. Cuando la lanzadera estaba en pleno vuelo, aquella trampilla quedaba recubierta por un panel metálico, pero la lanzadera no estaba volando en esos momentos y los sensores estaban apagados.

Mantillo salió de su túnel y se recolocó la mandíbula. Tenía ante sí una labor de precisión, y necesitaba un control absoluto de sus dientes. La goma no era un elemento aconsejable de la dieta de un enano y, por lo tanto, no podía tragársela. La goma digerida solo a medias podía sellarle los intestinos con tanta eficacia como un bote entero de pegamento.

Era un bocado muy extraño. Era difícil agarrarlo bien. Mantillo aplastó la mejilla contra la barra de batería, reptando hacia arriba hasta que logró hincar los incisivos en la plataforma. Los hundió con fuerza en la pesada trampilla de goma e hizo rotar la mandíbula en pequeños círculos hasta que sus dientes superiores consiguieron traspasarla. A continuación, trituró el material con los dientes y agrandó la hendidura hasta que hubo abierto un boquete de diez centímetros en la goma. Ahora Mantillo ya podía meter un lado de la boca en el agujero. Arrancó de cuajo unos cascotes de gran tamaño, con cuidado de escupirlos inmediatamente.

En menos de un minuto, Mantillo ya había abierto un agujero de treinta centímetros cuadrados. Lo suficiente para colarse por él. Cualquiera que no conozca a los enanos se habría jugado todo su dinero a que Mantillo no iba a lograr introducir su voluminoso cuerpo a través de una abertura tan estrecha, pero habría perdido hasta la camisa. Los enanos han pasado milenios escapando de derrumbes de tierra y han desarrollado la capacidad de introducirse en agujeros mucho más pequeños que este.

Mantillo metió barriga y se escurrió por el agujero, tirándose de cabeza. Se alegró de escapar de la débil luz del sol de la mañana. El sol es otra de las cosas que no gustan a los enanos: después de escasos minutos bajo la luz directa del sol, la piel de un enano se pone más colorada que la de una langosta cocida. Deslizó la barra de batería en el interior del compartimento de motores de la lanzadera. La mayor parte del reducido espacio estaba ocupado por baterías planas y un generador de hidrógeno. Había una escotilla de acceso arriba que debía de conducir a la bodega. Unas hileras de luz recorrían la longitud del compartimento y emitían un brillo verde claro. Cualquier escape de radiación del generador aparecería de color morado. La razón por la que las hileras de luz seguían funcionando sin energía era porque la iluminación la suministraban unas algas en descomposición, cultivadas especialmente. No es que Mantillo supiese algo al respecto, porque a él aquella luz le parecía muy similar a la baba de enano, y la familiaridad lo hizo sentirse más relajado. De hecho, se relajó un poco más de lo debido, y dejó que un pequeño petardo de gas de túnel se le escapase por la culera de los pantalones. Con un poco de suerte tal vez nadie se daría cuenta...

Al cabo de medio minuto más o menos, oyó la voz de Opal arriba.

–El que esté soltando ventosidades, que lo deje ya o le daré su merecido.

«¡Huy!», pensó Mantillo sintiéndose culpable. En los círculos enaniles se consideraba casi un delito permitir que otra persona cargase con los pedos de uno. Por la fuerza de la costumbre, Mantillo estuvo a punto de levantar la mano y confesar su culpabilidad, pero por fortuna su instinto de supervivencia era más fuerte que su conciencia.

Momentos después, llegó la señal. Habría sido difícil no verla: la explosión hizo que la lanzadera se desplazara a veinte grados del centro. Había llegado el momento de actuar y confiar en Artemis cuando había dicho que era casi imposible no mirar hacia una explosión.

Mantillo empujó la escotilla hacia arriba y la abrió unos centímetros con la coronilla. El enano casi esperaba que alguien diese una patada a la escotilla para cerrarla, pero la bodega estaba completamente vacía. Mantillo abrió del todo la escotilla y trepó por el agujero para introducirse en la pequeña cámara. Allí vio un montón de cosas que suscitaron su interés: maletines de lingotes de oro, cajas de plexiglás llenas de monedas humanas y joyas antiguas colgando de maniquíes. Obviamente, Opal no pretendía ser pobre en su nueva faceta como humana. Mantillo le arrebató un pendiente con un solitario a un busto cercano. ¿Conque Artemis le había dicho que no robase nada, eh? ¿Y qué? Un pendiente no lo iba a retrasar.

Mantillo se metió el solitario del tamaño de un huevo en la boca y se lo tragó. Ya se encargaría de él más tarde, cuando estuviese a solas. Hasta entonces podía alojarlo en las paredes de su estómago y saldría más brillante de lo que había entrado.

Una nueva explosión hizo temblar el suelo bajo sus pies y le recordó que debía seguir adelante. Llegó hasta la puerta de la bodega, que estaba ligeramente entreabierta. La siguiente sala era la zona de pasajeros y era tan lujosa como Holly la había descrito. Mantillo hizo una mueca de asco al ver los sillones forrados de pieles. Repugnante. Al otro lado del área de pasajeros se hallaba la cabina. Opal y sus dos amiguitos estaban allí, mirando con total atención por el parabrisas. No hacían ningún ruido de ninguna clase y no decían una sola palabra, tal como Artemis había dicho.

Mantillo se puso de rodillas y avanzó a gatas por la moqueta de la sala. Ahora estaba completamente al descubierto. Si uno de los duendecillos decidía volverse en ese momento, lo sorprendería en mitad de la moqueta sin nada tras lo que ocultarse salvo su sonrisa.

«Tú sigue para adelante y no pienses en eso –se dijo Mantillo–. Si Opal te pilla in fraganti, finges que te has perdido o que tienes amnesia, o que acabas de salir de un coma. A lo mejor así se compadece, te da algo de oro y te manda para casa. Sí, claro.»

De repente oyó un crujido debajo de su rodilla. El enano se quedó paralizado, pero los duendecillos no reaccionaron ante el ruido. Al parecer, era la trampilla de la caja del botín, el pequeño escondrijo de Opal. Mantillo se arrastró rodeando la caja. Lo último que necesitaba en ese momento eran más crujidos.

Había dos cargas explosivas encima de una silla, a la altura de la nariz de Mantillo. No podía creérselo; estaban ahí mismo, a menos de un metro de distancia. Aquella era la parte del plan que dependía por completo del factor suerte: si uno de los hermanos Brilli se había metido la carga explosiva bajo el brazo o si había más cargas de las que Mantillo podía transportar, entonces tendrían que embestir la lanzadera y tratar de desactivarla. Sin embargo, ahí estaban, casi suplicando que alguien las robara. Cuando cometía un robo, Mantillo solía asignar voces a los objetos que robaba. Esto podía parecer una locura al resto del mundo, pero pasaba mucho tiempo solo y necesitaba alguien con quien hablar.

«Vamos, señor Enano, guapo –dijo una de las cargas con un sugerente falsete–. Estoy esperando. No me gusta estar aquí, ¿sabe? Por favor, rescáteme.»

«Muy bien, madame –repuso Mantillo en su cabeza, al

tiempo que extraía la bolsa del interior de su camisa–. La sacaré de aquí, pero no vamos a ir demasiado lejos.»

«¡A mí también! –exclamó la otra carga–. Yo también quiero irme.»

«No se preocupen, señoras. En el lugar adonde vamos, hay un montón de sitio para las dos.»

Cuando Mantillo Mandíbulas se escabulló por el boquete que había abierto en la trampilla de goma un minuto más tarde, las cargas explosivas ya no estaban en la silla. En su lugar, solo había un pequeño radiotransmisor portátil.

Los tres duendecillos estaban sentados tranquilamente en la cabina de la lanzadera sigilosa. Una estaba concentrada en la aeronave de transporte que estaba suspendida doscientos metros por encima de sus cabezas, mientras que los otros dos estaban concentrados en no tirarse ventosidades y en no pensar en no tirarse ventosidades.

La entrada lateral de la lanzadera de transporte se abrió y algo salió a la luz del sol justo antes de caer hacia abajo. Unos segundos más tarde, ese algo explotó y sacudió la lanzadera sigilosa sobre sus bolsas de suspensión.

Los hermanos Brilli dieron un grito ahogado y Opal les dio un cachete a ambos en la oreja.

Opal no estaba preocupada. Simplemente estaban buscando, dando palos de ciego, o casi. Tal vez media hora después habría luz suficiente para ver la nave a simple vista, pero hasta entonces se estaban camuflando a la perfección en el entorno que los rodeaba gracias a un casco hecho de mena sigilosa y tela de camuflaje. Fowl debía de haber adivinado dónde estaban por la proximidad de aquel conducto a la sonda, pero solo podía hacer unos cálculos aproximados. Por supuesto, sería fantástico poder freírlos a tiros en el aire, pero las descargas de plasma alertarían los escáneres satélite de Potrillo y pintarían una diana en el casco de la nave.

Extrajo un digibloc y un bolígrafo de la guantera y garabateó un mensaje en él: «Estaos quietos y calladitos. Aunque nos alcance uno de esos explosivos, no podrá penetrar en el casco».

Contra cogió el bloc: «A lo mejor deberíamos irnos. Vendrán los Fangosos».

Opal escribió una respuesta: «Querido Contra: por favor, no pienses. Te harás daño en el cerebro. Esperaremos hasta que se vayan. Estando tan cerca podrían oír el ruido de nuestros motores al arrancar».

Otra explosión hizo que la lanzadera diese una nueva sacudida. Opal sintió cómo una perla de sudor le resbalaba por la frente. Aquello era ridículo: ella no sudaba, y mucho menos delante del servicio. Cinco minutos después los humanos aparecerían para investigar, eran así por naturaleza; así que esperaría cinco minutos y luego trataría de pasar deslizándose junto a la lanzadera de la PES y, si no podía pasar, entonces los eliminaría del cielo y se arriesgaría con la lanzadera supersónica que sin duda vendría a investigar.

De la nave de la PES siguieron cayendo más granadas, pero ahora estaban más lejos y la onda expansiva apenas conseguía estremecer el casco de la lanzadera sigilosa. Siguieron así durante dos o tres minutos sin que Opal ni los hermanos Brilli corrieran el mínimo peligro; a continuación, de repente, la lanzadera de transporte cerró la puerta y salió disparada conducto abajo.

–Hummm... –exclamó Opal–. Qué raro...

–A lo mejor se han quedado sin munición –sugirió Contra, aunque sabía que Opal lo castigaría por haber dado su opinión.

–¿Es eso lo que piensas, Contra? Se les han terminado los explosivos y por eso han decidido olvidarse de nosotros sin más. ¿De verdad crees que eso puede ser verdad, imitación barata de ser pensante? ¿No tienes lóbulos frontales?

–Solo estaba haciendo de abogado del diablo –murmuró Contra débilmente.

Opal se levantó de su asiento y gesticuló con la mano para hacer callar a ambos.

–Silencio. Necesito hablar conmigo misma un momento. –Empezó a pasearse arriba y abajo por la estrecha cabina–. ¿Qué está pasando? Nos localizan en el conducto, lanzan un espectáculo de juegos artificiales y luego se marchan. Así, sin más. ¿Por qué? ¿Por qué? –Se frotó las sienes con los nudillos–. Piensa. –De repente, Opal se acordó de algo–. Anoche. Robaron una lanzadera en el E1. Lo oímos en el canal de la policía. ¿Quién la robó?

Punto se encogió de hombros.

–No sé. Algún enano. ¿Es importante?

–Es verdad. Un enano. ¿Y no había un enano involucrado en el asedio de Artemis Fowl? ¿Y no había rumores de que ese mismo enano había ayudado a Julius a entrar en los Laboratorios Koboi?

–Solo eran rumores. No había pruebas.

Opal se dirigió a Punto.

–Tal vez eso sea porque, a diferencia de lo que ocurre contigo, ese enano es inteligente. A lo mejor no quiere que lo atrapen. –La duendecilla tardó un minuto en sumar dos y dos–. Así que tienen a un enano ladrón, una lanzadera y explosivos. Canija debe de saber que esas patéticas granadas no nos pueden perforar el casco, así que ¿por qué las han lanzado? A menos que...

La respuesta a esa pregunta fue como un mazazo en la cabeza.

–Oh, no –exclamó sin aliento–. Para distraernos. Nosotros aquí sentados como idiotas, viendo las lucecitas, y durante todo ese tiempo...

Empujó a Punto a un lado y se precipitó hacia la sala.

–¡Las cargas explosivas! –chilló–. ¿Dónde están?

Punto se fue directamente a la silla.

–No se preocupe, señorita Koboi. Están justo... –El duendecillo se interrumpió, con la última palabra de la frase atragantada en la garganta–. Estooo... Bueno, estaban justo aquí. En la silla.

Opal cogió el pequeño radiotransmisor portátil.

–Están jugando conmigo. Dime que has puesto la carga de repuesto en algún lugar seguro.

–No –contestó Punto, compungido–. Estaban juntas.

Contra lo apartó para dirigirse a la bodega.

–El compartimento de motores está abierto –anunció. Agachó la cabeza por la escotilla. Con la voz amortiguada por los paneles del suelo, añadió–: La trampilla de la barra de batería está agujereada. Y hay huellas. Alguien ha entrado por aquí.

Opal echó la cabeza hacia atrás y se puso a gritar. Sostuvo el grito durante largo rato para tratarse de un ser tan menudo. Al final se quedó sin resuello.

–Seguid a la lanzadera –jadeó cuando hubo recobrado el aliento–. He modificado esas cargas yo misma y no se pueden desactivar. Todavía podemos detonarlas. Por lo menos destruiré a mis enemigos.

–Sí, señorita Koboi –respondieron Contra y Punto a la vez.

–¡No me miréis! –vociferó Opal.

Los hermanos Brilli corrieron a toda prisa a la cabina, tratando simultáneamente de hacer una reverencia, mirarse los pies, no pensar en nada peligroso y, sobre todo, en no tirarse ventosidades.

Mantillo estaba esperando en el punto de encuentro cuando llegó la lanzadera de la PES. Mayordomo abrió la puerta y agarró al enano del pescuezo.

–¿Las tienes? –preguntó Artemis con ansiedad.

Mantillo le entregó la abultada bolsa.

–¡Aquí mismo las llevo! Y antes de que me lo preguntes, he dejado la radio.

–Entonces, ¿todo ha salido según el plan?

–Absolutamente todo –contestó Mantillo, obviando mencionar el solitario que llevaba en el estómago.

–Excelente –exclamó Artemis, pasando junto al enano y dirigiéndose a la cabina–. ¡Vamos! –gritó, dándole un golpe al reposacabezas de Holly.

Holly ya tenía la lanzadera al ralentí y la retenía con el freno de mano.

–Ya nos hemos ido –dijo, soltando el freno y pisando a fondo el acelerador. La nave de la PES salió disparada del saliente rocoso como una piedra de una catapulta.

Las piernas de Artemis perdieron el contacto con el suelo y quedaron ondeando en el aire, detrás de su cuerpo, como las mangas de viento de las autopistas. El resto de su cuerpo habría seguido el mismo camino si no se hubiese agarrado al reposacabezas.

–¿Cuánto tiempo tenemos? –preguntó Holly con los labios arrugados por la fuerza de la gravedad.

Artemis logró alcanzar el asiento del copiloto.

–Minutos. La veta alcanzará una profundidad de ciento setenta kilómetros en un cuarto de hora exacto. Tendremos a Opal pisándonos los talones en cualquier momento.

Holly siguió la pared del conducto y esquivó dos torres de roca. La parte inferior del E7 era bastante recta, pero aquella sección se enroscaba en la corteza, siguiendo las grietas de las placas tectónicas.

–¿Funcionará, Artemis? –preguntó Holly.

Artemis sopesó la pregunta.

–Se me ocurrieron ocho planes, y este era el mejor. Pese a todo, tenemos un sesenta y cuatro por ciento de posibilidades de éxito. La clave consiste en distraer a Opal para que no descubra la verdad. Eso depende de ti, Holly. ¿Podrás hacerlo?

Holly asió con fuerza el volante.

–No te preocupes por eso. No siempre tengo la oportunidad de hacer piruetas cuando vuelo. Opal estará tan ocupada intentando darnos caza que no tendrá tiempo de pensar en nada más.

Artemis miró por el parabrisas. Se dirigían en picado hacia abajo, hacia el centro de la Tierra. La gravedad fluctuaba a aquella profundidad y a aquella velocidad, por lo que se alternaban momentos en que estaban clavados en sus asientos y otros en los que luchaban por liberarse de sus cinturones de seguridad. La oscuridad del conducto los envolvía como si fuese alquitrán, salvo por el cono de luz que proyectaban los faros de la lanzadera. Unas gigantescas formaciones de roca asomaban y desaparecían del cono, apuntando directamente al morro de la nave. De algún modo, Holly logró esquivarlas todas sin pisar el freno ni una sola vez.

En el tablero de instrumentos de plasma, el icono que representaba la anomalía gaseosa que era la nave de Opal avanzaba por la pantalla.

–Los tenemos detrás –dijo Holly, captando el movimiento por el rabillo del ojo.

Artemis tenía el estómago encogido por las náuseas del vuelo, la ansiedad, la fatiga y la excitación.

–Muy bien –dijo, casi para sus adentros–. Que empiece la caza.

En la entrada del E7, Contra estaba al volante de la lanzadera sigilosa. Punto se encargaba de los instrumentos y Opal se ocupaba de dar las órdenes y las broncas en general.

–¿Alguna señal de las cargas? –gritó desde su silla.

«Su tono de voz empieza a ser verdaderamente insoportable», pensó Punto, pero no en voz alta.

–No –contestó–. Nada. Lo que significa que deben de estar en su lanzadera. Sus escudos deben de estar bloqueando las señales de las cargas. Necesitamos acercarnos más... o tal vez podría lanzar la señal de detonación de todos modos. A lo mejor tenemos suerte y todo.

El chillido de Opal se hizo más estridente.

–¡No! No podemos detonar la carga antes de que esa lanzadera alcance los ciento setenta kilómetros de profundidad; si lo hacemos, la veta no modificará su trayectoria. ¿Y qué hay de ese estúpido radiotransmisor? ¿Alguna novedad?

–Negativo –contestó Punto–. Si hay otro, debe de estar apagado.

–Siempre podemos volver al complejo de Zito –sugirió Contra–. Allí tenemos muchas más cargas.

Opal se inclinó hacia delante en su asiento y dio un puñetazo en el hombro de Contra con su puño minúsculo.

–Idiota, memo, imbécil. ¿Es que participas en algún concurso de estupidez? ¿Es eso? Si regresamos a las instalaciones de Zito, la veta habrá alcanzado demasiada profundidad cuando estemos de vuelta. Por no hablar del hecho de que la capitana Canija ofrecerá a la PES su versión de los hechos y tendrán que investigar, como mínimo. Tenemos que acercarnos y hacer estallar la carga. Aunque perdamos la ventana de tiempo de la sonda, al menos destruiremos a cualquier testigo en mi contra.

La lanzadera sigilosa disponía de sensores de proximidad conectados con el software de navegación, lo cual significaba que Opal y compañía no tenían que preocuparse por si chocaban con la pared del conducto o con las estalactitas.

–¿Cuánto tiempo falta para que estemos dentro del radio de alcance de la detonación? –inquirió Opal con un gruñido, aunque, para ser sinceros, pareció más bien un gimoteo.

Contra realizó unos cuantos cálculos rápidos.

–Tres minutos. No más.

–¿Y a qué profundidad estarán en ese punto?

Unas cuantas sumas más.

–A doscientos cuarenta y ocho kilómetros.

Opal se pellizcó la nariz.

–Podría funcionar. Suponiendo que tengan las dos cargas en su poder, la explosión resultante, aunque no sea según lo habíamos previsto, podría bastar para abrir una grieta en la pared. Es nuestra única opción. Si falla, al menos tendremos tiempo para reagruparnos. En cuanto alcancen los ciento setenta kilómetros, envía la señal de detonación. Envíala de forma continua. Tal vez tengamos suerte.

Contra retiró una cubierta protectora de plástico del botón de detonación. Solo faltaban unos segundos.

Los intestinos de Artemis estaban intentando salírsele por la boca.

–Este cacharro necesita giroscopios nuevos –dijo.

Holly apenas asintió con la cabeza, pues estaba demasiado concentrada en una serie especialmente peliaguda de baches y curvas en el conducto.

Artemis consultó la información del tablero de instrumentos.

–Ahora estamos a una profundidad de ciento setenta kilómetros. Opal va a tratar de detonar los explosivos, se está acercando muy rápido.

Mantillo asomó la cabeza desde la sección de pasajeros.

–¿De verdad es necesario tanto traqueteo? He comido mucho recientemente.

–Ya casi estamos –dijo Artemis–. El viaje está a punto de acabar, dile a Mayordomo que abra la bolsa.

–De acuerdo. ¿Estás seguro de que Opal hará lo que se supone que va a hacer?

Artemis esbozó una sonrisa tranquilizadora.

–Pues claro que lo estoy. Es la naturaleza humana, y Opal Koboi ahora es humana, ¿recuerdas? Y ahora, Holly, para este cacharro.

Contra le dio unos golpecitos a la lectura de la pantalla.

–No se lo va a creer, Op... señorita Koboi.

Un leve amago de sonrisa afloró a los labios de Opal.

–No me lo digas: se han parado.

Contra sacudió la cabeza, atónito.

–Sí, se han quedado suspendidos a una profundidad de doscientos kilómetros. ¿Por qué iban a hacer eso?

–No vale la pena que intente explicártelo, Contra. Tú sigue enviando la señal de detonación, pero aminora la velocidad. No quiero estar demasiado cerca cuando entremos en contacto.

Hizo tamborilear los dedos sobre el radiotransmisor que había dejado el enano. Sería en cualquier momento.

Una luz roja parpadeó en el radiotransmisor, acompañada de una ligera vibración. Opal sonrió y abrió la pantalla del walkie-talkie.

La cara pálida de Artemis inundó la minúscula pantalla. Estaba intentando sonreír, pero obviamente se trataba de una risa forzada.

–Opal, voy a darte una oportunidad de que te rindas. Hemos desactivado tus cargas explosivas y la PES viene de camino. Será mejor que te entregues a la capitana Canija en lugar de enfrentarte a una nave armada de la PES.

Opal se puso a aplaudir.

–¡Bravo, señorito Fowl! ¡Qué historia más fantástica! Y ahora, ¿por qué no te cuento yo la verdad? Te has dado cuenta de que no se pueden desactivar las cargas. El simple hecho de que pueda recibir tu señal de comunicación significa que mi señal de detonación pronto penetrará en vuestros escudos. No podéis deshaceros de los explosivos porque los haría estallar en el conducto, exactamente como había planeado desde un principio. Entonces me limitaré a disparar unos misiles termodirigidos a vuestra nave. Y si intentáis seguir volando, os seguiré y penetraré en vuestros escudos antes de que traspaséis la franja paralela. No estáis en contacto con la PES; si lo estuvieseis habríamos captado vuestra transmisión. Así que vuestra única alternativa es este patético farol. Y la verdad es que es patético. Es evidente que tratáis de entretenerme hasta que la veta traspase vuestra profundidad.

–Entonces, ¿no piensas rendirte?

Opal fingió pensárselo, rascándose la barbilla con una uña de manicura perfecta.

–Pues no, mira por dónde. Creo que seguiré luchando, contra todo pronóstico. Y, por cierto, no mires directamente a la pantalla, es malo para mi cutis.

Artemis lanzó un suspiro teatral.

–Bueno, pues si tenemos que morir, al menos lo haremos con el estómago lleno.

Aquel era un comentario insólitamente despreocupado para alguien que estaba al borde de la muerte, aunque se tratase de un humano.

–¿Con el estómago lleno?

–Sí –respondió Artemis–. Mantillo se llevó algo más de tu lanzadera.

Le mostró una bolita recubierta de chocolate y la agitó delante de la pantalla.

–¿Mis trufas? –exclamó Opal, dando un grito ahogado–. Os las habéis llevado. Eso ha sido cruel.

Artemis se metió la trufa en la boca y empezó a masticarla despacio.

–Están realmente de muerte, la verdad. Ahora entiendo por qué las echabas tanto de menos en la clínica. Vamos a tener que esforzarnos mucho para comérnoslas antes de que nos frías a todos.

Opal emitió un ronroneo gatuno.

–Mataros va a ser tan fácil... –Se dirigió a Contra–. ¿Tenemos ya señal?

–Nada todavía, señorita Koboi. Pero pronto. Si tenemos comunicación, no puede faltar mucho.

Holly asomó la cabeza por la pantalla. Tenía los carrillos hinchados de trufas.

–Se deshacen en la boca, Opal. La última comida de los condenados a muerte.

Opal llegó a arañar la pantalla con la uña.

–Has sobrevivido dos veces, Canija. Pero no lo conseguirás otra vez, te lo garantizo.

Holly se echó a reír.

–Deberías ver a Mantillo. Se está zampando las trufas como si fueran de mantequilla.

Opal estaba lívida de ira.

–¿Alguna señal? –Aun en esos instantes, en los momentos finales de su vida, antes de morir, se mofaban de ella.

–Todavía no. Pronto.

–Sigue intentándolo. Sigue pulsando ese botón.

Opal se desabrochó el cinturón de seguridad y se dirigió hacia la sala contigua. El enano no podía haberse llevado todas las trufas además de los explosivos. Eso era imposible. Opal había soñado tantas veces con llevarse un puñado de ese delicioso chocolate a la boca, una vez que Refugio hubiese quedado destruida...

Se arrodilló en la moqueta y tanteó el suelo con la mano en busca de la trampilla secreta. La encontró y la trampilla de la caja del botín se abrió bajo sus dedos.

No quedaba una sola trufa en la caja. En su lugar, había dos cargas explosivas programadas. Por un momento, Opal no podía entender lo que veían sus ojos. Luego lo comprendió todo con una claridad aterradora: Artemis no había llegado a robar las cargas explosivas, sino que simplemente le había ordenado al enano que las cambiara de sitio. Una vez en el interior de la caja del botín, no podían ser detectadas ni detonadas. Siempre y cuando la trampilla estuviese cerrada. Ella misma había abierto la trampilla con sus propias manos. Artemis la había incitado a que sellase su propio destino.

La sangre dejó de afluir al rostro de Opal Koboi.

–¡Contra! –gritó–. ¡La señal de detonación!

–No se preocupe, señorita Koboi –la tranquilizó el duendecillo desde la cabina–. Acabamos de entrar en contacto. Ahora nada puede detenerla.

Los relojes en verde de la cuenta atrás se activaron en ambas cargas al mismo tiempo y empezaron a contar hacia atrás a partir de veinte. Una espoleta de minería estándar.

Opal entró dando bandazos en la cabina. La habían burlado, la habían engañado. Ahora las cargas harían explosión inútilmente a una profundidad de ciento veinte kilómetros y medio, muy por encima de la franja paralela. Por supuesto, su propia lanzadera sería destruida y ella se quedaría tirada, a merced de la PES. Al menos, eso era en teoría, pero Opal Koboi siempre contaba con un plan B.

Se abrochó el cinturón de uno de los asientos de la cabina.

–Os aconsejo que os abrochéis los cinturones –les sugirió bruscamente a los hermanos Brilli–. Me habéis fallado. Que disfrutéis de la cárcel.

Contra y Punto apenas tuvieron tiempo de abrocharse los cinturones antes de que Opal activase los cojines de eyección de debajo de los asientos. Inmediatamente se vieron rodeados de una burbuja de gel de impacto de color ámbar y propulsados a través de unos paneles que se abrieron en el casco.

Las burbujas de gel de impacto no disponían de fuente de alimentación y dependían de la propulsión a gas inicial para ponerlos fuera de peligro. El gel era ignífugo, a prueba de explosiones, y contenía suficiente oxígeno para treinta minutos de respiración poco profunda. Contra y Punto fueron propulsados a través del espacio negro hasta que entraron en contacto con las paredes del conducto. El gel se adhirió a la superficie de roca y dejó a los hermanos Brilli allí tirados, a miles de kilómetros de su casa.

Opal, mientras tanto, estaba introduciendo códigos numéricos en el ordenador de la lanzadera. Disponía de menos de diez segundos para completar su último acto de agresión. Puede que Artemis Fowl la hubiese derrotado esta vez, pero no viviría para contarlo.

Opal activó y lanzó con movimiento experto dos misiles de plasma termodirigidos desde los tubos del morro de la lanzadera y luego hizo despegar su propia aeronave de escape.

Nada de gel de impacto para Opal Koboi; naturalmente, había incluido en el diseño de la lanzadera su propia aeronave de lujo de emergencia. Solo una, no obstante, pues no había necesidad de ayuda para viajar rodeada de confort. En realidad, a Opal no le importaba lo más mínimo lo que les ocurriese a los hermanos Brilli, pues ya no le servían de nada.

Pisó el acelerador a fondo, haciendo caso omiso de las normas de seguridad. A fin de cuentas, ¿a quién le iba a importar que rayase la superficie del casco de la lanzadera? Iba a sufrir unos cuantos daños más que unas pocas rayadas. La aeronave salió disparada hacia la superficie a una velocidad de más de setecientos kilómetros por hora. Bastante rápido, pero no lo bastante para escapar de la onda expansiva de las dos cargas programadas.

La lanzadera sigilosa estalló en una explosión de luz multicolor. Holly arrimó la lanzadera de la PES a la pared del conducto para tratar de esquivar los escombros. Una vez que hubo pasado la onda expansiva, los ocupantes de la lanzadera esperaron en silencio a que el ordenador realizase un escaneo de la franja del conducto que había encima de ellos. Al final, tres puntos rojos aparecieron en la representación tridimensional del conducto. Dos de ellos eran estáticos, mientras que el otro se movía a toda velocidad hacia la superficie.

–Lo han conseguido –dijo Artemis lanzando un suspiro–. No tengo ninguna duda de que el punto en movimiento es Opal. Deberíamos darle alcance.

–Deberíamos –convino Holly, aunque sin aparentar la alegría que cabía esperar–, pero no vamos a hacerlo.

Artemis reaccionó al tono empleado por la capitana.

–¿Por qué no? ¿Qué pasa?

–Eso pasa –respondió Holly, señalando la pantalla.

Dos puntos rojos más habían aparecido en la pantalla y avanzaban hacia ellos a gran velocidad. El ordenador identificó los puntos como misiles y rápidamente realizó una búsqueda coincidente en su base de datos.

–Misiles de plasma termodirigidos. Se dirigen hacia nuestros motores.

Mantillo meneó la cabeza.

–Esa Koboi es una duendecilla amargada. No podía largarse sin más, la muy malvada.

Artemis se quedó mirando fijamente la pantalla, como si fuese a destruir los misiles mediante la concentración mental.

–Debería haberlo previsto.

Mayordomo asomó su gigantesca cabeza por los hombros de su joven jefe.

–¿No disponemos de un lastre encendido o algo así, algo de lo que podamos deshacernos para desviar los misiles?

–Esto es una lanzadera de transporte –explicó Holly–. Tenemos suerte de contar con escudos protectores.

–¿Los misiles se dirigen a nuestras fuentes de calor?

–Sí –contestó Holly, con la esperanza de que tuviese una idea en camino.

–¿Y hay algún modo de alterar la fuente de calor de manera significativa?

Entonces a Holly se le ocurrió una opción. Era tan drástica que no se molestó en compartirla con el resto de ocupantes de la lanzadera.

–Hay un modo –anunció, y apagó los motores.

La lanzadera cayó como una piedra al vacío en el interior del conducto. Holly trató de maniobrar empleando los alerones, pero sin propulsión era como intentar pilotar un ancla.

No había tiempo para sentir miedo, solo había tiempo para agarrarse a algo e intentar conservar la comida en el interior del estómago.

Holly apretó los dientes y trató de dominar el pánico que amenazaba con paralizarla, al tiempo que luchaba con el volante. Si lograba mantener los alerones centrados, no se estrellarían contra las paredes del conducto. Al menos de ese modo tendrían alguna oportunidad.

Dirigió la vista hacia las lecturas de las pantallas. La temperatura central de la nave estaba disminuyendo, pero ¿lo haría con la rapidez suficiente? Aquella parte del conducto era medianamente recta, pero pronto se encontrarían con las curvas, y chocarían contra ellas como una mosca contra el cuerpo de un elefante.

Mayordomo avanzó a gatas hacia la parte posterior de la nave. Por el camino se hizo con un par de extintores de incendios y tiró de las anillas. Arrojó los extintores a la sala de motores y cerró la puerta. A través de la escotilla vio cómo rodaban los extintores y cubrían el motor de espuma refrigerante.

La temperatura del motor bajó un poco más.

Ahora los misiles estaban más cerca y seguían ganando terreno.

Holly activó todos los sistemas de ventilación e inundó la lanzadera de aire frío. Otra marca más hacia el verde en la pantalla de la temperatura.

–Vamos –dijo entre dientes–, unos grados más…

Siguieron cayendo en picado, dando vueltas sin cesar en el vacío. Poco a poco, la nave se estaba inclinando a estribor. No tardaría en chocar contra la curva que se avecinaba, irguiéndose ante ellos. Holly dejó el dedo índice suspendido sobre el botón de ignición; esperaría hasta el último momento posible.

Los motores se enfriaron más aún. Eran unidades de ahorro de energía muy eficaces: cuando no se utilizaban, rápidamente canalizaban el exceso de calor hacia las baterías del equipo de mantenimiento. Sin embargo, los misiles seguían sin alterar su rumbo.

La curva de la pared del conducto apareció en los faros delanteros de la nave. Era mayor que cualquier montaña y estaba compuesta de roca dura e implacable. Si la lanzadera se estrellaba contra ella, se arrugaría como una lata de hojalata.

Artemis se arrancó las palabras de sus propios labios.

–No funciona. Motores.

–Espera –replicó Holly.

Ahora los alerones estaban vibrando, y la lanzadera dio una voltereta. Vieron los misiles termodirigidos rugiendo tras ellos, luego delante de ellos, y luego de nuevo detrás.

Ahora estaban cerca de la roca, demasiado cerca. Si Holly retrasaba el momento aunque solo fuese un segundo más, no dispondría de espacio suficiente para maniobrar. Pulsó el botón de ignición y realizó un viraje a babor en el último segundo. La plancha de la proa despidió un arco de chispas al rascar contra el saliente de roca. Luego tuvieron vía libre, y se adentraron en el abismo negro; es decir, si puede decirse que estar perseguidos por dos misiles termodirigidos es tener vía libre.

La temperatura del motor seguía bajando y lo seguiría haciendo durante medio minuto tal vez, mientras las turbinas se calentaban. ¿Sería suficiente? Holly hizo aparecer en la pantalla delantera las imágenes procedentes de la cámara trasera. Los misiles seguían tras ellos, implacables, el combustible violeta intenso en su estela. Tres segundos para el impacto. Luego, solo dos.

Entonces perdieron el contacto, y viraron para apartarse de su objetivo. Uno les pasó por encima y el otro por debajo de la quilla.

–¡Ha funcionado! –exclamó Artemis, lanzando un suspiro y soltando el aire que no sabía que había estado conteniendo.

–Buen trabajo, soldado –dijo Mayordomo con una sonrisa, alborotándole el pelo a la capitana.

Mantillo asomó la cabeza desde la zona de pasajeros. Tenía el rostro ligeramente verde.

–He sufrido un leve accidente –explicó. Nadie le hizo ninguna pregunta al respecto.

–Chicos, no lo celebremos todavía –advirtió Holly, comprobando el tablero de instrumentos–. Esos misiles deberían haber hecho explosión contra la pared del conducto, pero no lo han hecho. Solo se me ocurre una razón por la que no han seguido su trayectoria en línea recta.

–Porque han encontrado otro objetivo –apuntó Mayordomo.

Un punto rojo apareció en la pantalla de plasma. Los dos misiles se dirigían directamente hacia él.

–Exacto. Eso es una lanzadera de ataque supersónica de la PES y, por lo que a su tripulación respecta, acabamos de abrir fuego contra ellos.

El teniente coronel Camorra Kelp pilotaba la lanzadera de ataque de la PES. La nave viajaba a tres veces la velocidad del sonido, retumbando por el conducto como una flecha de plata. Rara vez se permitían los vuelos supersónicos, ya que podían provocar derrumbamientos y, en raras ocasiones, podían ser detectados por los sismógrafos humanos.

El interior de la lanzadera estaba relleno de gel de impacto para amortiguar la vibración, capaz de romper hasta los huesos. El teniente coronel Kelp iba suspendido en el gel con un traje de piloto modificado. Los controles de la aeronave iban conectados directamente a sus guantes, y el vídeo funcionaba en el interior de su casco.

Potrillo estaba en contacto permanente desde la Jefatura de Policía.

–Te aviso de que la lanzadera robada vuelve a estar en el conducto –informó a Camorra–. Está suspendida a una profundidad de ciento noventa y ocho kilómetros.

–La tengo –anunció Camorra, localizando el punto en su radar.

Sintió cómo se le aceleraba el corazón. Había una posibilidad de que Holly estuviese viva y a bordo de aquella lanzadera, y si eso era cierto haría lo que hiciese falta para llevarla de vuelta a casa sana y salva.

Un estallido de blanco, amarillo y naranja apareció llameante en su radio de alcance.

–Ha habido una explosión de alguna clase. ¿Ha sido la lanzadera robada?

–No, Camorra. Ha salido de la nada. No había nada ahí. Ten cuidado con los escombros.

La pantalla apareció plagada de rayas irregulares de color

amarillo mientras los fragmentos metálicos y en llamas caían en picado hacia el centro de la Tierra. Camorra activó los láseres del morro, listo para disparar sobre cualquier cosa que pudiese venir en su dirección. Era poco probable que su nave corriese algún peligro, pues el conducto era más amplio que cualquier ciudad a aquella profundidad. Los cascotes de la explosión no se esparcirían más allá de un kilómetro y medio. Disponía de muchísimo espacio para quitarse de en medio y ponerse a cubierto... A menos que parte de los escombros lo persiguiesen. Dos de las rayas amarillas estaban virando anormalmente en su dirección. El ordenador de a bordo realizó un escaneo. Ambos objetos tenían propulsión y sistemas de guía. Eran misiles.

–Me han disparado –anunció al micrófono–. Tengo dos misiles en la cola.

¿Había disparado Holly sobre él? ¿Era verdad lo que había dicho Rosso? ¿Se había vuelto una agente corrupta?

Camorra levantó el brazo y activó una pantalla virtual. Tocó las representaciones de ambos misiles y los seleccionó como objetivos de destrucción. En cuanto se pusiesen a tiro, el ordenador les dispararía un rayo de fuego láser. Camorra se desplazó al centro del conducto para que los láseres dispusiesen de la línea de fuego más larga posible. Los láseres solo eran eficaces en línea recta.

Al cabo de tres minutos, los misiles doblaron la curva del conducto. Camorra apenas les dedicó un vistazo, y el ordenador les descerrajó dos disparos rápidos y los fulminó al instante. El teniente coronel Kelp soportó la onda expansiva, protegido por varias capas de gel de impacto.

Una nueva pantalla se abrió en su visor. Era el recién ascendido comandante Aske Rosso.

–Teniente, está autorizado para devolver el ataque. Use toda la fuerza necesaria.

Camorra frunció el ceño.

–Pero, comandante, Holly podría estar a bordo.

Rosso levantó una mano para silenciar cualquier objeción.

–La capitana Canija ha dejado muy claro cuáles son sus intenciones. Fuego a discreción.

Potrillo no podía permanecer en silencio.

–No abras fuego, Camorra. Sabes que Holly no está detrás de todo esto. De algún modo, Opal Koboi disparó esos misiles.

Rosso dio un puñetazo en la superficie de la mesa.

–¿Cómo puedes estar tan ciego delante de la verdad, potranco? ¿Qué tiene que hacer Canija para que te convenzas de que es una traidora? ¿Enviarte un e-mail? Ha asesinado a su comandante, se ha aliado con un delincuente y ha disparado a una lanzadera de la PES. Elimínala.

–¡No! –insistió Potrillo–. Tiene muy mala pinta, eso es cierto. Pero tiene que haber otra explicación. Tenemos que darle a Holly una oportunidad de que se explique.

Rosso estaba hecho una furia.

–¡Cállate de una maldita vez, Potrillo! ¿Qué estás haciendo, dar órdenes tácticas? Eres un civil, y ahora, fuera de esta línea.

–Camorra, escúchame –empezó a decir Potrillo, pero eso fue lo único que consiguió decir antes de que Rosso cortara su comunicación.

–Bueno –dijo el comandante, serenándose–, ya ha recibido sus órdenes, teniente coronel. Abra fuego sobre esa lanzadera.

La lanzadera robada estaba en esos momentos a la vista. Camorra amplió la imagen en su visor e inmediatamente advirtió tres cosas: en primer lugar, le faltaba la antena de comunicaciones; en segundo lugar, aquella era una lanzadera de transporte y no iba equipada con misiles y, en tercer lugar, estaba viendo a Holly Canija en persona en la cabina, con la cara demacrada y desafiante.

–Comandante Rosso –dijo–, creo que tenemos unas cuantas circunstancias atenuantes.

–He dicho que dispare –ordenó Rosso–. Obedezca ahora mismo.

–Sí, señor –dijo Camorra, y disparó.

Holly había observado la pantalla del radar y había seguido la trayectoria de los misiles de Opal sin pestañear. Había agarrado el volante con los dedos hasta que la goma había empezado a chirriar, y no se había relajado hasta que la lanzadera de ataque en forma de flecha hubo destruido los misiles y esquivado los escombros.

–Ningún problema –dijo sonriendo, con los ojos brillantes, al resto de la tripulación.

–Para él puede que no –repuso Artemis–. Pero tal vez sí para nosotros.

La lanzadera de ataque permanecía suspendida en el aire sobre el armazón de babor de la pequeña nave, con aire amenazador, derramando sobre ellos la luz de una docena de reflectores. Holly entrecerró los ojos ante la luz clara, tratando de ver quién ocupaba el asiento de capitán. Un tubo se abrió en el morro de la nave y de él salió un cono metálico.

–Esto no tiene buena pinta –dijo Mantillo–. Nos van a disparar.

Pero, por alguna extraña razón, Holly sonrió.

«Eso es bueno –se dijo para sus adentros–. A alguien ahí abajo debo de caerle bien.»

La antena de comunicaciones cubrió la escasa distancia que separaba ambas lanzaderas y se hundió en el casco de la nave robada. Una sustancia selladora de secado rápido surgió de varias boquillas de la base de la antena, cerró el agujero, y el cono del morro se desatornilló y cayó al suelo con un ruido metálico. Debajo había un altavoz cónico.

La voz del teniente coronel Kelp inundó la habitación.

–Capitana Canija, tengo órdenes de disparar sobre vuestra lanzadera, órdenes que no me costaría nada desobedecer, así que empieza a hablar y dame información suficiente para salvar las carreras de ambos.

Así que, acto seguido, Holly se lo explicó todo. Le contó la versión resumida: cómo Opal había tramado todo aquel asunto y cómo podrían encontrarla si rastreaban el conducto.

–Con eso basta para mantenerte con vida de momento –dijo Camorra–. Aunque, oficialmente, tú y los demás ocupantes de la lanzadera estáis detenidos hasta que encontremos a Opal Koboi.

Artemis se aclaró la garganta.

–Disculpe. Me parece que no tiene jurisdicción sobre los humanos. Sería ilegal que nos detuviese a mí o a mi socio.

Camorra lanzó un suspiro que, a través de los altavoces, sonó como el papel de lija al pasar por una superficie.

–A ver si lo adivino: Artemis Fowl, ¿verdad? Debería haberlo sabido. Todos juntitos os estáis convirtiendo en un auténtico equipo. Bueno, digamos que eres un huésped de la PES, si con eso te sientes más satisfecho. Bien, un escuadrón de Recuperación está en el conducto y ellos se encargarán de Opal y sus compinches. Vosotros seguidme de vuelta a Refugio.

Holly quiso poner una objeción: quería atrapar a Opal ella misma. Quería experimentar el placer personal de encerrar a la malvada duendecilla en una celda de la cárcel, pero su situación ya era bastante delicada tal como estaba, así que, por una vez, decidió obedecer las órdenes.

CAPÍTULO XI

EL ÚLTIMO ADIÓS

E7, Ciudad Refugio

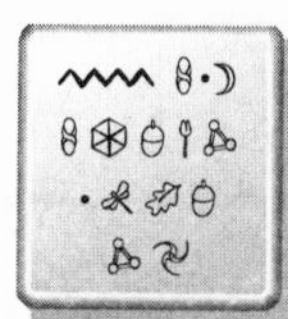

Una vez en Refugio, una brigada de soldados de infantería de la PES subió a bordo de la lanzadera para custodiar a los prisioneros. Los policías no dejaban de fanfarronear, dando órdenes sin ton ni son, cuando vieron a Mayordomo y toda su fanfarronería se evaporó como el agua de lluvia en el asfalto de una autopista en pleno verano. Ya les habían advertido de que el humano era grandote, pero aquello era más que grandote. Era monstruoso. Era como una montaña.

Mayordomo esbozó una sonrisa a modo de disculpa.

–No os preocupéis, duendecillos. También suelo provocar el mismo efecto en los seres humanos.

Los policías lanzaron un suspiro colectivo de alivio cuando Mayordomo accedió a ser detenido sin oponer resistencia. Lo más probable es que hubiesen conseguido reducirlo si se hubiese producido un enfrentamiento, pero el gigantesco Fangoso podría haberle caído encima a alguno de ellos, y entonces...

Condujeron a los detenidos a la sala para ejecutivos de la terminal de lanzaderas, de donde tuvieron que echar a unos cuantos abogados y duendes de negocios que no dejaron de protestar en todo momento. Todo era muy civilizado: buena comida, ropa limpia (aunque no para Mayordomo) y centros de entretenimiento; sin embargo, lo cierto es que estaban bajo arresto a pesar de todo.

Media hora más tarde, Potrillo irrumpió en la sala.

–¡Holly! –exclamó, rodeando a la elfa con un brazo peludo–. ¡Me alegro tanto de que estés viva!

–Yo también, Potrillo –respondió Holly con una sonrisa radiante.

–No me vendría mal un saludito –intervino Mantillo, enfurruñado–. ¿Cómo estás, Mantillo? Cuánto tiempo sin vernos, Mantillo. Ten, aquí tienes tu medalla, Mantillo.

–Bueno, vale –dijo Potrillo, mientras echaba el otro brazo peludo por encima del hombro, igual de peludo, del enano–. También me alegro de verte, aunque has destrozado una de mis sublanzaderas. Y no, no va a haber medalla.

–Por culpa de esa sublanzadera... –repuso Mantillo–. Pues si no lo hubiese hecho, ahora mismo tus huesos estarían enterrados bajo cien millones de toneladas de hierro fundido.

–En eso llevas razón –señaló el centauro–. Lo mencionaré en tu juicio. –Se volvió hacia Artemis–. Veo que conseguiste burlar la limpieza de memoria, Artemis.

El joven sonrió.

–Por suerte para todos nosotros.

–Y que lo digas. Nunca volveré a cometer el error de intentar hacerte una limpieza de memoria. –Tomó la mano de

Artemis y la estrechó con cariño–. Has sido un buen amigo de las Criaturas. Y tú también, Mayordomo.

El guardaespaldas estaba sentado, encorvado, en un sofá, rodeándose las rodillas con los codos.

–Podéis devolverme el favor construyendo una habitación en la que pueda ponerme de pie.

–Siento todo esto –se disculpó Potrillo–, pero no tenemos habitaciones para gente de tu tamaño. Rosso quiere manteneros aquí dentro hasta que se pueda verificar vuestra historia.

–¿Cómo van las cosas? –preguntó Holly.

Potrillo extrajo un archivo del interior de su camisa.

–De hecho, yo no debería estar aquí, pero creí que os gustaría que os pusiese al día.

Se arremolinaron en torno a una mesa mientras Potrillo ordenaba los informes.

–Hemos encontrado a los hermanos Brilli en la pared del conducto. Están cantando como pajaritos... ahí se nota lo leales que son con respecto a su jefa. Los forenses han recogido piezas suficientes de la lanzadera silenciosa para demostrar su existencia.

Holly dio una palmada.

–Entonces, ya está.

–No del todo –la corrigió Artemis–. Sin Opal, todavía podríamos ser los responsables de todo. Los Brilli podrían estar mintiendo para protegernos. ¿La habéis capturado ya?

Potrillo apretó los puños.

–Bueno, sí y no. La nave que empleó para su huida sufrió una fractura por la explosión, por lo que pudimos seguirle la pista. Sin embargo, cuando llegamos al lugar de la colisión en la superficie, ya había desaparecido. Realizamos un escáner térmico en los alrededores y aislamos las huellas de Opal. La seguimos hasta una pequeña granja rústica en la región vinícola de las cercanías de Bari. La verdad es que podemos verla por satélite, pero necesitamos tiempo para organizar una inserción. Es nuestra, y la atraparemos, pero puede que tardemos una semana.

El rostro de Holly estaba ensombrecido por la ira.

–Será mejor que disfrute de esa semana, porque será la mejor del resto de su vida.

Cerca de Bari

La nave de Opal Koboi salió renqueando a la superficie, chorreando gotas de plasma a través de su generador fracturado. Opal era consciente de que seguir aquel rastro de plasma era pan comido para Potrillo; debía aterrizar la nave lo antes posible y encontrar algún lugar donde pasar desapercibida hasta que pudiese acceder a sus fondos.

Atravesó la terminal de lanzaderas y recorrió casi dieciséis kilómetros campo a través antes de que sus motores se quedaran paralizados, obligándola a aterrizar en un viñedo. Cuando salió de la nave de un salto, Opal se encontró con una mujer alta y bronceada de unos cuarenta años esperándola con una pala y una expresión furiosa en la cara.

–Estas son mis viñas –dijo la mujer en italiano–. Las viñas son mi vida. ¿Quién te crees que eres para aterrizar aquí con tu avioneta y destruir todo lo que tengo?

Opal pensó con rapidez.

–¿Dónde está tu familia? –le preguntó–. ¿Y tu marido?

La mujer se apartó un mechón de pelo de los ojos de un soplo.

–No tengo familia. Ni marido. Trabajo las viñas yo sola. Soy la última de la línea familiar. Estas viñas significan más para mí que mi propia vida y, desde luego, mucho más que la tuya.

–No estás sola –dijo Opal, y activó el hipnótico *encanta* mágico–. Ahora me tienes a mí. Soy tu hija, Belinda.

«¿Por qué no? –se dijo Opal–. Si había funcionado una vez...»

–Be-linda... –dijo la mujer, despacio–. ¿Tengo una hija?

–Eso es –le aseguró Opal–. Belinda. Recuerda. Trabajamos estas viñas juntas. Yo te ayudo a hacer el vino.

–¿Tú me ayudas?

Opal frunció el ceño. Los humanos nunca entendían nada a la primera.

–Sí –insistió, sin poder disimular su impaciencia–. Te ayudo. Trabajo contigo.

De repente, los ojos de la mujer se iluminaron.

–Belinda. ¿Qué haces ahí de pie como un pasmarote? Coge una pala y limpia todo este jaleo. Se está haciendo tarde. Cuando termines aquí tienes que preparar la cena.

El corazón de Opal le dio un vuelco. ¿Trabajar con las manos? ¿Ella? No, eso era imposible. Otra gente era la que hacía esa clase de cosas.

–Ahora que lo pienso... –dijo, intensificando el *encanta* el máximo posible–. Soy tu hija mimada, Belinda. Nunca me dejas que haga nada ni que trabaje, por si se me estropean las manos. Me estás reservando para un marido rico.

Con eso debería bastar. Se escondería con aquella mujer unas horas y luego se escaparía a la ciudad.

Sin embargo, Opal estaba a punto de llevarse una sorpresa.

–Esa es mi Belinda –dijo la mujer–. Siempre soñando. Ahora, coge esa pala, niña, o te irás a la cama sin cenar.

Las mejillas de Opal estaban teñidas de rojo.

–¿Es que no me has oído, vieja bruja? Yo no hago trabajos físicos. Tú me servirás a mí. Ese es tu propósito en la vida.

La señora italiana avanzó unos pasos hacia su diminuta hija.

–Ahora, escúchame atentamente, Belinda. Intento no oír esas palabras envenenadas que salen de tu boca, pero es difícil. Las dos trabajamos las viñas, así ha sido siempre. Ahora, coge esa pala o te encerraré en tu cuarto con cien patatas que pelar y ninguna que comer.

Opal estaba perpleja. No entendía qué estaba ocurriendo. Ni siquiera los humanos más tozudos se resistían al *encanta*. ¿Qué pasaba allí?

La verdad pura y dura era que Opal había sido demasiado lista, para su propia desgracia: al colocar una glándula pituitaria en su cerebro, se había humanizado de forma efectiva. Poco a poco, la hormona del crecimiento humano estaba superando a la magia de su cuerpo. La mala suerte había querido que hubiese utilizado su última gota de magia para convencer a aquella mujer de que era su hija. Ahora se había quedado sin magia y era, prácticamente, una prisionera en el viñedo de la señora italiana. Y, además, la iba a obligar a trabajar, y eso era aún peor que estar en coma.

–¡Date prisa! –gritó la mujer–. Han pronosticado lluvia para hoy y tenemos mucho que hacer.

Opal tomó la pala y la apoyó sobre la tierra seca. Era más alta que ella y tenía el mango picado y gastado.

–¿Qué hago con esta pala?

–Clávala en la tierra y luego cava una zanja para el riego entre esas dos hileras. Y después de cenar, necesito que laves a mano parte de la colada que tengo que lavar esta semana. Es de Carmine, y ya sabes cómo la trae. –La señora hizo una mueca, y a Opal no le cupo ninguna duda del estado en que traía la ropa a casa el tal Carmine.

La señora cogió otra pala y se puso a cavar junto a Opal.

–No estés tan seria, Belinda. El trabajo es bueno para forjar el carácter. Dentro de unos años ya te darás cuenta.

Opal balanceó la pala y clavó en el suelo un golpe tan patético que apenas arañó de él un puñado de arcilla. Ya le dolían las manos de sujetar la herramienta. Una hora más y estaría muerta de dolor y cansancio. Ojalá llegase la PES y se la llevase consigo.

Su deseo iba a hacerse realidad, pero no hasta una semana más tarde, momento en que tenía ya las uñas rotas y sucias y la piel llena de verdugones. Había pelado toneladas de patatas y había hecho de sirvienta a su madre postiza a todas horas. Opal también se había horrorizado al descubrir que su nueva madre criaba cerdos, y que limpiar la pocilga era otra de sus interminables obligaciones. Cuando el equipo de Recuperación de la PES vino por ella, casi se alegró de verlos.

E7, Ciudad Refugio

Julius Remo fue reciclado el día después de que Artemis y Holly llegasen a Ciudad Refugio. Todos los altos mandos asistieron a la ceremonia, todos excepto la capitana Holly Canija. El comandante Rosso se había negado a permitirle asistir a la ceremonia, ni siquiera bajo custodia. El tribunal que investigaba el caso todavía no había tomado una decisión y hasta que lo hiciese, Holly seguía siendo sospechosa en una investigación de asesinato.

Así que allí estaba, sentada en la sala para ejecutivos, viendo la ceremonia en la pantalla gigante. De todas las cosas que le había hecho el comandante Rosso, aquella era la peor. Julius Remo había sido su mejor amigo, y allí estaba ella, viendo su reciclaje en una pantalla mientras asistían a él todos los mandamases, poniendo caras tristes para las cámaras.

Se tapó la cara con las manos cuando bajaron los restos de Julius al tanque de descomposición de piedra labrada. Al cabo de seis meses, todos sus huesos y sus tejidos se habrían desmenuzado por completo y sus restos se emplearían para nutrir la tierra.

Unas lágrimas se escurrieron entre los dedos de Holly y le resbalaron por las manos.

Artemis se sentó a su lado y le apoyó la mano en el hombro con gesto cariñoso.

–Julius se sentiría orgulloso de ti. Refugio existe hoy gracias a lo que hiciste.

Holly se secó las lágrimas.

–Tal vez. Tal vez si hubiese sido un poco más lista, también Julius estaría hoy con nosotros.

–Puede ser, pero no lo creo. He estado pensándolo, y no había escapatoria de ese conducto. No sin haberlo sabido de antemano.

Holly bajó las manos.

–Gracias, Artemis. Eso que has dicho ha sido muy bonito. No te estarás ablandando, ¿verdad?

Artemis estaba de veras perplejo.

–Pues la verdad es que no lo sé. Una mitad de mí quiere seguir siendo un criminal, mientras que la otra quiere ser un adolescente normal y corriente. Me siento como si tuviera dos personalidades enfrentadas y una cabeza llena de recuerdos que no son míos todavía. Es una sensación extraña, no saber quién eres en realidad.

–No te preocupes, Fangosillo –lo tranquilizó Holly–. Te estaré vigilando, para asegurarme de que sigues por el buen camino.

–No sufras, ya tengo a mis padres y a un guardaespaldas que se encargan de intentarlo.

–Bueno, en ese caso, a lo mejor ha llegado el momento de que les dejes hacerlo.

Las puertas de la sala se abrieron y apareció Potrillo, trotando alegremente, seguido del comandante Rosso y de un par de esbirros. Saltaba a la vista que Rosso no estaba tan contento como Potrillo de estar en la sala, y había traído consigo a los dos agentes por si Mayordomo se ponía nervioso.

Potrillo agarró a Holly por los hombros.

–Estás limpia –le dijo, sonriendo–. El tribunal ha votado siete a uno a tu favor.

Holly lanzó a Rosso una mirada asesina.

–A que adivino quién ha sido ese uno...

Rosso se enfureció.

–Sigo siendo tu superior, Canija, y quiero ver eso reflejado en tu actitud. Puede que te hayas librado esta vez, pero te estaré vigilando muy de cerca de ahora en adelante.

Mantillo chascó los dedos delante de la cara de Potrillo.

–Eh, caballito. Aquí, mírame. ¿Y yo qué? ¿Soy un enano libre?

–Bueno, verás, el tribunal ha decidido acusarte por destrozar la sublanzadera.

–¿Qué? –exclamó Mantillo–. ¿Después de haber salvado a toda la ciudad?

–Pero –siguió diciendo Potrillo–, teniendo en cuenta el tiempo de condena que has cumplido ya por un registro ilegal, han dictaminado que estáis en paz. Aunque lamento decirte que no te van a conceder ninguna medalla.

Mantillo dio unas palmaditas en el lomo del centauro.

–No podías quedarte calladito, ¿verdad? Tenías que restregármelo por la cara.

Holly seguía mirando a Rosso fijamente.

–Le contaré lo que me dijo Julius poco antes de morir –dijo.

–Por favor, hazlo –repuso Rosso con sarcasmo–. Todo lo que dices me parece fascinante.

–Julius me dijo, más o menos, que mi labor consistía en servir a las Criaturas, y que debería hacerlo como mejor pudiese.

–Un elfo inteligente. Espero que tengas intención de honrar esas palabras.

Holly se arrancó la insignia de la PES del hombro.

–La tengo. Con usted vigilándome a cada instante, sé que no podré ayudar a nadie, de modo que he decidido ir por mi cuenta. –Arrojó la insignia sobre la mesa–. Dimito.

Rosso se echó a reír.

–Si es un farol, no te va a funcionar. Me alegraría mucho ver cómo te marchas.

–Holly, no lo hagas –le imploró Potrillo–. El cuerpo te necesita. Yo te necesito.

Holly le dio unas palmaditas en el costado.

–Me acusaron de asesinar a Julius. ¿Cómo podría quedarme? No te preocupes, viejo amigo. No me iré muy lejos. –Se dirigió a Mantillo–. ¿Vienes conmigo?

–¿Quién, yo?

Holly sonrió.

–Ahora eres un enano libre, y todos los detectives privados necesitan un socio. Alguien con contactos en los bajos fondos.

Mantillo sacó pecho.

–Mantillo Mandíbulas, detective privado. Eso me gusta. Oye, ¿no seré un simple ayudante? Porque el ayudante siempre recibe...

–No, eres un socio de pleno derecho. Hagamos lo que hagamos, iremos a medias. –A continuación, Holly se dirigió a Artemis–. Lo hemos conseguido de nuevo, Fangosillo. Hemos salvado al mundo, o al menos hemos impedido que dos civilizaciones chocasen entre sí.

Artemis asintió.

–Y no ha sido nada fácil. Tal vez la próxima vez deberían encargarse otros.

Holly le dio un golpe amistoso en el brazo.

–¿Y quién más tiene nuestro estilo? –A continuación, se agachó y le susurró al oído–: Estaremos en contacto. A lo mejor te interesa un puesto de asesor...

Artemis arqueó una ceja y asintió levemente. Era la única respuesta que necesitaba Holly.

Por lo general, Mayordomo siempre se ponía de pie para despedirse, pero en esta ocasión tuvo que conformarse con colocarse de rodillas. Apenas se veía a Holly en el abrazo que le dio.

–Hasta la próxima crisis –le dijo ella.

–O a lo mejor podrías venir a visitarnos, sin más –contestó.

–Obtener un visado será más difícil ahora que soy una civil.

–¿Estás segura de lo que estás haciendo?

Holly frunció el ceño.

–No, estoy dividida. –Miró a Artemis–. Pero ¿quién no lo está?

Artemis dedicó a Rosso su mirada más desdeñosa.

–Felicidades, comandante, ha conseguido deshacerse de la mejor agente de la PES.

–Escucha, humano –empezó a decir Rosso, pero Mayordomo lanzó un gruñido y las palabras se atascaron en la garganta del comandante. El gnomo corrió a refugiarse tras el más voluminoso de sus oficiales–. Que se vayan a su casa. Ahora mismo.

Los agentes desenfundaron sus armas, apuntaron y dispararon. Un perdigón cargado de tranquilizantes se alojó en el cuello de Artemis y se disolvió al instante. Los agentes dispararon cuatro veces sobre Mayordomo, pues no estaban dispuestos a correr ningún riesgo.

Artemis oyó protestar a Holly mientras su visión se nublaba como en un cuadro impresionista. Como en *El ladrón mágico.*

–No hay necesidad de eso, Rosso –dijo la elfa, sujetando a Artemis por el codo–. Ya han visto el conducto. Podría haberlos devuelto conscientes.

La voz de Rosso se oyó como si estuviese hablando desde el fondo de un pozo.

–No pienso arriesgarme, capitana... quiero decir, «señorita» Canija. Los humanos son seres violentos por naturaleza, sobre todo cuando están siendo transportados.

Artemis notó la mano de Holly en su pecho. Por debajo de su chaqueta, deslizándole algo en el bolsillo, pero no pudo preguntar qué era porque la lengua no le respondía. Lo único que podía hacer con su boca era respirar. Oyó un ruido sordo a su lado.

«Mayordomo ya ha caído –pensó–. Ahora solo quedo yo.»

Y entonces, también cayó.

Mansión Fowl

Artemis volvió en sí poco a poco. Se encontraba bien y descansado, y todos sus recuerdos estaban en su sitio. Aunque también era posible que no lo estuviesen. ¿Cómo iba a saberlo?

Abrió los ojos y vio el fresco en el techo. Estaba de vuelta en su habitación.

Artemis permaneció inmóvil durante varios minutos. No es que no pudiese moverse, es que permanecer allí tendido se le antojaba un lujo maravilloso. No había duendecillos persiguiéndolo ni troles olisqueando su aroma ni tribunales mágicos juzgándolo. Podía quedarse allí tumbado y pensar, sin más. Su ocupación favorita.

Artemis Fowl debía tomar una decisión muy importante. ¿Qué vida llevaría a partir de entonces? La decisión era suya, no podía culpar a las circunstancias ni a la presión. Era su propio yo, y suficientemente inteligente como para darse cuenta.

La vida solitaria del delincuente ya no le atraía tanto como antes. No tenía ningún deseo de que, por su culpa, hubiese víctimas. Y, pese a todo, todavía había algo en el hecho de ejecutar un plan brillante que le resultaba muy emocionante. Tal vez habría un modo de combinar su mente criminal con su recién descubierto código moral. Había gente que se merecía que le robasen. Podía ser un Robin Hood moderno: robar a los ricos para dárselo a los pobres. Bueno, tal vez lo mejor sería robar a los ricos. Más vale ir poquito a poco.

Algo vibró en el bolsillo de su chaqueta. Artemis hurgó en él y extrajo un radiotransmisor mágico, uno de los dos que habían colocado en la lanzadera de Opal Koboi. Artemis tenía un vago recuerdo de Holly introduciéndole algo en el bolsillo justo antes de que hubiese perdido el conocimiento. Era evidente que la elfa quería mantenerse en contacto con él.

Artemis se levantó, abrió el aparato y el rostro sonriente de Holly apareció en la pantalla.

–Bueno, has llegado a casa sano y salvo. Siento lo de los sedantes. Rosso es un cerdo.

–Olvídalo. No pasa nada.

–Has cambiado. Hace un tiempo, Artemis Fowl habría jurado venganza.

–Hace un tiempo.

Holly miró a su alrededor.

–Escucha, no dispongo de mucho tiempo. He tenido que conectar este trasto a un repetidor pirata para obtener señal. Esta llamada me está costando una fortuna. Necesito un favor.

Artemis lanzó un gemido.

–Nadie me llama nunca solo para saludarme.

–La próxima vez. Te lo prometo.

–Te lo recordaré. ¿De qué se trata el favor?

–Mantillo y yo tenemos nuestro primer cliente. Es un marchante de arte a quien le han robado un cuadro. La verdad, estoy desconcertada, así que se me ha ocurrido preguntarle a un experto.

Artemis sonrió.

–Bueno, supongo que tengo algo de experiencia en el campo del arte robado. Cuéntame qué ha ocurrido.

–El caso es que es imposible salir o entrar de esa exposición sin ser detectado. Y el cuadro ha desaparecido, sin más. Ni siquiera los magos profesionales poseen esa clase de magia.

Artemis oyó unos pasos en las escaleras.

–Espera un segundo, Holly. Alguien viene.

Mayordomo apareció por la puerta, con la pistola en ristre.

–Me acabo de despertar –dijo–. ¿Estás bien?

–Estoy bien –respondió Artemis–. Puedes guardar eso.

–Esperaba que Rosso todavía estuviese aquí, para poder asustarlo un poco. –Mayordomo se acercó a la ventana y apartó las cortinas–. Un coche se acerca por la avenida de entrada. Son tus padres, que vuelven del balneario de Westmeath. Será mejor que repasemos la historia que vamos a contarles. ¿Por qué volvimos de Alemania?

Artemis pensó con rapidez.

–Les diremos que me entró nostalgia por volver a casa. Echaba de menos ser el hijo de mis padres. Eso es cierto.

Mayordomo sonrió.

–Me gusta esa excusa. Con un poco de suerte, no tendrás que volver a utilizarla.

–No tengo intención de hacerlo.

Mayordomo extrajo un lienzo enrollado.

–¿Y esto qué? ¿Has decidido ya qué vas a hacer con él?

Artemis extendió *El ladrón mágico* encima de la cama, ante sí. Lo cierto es que era muy bonito.

–Sí, viejo amigo. Ya he decidido lo que voy a hacer con él. Escucha, ¿puedes entretener a mis padres en la puerta? Necesito atender esta llamada.

Mayordomo asintió y bajó los escalones de tres en tres.

Artemis regresó junto al radiotransmisor.

–Oye, Holly, con respecto a nuestro pequeño problema... ¿Has considerado la posibilidad de que el cuadro que buscas pueda estar todavía en la sala y que tu ladrón puede haberlo cambiado de sitio, nada más?

–Eso fue lo primero que pensé. Venga, Artemis, se supone que eres un genio. Utiliza tu cerebro.

Artemis se rascó la barbilla. Le estaba costando trabajo concentrarse. Oyó el ruido de unos neumáticos al frenar en la gravilla y luego la risa de su madre mientras bajaba del coche.

–¿Arty? –lo llamó–. Baja. Tenemos que verte.

–Venga, Arty, baja ya –gritó su padre–. Ven a darnos la bienvenida.

Artemis se sorprendió sonriendo.

–Holly, ¿puedes volver a llamarme más tarde? Ahora mismo estoy ocupado.

Holly intentó fruncir el ceño.

–De acuerdo. Cinco horas, y más te vale tener alguna sugerencia para mí.

–No te preocupes, la tendré. Y también mi factura como asesor.

–Algunas cosas nunca cambian –comentó Holly, y cortó la comunicación.

Artemis guardó de inmediato el radiotransmisor en la caja fuerte de su habitación y corrió hacia las escaleras. Su madre estaba al pie de las mismas, esperándolo con los brazos abiertos.

EPÍLOGO

Artículo del *Irish Times* de Eugene Driscoll, responsable de la sección de cultura:

> La semana pasada el mundo del arte se quedó atónito tras el descubrimiento de un cuadro desaparecido de Pascal Hervé, el maestro impresionista francés. Los rumores de la existencia de *El ladrón mágico* (óleo sobre lienzo) se confirmaron cuando el cuadro fue enviado al museo del Louvre, en París. Alguien, supuestamente un amante del arte, llegó a utilizar el correo ordinario para enviar la pieza de valor incalculable al conservador del museo. La autenticidad de la obra ha sido confirmada por seis expertos independientes.
>
> Un portavoz del Louvre ha afirmado que el cuadro se expondrá el mes próximo, de modo que, por primera vez en casi un siglo, los aficionados al arte de toda índole podrán disfrutar de la obra maestra de Hervé.
>
> Sin embargo, tal vez la parte más asombrosa de todo este asunto es la nota mecanografiada que acompañaba a *El ladrón mágico*. En la nota aparecía simplemente la frase: «Continuará».

¿Acaso hay alguien ahí fuera reclamando para la gente corriente obras maestras desaparecidas o robadas? Si es así, que los coleccionistas se anden con cuidado, pues no hay cámara acorazada segura. Quien esto escribe aguarda con ansia el desarrollo de los acontecimientos. «Continuará.» ¡Los aficionados al arte de todo el mundo sin duda así lo esperan!